पाँचवाँ इक़रारनामा

द फिफ्थ एग्रीमेंट

वॉव पब्लिशिंग्स द्वारा प्रकाशित श्रेष्ठ पुस्तकें

१. इन पुस्तकों द्वारा आध्यात्मिक विकास करें
– **नि:शब्द संवाद का जादू** – जीवन की १११ जिज्ञासाओं का समाधान
– **विचार नियम** – आपकी कामयाबी का रहस्य
– **ध्यान नियम** – ध्यान योग नाइन्टी
– **कर्मयोग नाइन्टी** – हर एक की गीता अलग है
– The **मन** – कैसे बने मन : नमन, सुमन, अमन और अकंप
– **कैसे लें ईश्वर से मार्गदर्शन** – जो कर हँसकर कर
– **अभिमान से मुक्ति** – नम्रता की शक्ति
– **ए टू ज़ेड २६ सबक** – 26 Lessons of life
– **पहले राम फिर काम** – भक्ति शक्ति रामायण पथ

२. इन पुस्तकों द्वारा स्वमदद करें
– **मोह, अहंकार और बोरडम से मुक्ति** – सूक्ष्म विकारों पर विजय
– **समय नियोजन के नियम** – टाईम मैनेजमेंट
– **समग्र लोकव्यवहार** – मित्रता और रिश्ते निभाने की कला
– **विकास नियम** – आत्मविकास द्वारा संतुष्टि पाने का राज़
– **भय, चिंता और क्रोध से मुक्ति** – स्थूल विकारों से मुक्ति
– **नींव नाइन्टी** – नैतिक मूल्यों की संपत्ति
– **स्वसंवाद का जादू** – अपना रिमोट कंट्रोल कैसे प्राप्त करें
– **संपूर्ण लक्ष्य** – संपूर्ण विकास कैसे करें
– **संपूर्ण सफलता का लक्ष्य**
– **निर्णय और ज़िम्मेदारी** – वचनबद्ध निर्णय और जिम्मेदारी कैसे लें
– **आलस्य से मुक्ति के ७ कदम**

३. इन पुस्तकों द्वारा हर समस्या का समाधान पाएँ
– **प्रार्थना–बीज** – एक अद्भुत शक्ति
– **स्वास्थ्य त्रिकोण** – स्वास्थ्य संपन्न
– **सुनहरा नियम** – रिश्तों में नई सुगंध
– **स्वीकार का जादू** – तुरंत खुशी कैसे पाएँ

४. इन आध्यात्मिक उपन्यासों द्वारा जीवन के गहरे सत्य जानें
– **मृत्यु का महासत्य मृत्युंजय**
– **स्वयं का सामना** – हरक्युलिस की आंतरिक खोज

डॉन मिग्युअल रूइज़
THE FIFTH AGREEMENT
पाँचवाँ इक़रारनामा
द फिफ्थ एग्रीमेंट
आज़ादी पाने का पाँचवाँ समझौता
A PRACTICAL GUIDE TO SELF - MASTERY

द फिफ्थ एग्रीमेंट

आज़ादी पाने का पाँचवाँ समझौता

The Fifth Agreements इस अंग्रेजी पुस्तक का हिंदी अनुवाद

Copyright © 1997 by Miguel Angel Ruiz, M.D. and Janet Mills.
Original English language publication 1997 by Amber-Allen Publishing, Inc., San Rafael, CA 94903 U.S.A.
Hindi Translation Copyright © 2018 by WOW Publishings Pvt. Ltd
All rights reserved.

सर्वाधिकार सुरक्षित

वॉव पब्लिशिंग्ज् प्रा. लि. द्वारा प्रकाशित यह पुस्तक इस शर्त पर विक्रय की जा रही है कि प्रकाशक की लिखित पूर्वानुमति के बिना इसे व्यावसायिक अथवा अन्य किसी भी रूप में उपयोग नहीं किया जा सकता। इसे पुनः प्रकाशित कर बेचा या किराए पर नहीं दिया जा सकता तथा जिल्दबंद या खुले किसी भी अन्य रूप में पाठकों के मध्य इसका परिचालन नहीं किया जा सकता। ये सभी शर्तें पुस्तक के खरीददार पर भी लागू होंगी। इस संदर्भ में सभी प्रकाशनाधिकार सुरक्षित हैं। इस पुस्तक का आंशिक रूप में पुनः प्रकाशन या पुनः प्रकाशनार्थ अपने रिकॉर्ड में सुरक्षित रखने, इसे पुनः प्रस्तुत करने की प्रति अपनाने, इसका अनूदित रूप तैयार करने अथवा इलेक्ट्रॉनिक, मैकेनिकल, फोटोकॉपी और रिकॉर्डिंग आदि किसी भी पद्धति से इसका उपयोग करने हेतु समस्त प्रकाशनाधिकार रखनेवाले अधिकारी तथा पुस्तक के प्रकाशक की पूर्वानुमति लेना अनिवार्य है।

प्रकाशक : वॉव पब्लिशिंग्ज् प्रा. लि. पुणे

प्रथम आवृत्ती : नवंबर 2018

अनुवादक : अभिषेक शुक्ला

The Fifth Agreement
by Don Miguel Ruiz

यह पुस्तक
इस सुंदर ग्रह पर रहनेवाले सभी लोगों
और आनेवाली पीढ़ियों को
समर्पित है।

विषय सूची

	आभार	9
	द टॉलटेक	11
परिचय	डॉन मिगेल रूईज़ द्वारा	13
भाग १	प्रतीकों की भाषा	17
1	**दिव्य योजना ही सब कुछ है** आरंभ	19
2	**प्रतीक और समझौते** इंसानों की कला	29
3	**आपकी कहानी** पहला समझौता	38
4	**हमारा मन अपने आप में एक पूरा संसार है** दूसरा समझौता	47
5	**सच या कल्पना** तीसरा समझौता	58
6	**विश्वास की शक्ति** सैंटा क्लॉज का प्रतीक	69
7	**अभ्यास आपको निपुण बनाता है** चौथा समझौता	79

भाग २	संदेह की शक्ति	87
8	**संदेह की शक्ति** पाँचवाँ समझौता	89
9	**पहले ध्यान का स्वप्न** पीड़ित	103
10	**दूसरे ध्यान का स्पप्न** योद्धा	114
11	**तीसरे ध्यान का स्पप्न** निपुण गुरु	130
12	**दिव्य दृष्टा बनना** एक नया दृष्टिकोण	148
13	**तीन भाषाएँ** आप कैसे संदेशवाहक हैं	162
	संसार को बदलने में मेरी सहायता कीजिए परिशिष्ट	173

आभार

इस पुस्तक के लेखक हार्दिक आभार व्यक्त करते हैं–

- जेनेट मिल्स का, जो इस पुस्तक की जन्मदाता है।
- जूडी सीगल का, जिन्होंने भरपूर प्रेम और सहयोग दिया।
- रे चैम्बर्स का, जो हमेशा सही रास्ता दिखाते रहे।
- ओपेरा विन्फ्रे और एलन डीजीनर्स का, जिन्होंने द फोर एग्रीमेंट्स के संदेश को ढेर सारे लोगों तक पहुँचाया।
- एड रोजेऩबर्ग और मेजर जनरल रीमर का, जिन्होंने द फोर एग्रीमेंट्स का महत्त्व समझा और इसे अमेरिकी वायुसेना के चैलेंज कॉइन पर जगह दी।
- गेन मिल्स, कैरेन क्रीगर और नैंसी कार्लटन का, जिन्होंने दिल खोलकर अपना कीमती समय दिया व अपने कौशल से इस पुस्तक को संभव बनाया।
- इसके साथ ही जॉयस मिल्स, मेइया चैम्पा, डेव मैक्कलॉग, टेरेसा नेल्सन और श्किबा समीमी–एमरी का, जिन्होंने भरपूर समर्पण दिखाया और टोलटेक की शिक्षाओं का निरंतर समर्थन किया।

द टॉलटेक

हज़ारों वर्ष पहले दक्षिणी मैक्सिको के ज्ञानी स्त्री-पुरुषों को 'टॉलटेक' नाम से पहचाना जाता था। मानव वैज्ञानिकों के अनुसार 'टॉलटेक' इस शब्द का अर्थ संप्रदाय या जाति ऐसा होता है। लेकिन वास्तव में टॉलटेक वैज्ञानिक और कलाकार थे। अपने पूर्वजों द्वारा खोजे गए आध्यात्मिक ज्ञान का संरक्षण और अभ्यास करने के लिए उन्होंने अपने समाज का निर्माण किया।

टॉलटेक के गुरुओं को 'नगुअल' और शिष्यों को 'टिओथीहुआकान' कहा जाता था। मेक्सिको नगर के बाहर पिरामिडों की प्राचीन नगरी में वे रहते थे। उस प्राचीन नगरी में इंसान ईश्वर बनता है, ऐसी उनकी मान्यता थी।

हज़ारों साल बाद, टॉलटेक गुरुओं को विवश किया गया कि वे इस आध्यात्मिक ज्ञान को लोगों के सामने न लाएँ और इसके अस्तित्व को संसार की नज़रों से ओझल ही रखें। कुछ शिष्यों ने इस ज्ञान का गलत तरीके से इस्तेमाल किया इसलिए इसे लोगों से छिपाया गया। बदलते समय के साथ इस आध्यात्मिक ज्ञान की सुरक्षा करना और इसे शुद्ध रखना आवश्यक हो गया था।

सौभाग्यवश, टॉलटेक के गुरुओं ने इस गुप्त आध्यात्मिक ज्ञान को अपनी अगली पीढ़ियों तक पहुँचाना जारी रखा। हालाँकि यह ज्ञान सैंकड़ों वर्षों तक गुमनामी में रहा। अब समय आया है कि यह ज्ञान बदलते युग की आवश्यकता अनुसार नई भाषा में लोगों तक पहुँचे। इसलिए ईगल नाइट वंश के एक गुरु मिगेल एंजल रूईज़ को यह मार्गदर्शन दिया गया कि वे टॉलटेक की शक्तिशाली शिक्षाओं को आज की भाषा में लोगों तक पहुँचाएँ।

टॉलटेक के इस आध्यात्मिक ज्ञान में वे ही बातें बताई गई हैं, जो सदियों से साक्षात्कारी महापुरुषों द्वारा कही गई हैं। टॉलटेक कोई धर्म नहीं है लेकिन यह उन आध्यात्मिक गुरुओं का आदर करता है, जिन्होंने इस धरती पर अपनी शिक्षाएँ दीं। टॉलटेक चेतना के अस्तित्व को स्वीकारता है लेकिन सही मायनों में इस ज्ञान को एक ऐसी जीवनशैली के तौर पर ही लिया जाना चाहिए, जो प्रेम और प्रसन्नता को जीवन का आधार मानती है।

परिचय
डॉन मिगेल रुईज़ द्वारा

'द फोर एग्रीमेंट्स' (चार समझौते) पुस्तक का प्रकाशन कई साल पहले हुआ था। अगर आपने वह पुस्तक पढ़ी है, तो आपको पता होगा कि ये समझौते क्या-क्या कर सकते हैं। इन चारों समझौतों में आपका जीवन बदलने की क्षमता है। ये चारों समझौते आपको सीमाओं में बाँधनेवाले उन हज़ारों समझौतों को तोड़ सकते हैं, जो आपने स्वयं के साथ, दूसरों के साथ या अपने जीवन के साथ कर रखे हैं।

जैसे ही आप पहली बार 'द फोर एग्रीमेंट्स' को पढ़ते हैं, इस पुस्तक का जादू शुरू हो जाता है। यह पुस्तक इसमें लिखे शब्दों के अर्थ से भी कहीं अधिक गहराई तक उतर जाती है। पुस्तक पढ़ते समय आपको ऐसा महसूस होता है कि आप जो पढ़ रहे हैं, उसका एक-एक शब्द आप पहले से जानते हैं। यह ऐसा एहसास है, जिसे आप महसूस तो कर पाते हैं पर शब्दों में बयान नहीं कर पाते। इस पुस्तक को पहली बार पढ़ने पर लगता है कि यह आपकी मान्यताओं एवं विश्वासों को चुनौती दे रही है और आपकी निजी समझ की परीक्षा ले रही है। आप ऐसे कई समझौतों को तोड़ते हैं, जो आपको किसी सीमा में बाँध रहे हों। आप कई चुनौतियों का सामना भी करते हैं, लेकिन उन चुनौतियों से निपटते ही कुछ नई चुनौतियाँ आपके सामने आ जाती हैं। जब आप इस पुस्तक को दूसरी बार पढ़ते हैं, तो आपको ऐसा लगता

है, मानो आप बिलकुल अलग पुस्तक पढ़ रहे हैं क्योंकि तब तक आपकी समझ पहले के मुकाबले काफी बढ़ चुकी होती है। एक बार फिर यह पुस्तक आपको गहरी जागरूकता की ओर ले जाती है और उस पल में आप अपनी क्षमतानुसार अपनी सीमा के आखिरी बिंदु तक पहुँच जाते हैं। फिर जब आप इस पुस्तक को तीसरी बार पढ़ते हैं, तो आपको लगता है कि आप कोई और ही पुस्तक पढ़ रहे हैं।

'द फोर एग्रीमेंट्स' में बताए गए चारों समझौते बिलकुल जादुई ढंग से काम करते हैं। ये आपको अपने सच्चे सेल्फ को फिर से हासिल करने में मदद करते हैं। ये चारों आसान समझौते आपको अपनी सच्ची अवस्था में ले जाते हैं। यानी आप वह हो जाते हैं, जो आप वास्तव में हैं, न कि वह, जो होने का आप दिखावा या दावा करते हैं। सच तो यह है कि आप असल में वही होना चाहते हैं, जो आप वास्तव में हैं।

'द फोर एग्रीमेंट्स' के सिद्धांत पाठक के दिल को छू जाते हैं, फिर भले ही पाठक कोई युवा हो या बुजुर्ग। ये सिद्धांत संसार की अलग-अलग संस्कृतियों के, अलग-अलग भाषाएँ बोलनेवाले और अलग-अलग धार्मिक व दार्शनिक मान्यताओं पर विश्वास रखनेवाले लोगों के दिलों को भी छू जाते हैं। इन सिद्धांतों को हर तरह के स्कूलों में पढ़ाया जाता है, फिर चाहे वह प्राथमिक स्कूल हो, माध्यमिक स्कूल हो या फिर विश्वविद्यालय ही क्यों न हो। 'द फोर एग्रीमेंट्स' के सिद्धांतों को हर कोई समझ सकता है क्योंकि वास्तव में ये सामान्य ज्ञान हैं।

अब एक और उपहार देने का समय आ गया है और वह उपहार है, यह पुस्तक 'पाँचवाँ समझौता (द फिफ्थ एग्रीमेंट)'। यह पाँचवाँ समझौता मेरी पहली पुस्तक में नहीं था क्योंकि उस समय पिछले चार समझौते ही मेरे लिए एक चुनौती थे। पाँचवाँ समझौता भी आखिरकार कुछ शब्दों से ही मिलकर बना है, लेकिन इसका अर्थ और उद्‌देश्य शब्दों के दायरे से परे है। आखिरकार पाँचवाँ समझौता शब्दों की मदद लिए बिना, सत्य की आँखों के साथ आपकी संपूर्ण वास्तविकता को देखने के बारे में है। पाँचवें समझौते का अभ्यास करने से आप न सिर्फ स्वयं को वैसा ही स्वीकार कर लेंगे, जैसे

आप हैं बल्कि दूसरों को भी वैसा ही स्वीकार करेंगे, जैसे वे हैं। इसके नतीजे के रूप में आपको मिलता है असीम आनंद और खुशी।

कई वर्ष पहले मैंने अपने कुछ छात्रों को इस पुस्तक की कुछ अवधारणाएँ पढ़ाना शुरू किया था। लेकिन फिर मैंने ऐसा करना बंद कर दिया क्योंकि मुझे लग रहा था कि उनमें से कोई भी इन्हें समझ नहीं पा रहा है। हालाँकि मैंने पाँचवाँ समझौता अपने छात्रों से साझा किया है, लेकिन उनमें से कोई भी उन सबकों को समझने के लिए पूरी तरह तैयार नहीं था। वे सबक ही इस समझौते की व्याख्या करते हैं। सालों बाद मेरे बेटे डॉन जोस ने इनमें से कुछ सबकों को छात्रों के एक समूह से सफलतापूर्वक साझा किया। अर्थात वह उस कार्य में सफल रहा, जिसमें मुझे असफलता हाथ लगी थी। शायद ऐसा इसलिए हुआ क्योंकि डॉन जोस को इस समझौते के हर सबक पर पूरा विश्वास था, जो वह उन छात्रों से साझा कर रहा था। उसकी उपस्थिति मात्र ने ही सच सामने रखना शुरू कर दिया और उसने अपनी कक्षा में हिस्सा लेनेवालों की मान्यताओं को चुनौती भी दी। इस तरह वह उन छात्रों के जीवन में एक बड़ा बदलाव लेकर आया।

डॉन जोस रूईज़ जब बच्चा था और जब उसने नया-नया बोलना शुरू किया था, तभी से वह मेरा छात्र है। इस पुस्तक को आपके सामने लाकर मैं बहुत गौरवान्वित महसूस कर रहा हूँ क्योंकि इसके माध्यम से मैं आपसे अपने बेटे का परिचय करवा रहा हूँ। इसके साथ ही मैं उन शिक्षाओं का सार भी प्रस्तुत कर रहा हूँ, जो मैं और मेरा बेटा साथ मिलकर, पिछले सात साल से लोगों तक पहुँचा रहे हैं।

इस संदेश को यथासंभव व्यक्तिगत रखने के लिए और 'टोलटेक प्रज्ञा श्रृंखला' की पिछली पुस्तकों की शैली को ध्यान में रखते हुए, पाँचवें समझौते (द फिफ्थ एग्रीमेंट) को भी उत्तम पुरुष शैली (फर्स्ट परसन) में लिखा गया है। अब यह उसी रूप में आपके सामने प्रस्तुत है। हमारा प्रयास है कि इस पुस्तक के माध्यम से हमारी आवाज आपके दिल तक पहुँचे।

भाग १
प्रतीकों की भाषा

1
आरंभ
दिव्य योजना ही सब कुछ है

आप जब से पैदा हुए हैं, तभी से संसार को अपनी ओर से एक संदेश भेज रहे हैं। यह संदेश क्या है? दरअसल यह संदेश आप स्वयं हैं यानी वह छोटा बच्चा, जो इस संसार में आया था। उसकी उपस्थिति दरअसल किसी फरिश्ते की उपस्थिति है। एक वाक्य में कहें, तो वह इंसानी शरीर के रूप में अनंत की ओर से आया एक संदेश है। वह अनंत अपने आपमें एक संपूर्ण शक्ति है। उसने आपके लिए एक दिव्य योजना बना रखी है। आपके लिए जो भी बनना ज़रूरी है और जो आप वास्तव में हैं, वह सब इसी दिव्य योजना का हिस्सा है। आप पैदा होते हैं... बड़े होते हैं... अपने लिए जीवनसाथी ढूँढ़ते हैं... बच्चे पैदा करते हैं... बूढ़े होते हैं... और आखिर में एक बार फिर अनंत की ओर लौट जाते हैं। आपके शरीर की एक-एक कोशिका अपने आपमें एक ब्रह्माण्ड है। ये कोशिका बुद्धिमान है, संपूर्ण है और बिलकुल वैसी है, जैसी दिव्य योजना इसके लिए बनाई गई है।

आज आप जैसे भी हैं, अपनी दिव्य योजना के अनुसार ही बनाए गए हैं। दिव्य योजना को इस बात से कोई फर्क नहीं पड़ता कि आपका मन आपको क्या मानता है। यह दिव्य योजना, सोचनेवाले मन में नहीं बल्कि शरीर में होती है। यहाँ शरीर का मतलब है डीएनए। अपने शुरुआती जीवन में आप इसकी प्रज्ञा के अनुसार सहज ही सब कुछ करते हैं। एक छोटे बच्चे

के रूप में भी आपको पता होता है कि आपको क्या अच्छा लगता है और क्या नहीं या कब अच्छा लगता है और कब नहीं। आपको जो अच्छा लगता है, आप उसे पाने में लगे रहते हैं और जो अच्छा नहीं लगता, उससे बचने की कोशिश करते हैं। आप अपने सहज-ज्ञान के हिसाब से चलते हैं और वह सहज-ज्ञान आपको खुश रहने का, जीवन का आनंद लेने का, खेलने का, प्रेम करने का और अपनी ज़रूरतों को पूरा करने का रास्ता दिखाता है। इसके बाद क्या होता है?

आपका शरीर विकसित होने लगता है, आपका मन-मस्तिष्क परिपक्व होने लगता है और आप अपना संदेश देने के लिए प्रतीकों का इस्तेमाल करना शुरू कर देते हैं। ठीक वैसे ही जैसे एक चिड़िया अन्य चिड़ियों को, एक बिल्ली अन्य बिल्लियों को या एक इंसान अन्य इंसानों को कुछ प्रतीकों के माध्यम से समझने लगता है। अगर आप किसी समुद्री द्वीप में पैदा हुए होते और हमेशा वहाँ एकदम अकेले रहे होते, तो भले ही आपको दस साल का समय लग जाता, लेकिन आपने अपनी आँखों के सामने मौजूद हर चीज़ को कोई न कोई नाम ज़रूर दिया होता। फिर अपनी बात कहने के लिए एक भाषा का इस्तेमाल भी करते, भले ही आप वह बात किसी और से नहीं बल्कि खुद से कह रहे होते। आप ऐसा क्यों करते? इसका जवाब समझना आसान है, लेकिन ऐसा इसलिए नहीं है क्योंकि इंसान बड़े बुद्धिमान होते हैं। दरअसल यह हमारी दिव्य योजना का एक हिस्सा है कि हम अपनी एक भाषा बनाएँ और अपने लिए एक संपूर्ण प्रतीक-विज्ञान (सिम्बॉलॉजी) का आविष्कार करें।

जैसा कि आप जानते हैं, दुनियाभर में लोग हज़ारों अलग-अलग भाषाओं का इस्तेमाल करते हैं। इंसान न सिर्फ एक-दूसरे के साथ बल्कि स्वयं के साथ भी संवाद करना चाहता है, इसीलिए इंसान ने तरह-तरह के प्रतीकों का आविष्कार किया है। इन प्रतीकों में, बोलते समय हमारे मुँह से निकलनेवाली ध्वनि, चलते-फिरते या उठते-बैठते समय हमारे शरीर की गति, हमारा हस्तलेखन और संकेत आदि सब कुछ शामिल हैं। इंसान ने हर तरह की वस्तुओं और विचारों से लेकर संगीत और गणित तक के

लिए तरह-तरह के प्रतीकों का आविष्कार किया है। लेकिन प्रतीकों की इस सूची में ध्वनि का शामिल होना एक नया कदम है। इससे यह स्पष्ट होता है कि हम इन प्रतीकों को बोलकर व्यक्त करना सीख रहे हैं।

हमसे पहले जो लोग इस संसार में आए, जैसे हमारे माता-पिता और अन्य लोग, उनसे हमने यह जाना कि दुनिया में मौजूद हर चीज़ का पहले से ही एक नाम तय है। उन्होंने ही हमें विभिन्न ध्वनियों का अर्थ सिखाया। उनसे ही हमें पता चला कि वे फलाँ चीज़ को मेज़ कहते हैं और फलाँ को कुर्सी। उनके पास तो उन चीज़ों के भी नाम थे, जो इस संसार में हैं ही नहीं, जैसे जलपरी और यूनिकॉर्न (एक काल्पनिक सफेद घोड़ा, जिसके सिर पर एक लंबी सींग होती है)। हम जो भी शब्द सीखते हैं, वह किसी वास्तविक या काल्पनिक चीज़ का प्रतीक होता है। संसार में सीखने के लिए हज़ारों शब्द मौजूद हैं। अगर हम १ से ४ साल तक की उम्र के बच्चों पर गौर करें, तो पाएँगे कि वे इन प्रतीकों को सीखने का पूरा प्रयास करते हैं। यह एक बड़ा प्रयास है, जो हमने भी अपने बचपन में किया है, लेकिन तब हम अक्सर इसे भूल जाते थे। उस समय हमारा मन परिपक्व नहीं हुआ था, लेकिन बार-बार अलग-अलग शब्दों को दोहराने से आखिरकार हम भी बाकी इंसानों की तरह बोलना सीख गए।

जब हम बोलना सीख जाते हैं, तो हमारी देखरेख करनेवाले यानी हमारे माता-पिता और अन्य लोग हमें वह सब सिखाना शुरू कर देते हैं, जो वे स्वयं सीख चुके हैं। उनसे मिलनेवाले इस ज्ञान से ही हमारी दिव्य योजना तैयार होने लगती है। जिन लोगों के साथ हम रहते हैं, उनके पास बहुत ज्ञान होता है। इस ज्ञान में सामाजिक, धार्मिक और नैतिक नियम भी शामिल होते हैं। वे हमारा ध्यान आकर्षित करते हैं, हमें जानकारी देते हैं और हमें सिखाते हैं कि हम उनके जैसे कैसे बनें। इस तरह हम सीखते हैं कि हम जिस समाज में पैदा हुए हैं, उसके अनुसार हम कैसा इंसान बनना चाहते हैं। हम समाज में 'उचित' व्यवहार करना सीखते हैं यानी हम यह सीखते हैं कि हमें एक 'अच्छा' इंसान कैसे बनना है।

सच तो यह है कि घर में रखनेवाले कुत्ते, बिल्ली या किसी पालतू

जानवर की भाँति हमें भी रोज़मर्रा के जीवन की कुछ बातें सिखाई जाती हैं। इस व्यवस्था को 'दंड और पुरस्कार प्रदान करना' कह सकते हैं। अपने माता-पिता का मनपसंद काम करने या उनकी बात मानने पर हमें अच्छा लड़का या अच्छी लड़की कहा जाता है और अगर हम उनकी बात मानने से इनकार कर दें तो उसी समय हमें बुरा लड़का या बुरी लड़की होने का खिताब मिल जाता है। कई बार अच्छा काम करने के बावजूद हमें सजा मिलती है। जबकि कई बार गलत काम करने पर भी हमारी प्रशंसा की जाती है। सजा मिलने और प्रशंसा न मिलने के डर से हम दूसरों को खुश करने में लगे रहते हैं। हम अच्छा बनने की कोशिश करते हैं क्योंकि हमें पता होता है कि बुरे लोगों की प्रशंसा कोई नहीं करता, उन्हें बस सजा ही मिलती है।

हमें सभ्य बनाने के इस प्रयास में हमारे परिवार और समाज के सारे नियम एवं मूल्य हम पर थोप दिए जाते हैं। हमें अपने विश्वासों या धारणाओं को चुनने का मौका तक नहीं मिलता। हमें तो बस बता दिया जाता है कि हमें किन चीज़ों पर विश्वास करना है और किन चीज़ों पर नहीं। हम जिन लोगों के साथ रहते हैं, वे हमें अपना मत बताते हैं कि क्या अच्छा है और क्या बुरा है... क्या सही है और क्या गलत है... क्या सुंदर है और क्या कुरूप है... आदि। यह सब किसी कंप्यूटर की तरह हमारे दिमाग में डाउनलोड कर दिया जाता है। चूँकि हम मासूम होते हैं इसलिए उन सभी बातों पर विश्वास कर लेते हैं, जो हमारे माता-पिता या अन्य लोग हमें बताते हैं। हम उनकी बातों पर अपनी सहमति दे देते हैं और उससे जुड़ी सारी जानकारी हमारी स्मृति में जमा हो जाती है। हम जो भी सीखते हैं, वह हमारे दिमाग में तब बैठता है, जब हम कहीं न कहीं उससे सहमत होते हैं। इस सहमति के कारण ही वह सब हमारे दिमाग में ठहर पाता है, लेकिन सहमति से पहले एक और चीज़ आती है और वह है, हमारा ध्यान।

हर इंसान के लिए ध्यान बहुत महत्वपूर्ण होता है क्योंकि यह हमारे दिमाग का वह हिस्सा है, जो तमाम घटनाओं के बीच हमें किसी वस्तु विशेष या विचार विशेष पर ध्यान केंद्रित करने में सक्षम बनाता है। ध्यान केंद्रित करने पर ही बाहरी जानकारी हमारे अंदर उतरती है और इसी के माध्यम से

हम बाहरी संसार में अपने विचार व्यक्त कर पाते हैं। ध्यान दरअसल वह चैनल या माध्यम है, जिसके जरिए दो इंसानों के बीच संदेशों या विचारों का आदान-प्रदान होता है। यह एक दिमाग से दूसरे दिमाग के बीच बने पुल की तरह है; इस पुल को ध्वनियों, चिन्हों, प्रतीकों, स्पर्श या ध्यान खींचने वाली किसी भी घटना के जरिए खोल दिया जाता है। इस तरह हम न सिर्फ स्वयं सीखते हैं बल्कि दूसरों को भी सिखाने में सक्षम हो जाते हैं। अगर हमारी ओर किसी का भी ध्यान नहीं है, तो हम किसी को कुछ नहीं सिखा सकते। ठीक इसी तरह अगर हम ध्यान केंद्रित न करें, तो हम स्वयं कुछ नहीं सीख सकते।

ध्यान का इस्तेमाल करके ही हमारे माता-पिता हमें यह सिखाते हैं कि प्रतीकों का इस्तेमाल करके किस तरह हम अपने दिमाग में अपनी एक वास्तविकता बना सकते हैं। इसके साथ ही वे हमें ध्वनियों के माध्यम से संपूर्ण प्रतीक-विज्ञान (सिम्बॉलॉजी) सिखाते हैं और क, ख, ग... से शुरुआत करके हमें अक्षर ज्ञान कराते हैं। इस तरह हम लिखित रूप में वह भाषा सीख जाते हैं। धीरे-धीरे हमारी कल्पना शक्ति बढ़ने लगती है, हमारे अंदर उत्सुकता का भाव बढ़ने लगता है और हम सवाल पूछने लगते हैं। हम लगातार सवाल पूछते हैं और हर जगह से जानकारी इकट्ठी करते हैं। फिर हम अपने मन में स्वयं से बात करने के लिए भी उन्हीं प्रतीकों का इस्तेमाल करने में सक्षम हो जाते हैं। इसका अर्थ होता है कि आखिरकार हम उस भाषा में निपुण हो गए हैं। यही वह समय है, जब हम सोचना सीखते हैं। इसके पहले हम सोचते नहीं बल्कि ध्वनियों की नकल करते हैं और प्रतीकों का इस्तेमाल करके किसी तरह संवाद करने का प्रयास करते रहते हैं। लेकिन इन प्रतीकों को किसी भावना या अर्थ से जोड़ने से पहले हमारा जीवन अपेक्षाकृत आसान होता है।

जब हम इन प्रतीकों को एक अर्थ दे देते हैं, तो हम अपने जीवन में होनेवाली हर चीज़ को समझने के लिए उनका इस्तेमाल करने लगते हैं। हम इन प्रतीकों का इस्तेमाल न सिर्फ असली और काल्पनिक चीज़ों को समझने के लिए करते हैं बल्कि उन चीज़ों को समझने के लिए भी करते

हैं, जिन्हें हम स्वयं तो असली मानते हैं, पर जो असल में काल्पनिक होती हैं, जैसे सुंदरता और कुरूपता, पतला और मोटा या बुद्धिमानी और बेवकूफी। अगर आप गौर करें तो आपको समझ में आएगा कि हम सिर्फ उसी भाषा में सोच पाते हैं, जिसमें हम निपुण होते हैं। मैं स्वयं कई सालों तक सिर्फ स्पैनिश यह एक ही भाषा जानता था। अंग्रेजी भाषा के प्रतीकों में निपुण होकर, अंग्रेजी में सोचना शुरू करने में मुझे काफी समय लग गया। किसी भी भाषा में निपुण बनना आसान नहीं होता, लेकिन एक समय ऐसा आता है, जब हम पाते हैं कि हम उन नए प्रतीकों के माध्यम से भी सोच पा रहे हैं, जिन्हें हमने हाल ही में सीखा है।

पाँच-छह साल की उम्र में जब हम स्कूल जाना शुरू करते हैं, तब तक हम सही-गलत, पूरा और अधूरा, विजेता और हारा हुआ जैसे अमूर्त अर्थों को भी समझने लगते हैं। स्कूल में हम उन प्रतीकों को बार-बार लिखना और पढ़ना सीखते हैं, जिन्हें हम पहले से ही जानते हैं। लिखित भाषा के माध्यम से हमारे लिए यह संभव हो जाता है कि हम और अधिक ज्ञान प्राप्त कर सकें। हम नए-नए प्रतीकों को अर्थ देना जारी रखते हैं। इस तरह हमारे लिए सोच-विचार करना न सिर्फ सहज हो जाता है बल्कि स्वत: ही संभव भी होने लगता है।

इसके बाद वे प्रतीक आसानी से हमारा ध्यान आकर्षित कर लेते हैं। यही वह बिंदु है, जब हम अपने भीतर के ज्ञान की बात सुनने लगते हैं। मैं इसे 'ज्ञान की आवाज' कहता हूँ क्योंकि हमें यह एहसास होता है कि ज्ञान हमारे दिमाग में हमसे संवाद कर रहा है। कई बार हम इस आवाज को अलग-अलग स्वरों में सुनते हैं; कभी हम अपने मन में माँ की आवाज सुनते हैं... कभी भाइयों की... कभी बहनों की... कभी पिता की... तो कभी किसी और की...। यह आवाज हमसे संवाद करना कभी बंद नहीं करती। हालाँकि यह आवाज असली नहीं होती। यह तो बस हमारी कल्पना, हमारी अपनी रचना होती है। लेकिन फिर भी हम इसे असली आवाज मान लेते हैं क्योंकि अपने विश्वास की शक्ति से हम इसे अपने लिए सजीव बना लेते हैं। इसका अर्थ यह हुआ कि यह आवाज हमसे जो भी कहती है, हम उस पर

बिना शक किए विश्वास करते हैं। यही वह समय है, जब हमारे आसपास के लोगों के विचार और उनकी राय हमारे मन पर हावी होने लगती है।

हमारे बारे में हर किसी की कोई न कोई राय होती है, साथ ही वे यह भी बताते हैं कि वे स्वयं क्या हैं। चूँकि उस समय हम एक छोटे बच्चे होते हैं इसलिए हमें यह पता नहीं होता कि हम क्या हैं। सिर्फ आईना ही वह इकलौता तरीका होता है, जिसके माध्यम से हम स्वयं को देख सकते हैं और हमारे आसपास के लोग उसी आईने का काम करते हैं। हमारी माँ हमें बताती है कि हम क्या हैं और हम उसकी बात पर तुरंत विश्वास कर लेते हैं। लेकिन माँ का हमारे बारे में कुछ बताना, पिता या भाई-बहनों द्वारा हमारे बारे में बताए जाने से बिलकुल अलग होता है। हालाँकि हम अपने पिता और भाई-बहनों की बात पर भी विश्वास कर लेते हैं। इसी तरह लोग हमें बताते हैं कि हम कैसे दिखते हैं। यह बात तब और प्रासंगिक हो जाती है, जब हम छोटे बच्चे होते हैं। कोई कहता है कि 'तुम्हारी आँखें बिलकुल तुम्हारी माँ जैसी हैं।' कोई कहता है कि 'तुम्हारी नाक बिलकुल तुम्हारे दादाजी जैसी है।' इस प्रकार परिवार के सदस्य, हमारे शिक्षक और स्कूल में हमसे बड़े बच्चे हमारे बारे में कोई न कोई राय रखते हैं और हम उनकी राय को सुनते भी हैं। हम इन सभी आइनों में अपनी छवि देखते हैं और उस छवि से सहमत होकर हम भी यह मान लेते हैं कि अन्य लोग हमसे हमारे बारे में जो कह रहे हैं, वही सच है। जैसे ही हम दूसरों की राय से सहमत होते हैं, वैसे ही उनकी राय हमारा निजी विश्वास बन जाती है। इस तरह धीरे-धीरे सभी की राय के चलते हमारे व्यवहार में बदलाव आने लगता है। हम अपने मन में दूसरों की राय के अनुसार अपनी एक छवि बना लेते हैं कि 'मैं सुंदर हूँ या मैं ज़्यादा सुंदर नहीं हूँ... मैं बुद्धिमान हूँ या मैं बहुत बुद्धिमान नहीं हूँ... मैं विजेता हूँ या मैं हारा हुआ इंसान हूँ... मैं फलाँ चीज़ में अच्छा हूँ या मैं फलाँ चीज़ में कुछ खास नहीं हूँ...।'

फिर एक बिंदु ऐसा आता है, जब हमारे माता-पिता, हमारे शिक्षक, धर्म और समाज हमें यह विश्वास दिला देते हैं कि हमें तभी स्वीकार किया जाएगा, जब हम वैसे हों, जो सभी के बीच स्वीकार्य और मान्य है।

वे हमें बताते हैं कि हमें कैसा होना चाहिए, कैसा दिखना चाहिए और कैसा व्यवहार करना चाहिए। वे कहते हैं कि 'ऐसे बनो, वैसे मत बनो... ये करो, वो मत करो...' वगैरह। चूँकि इससे हम कहीं न कहीं यह मान लेते हैं कि हम असल में जैसे हैं, वैसा होना ठीक नहीं है, इसलिए हम वह बनने या वह होने का दिखावा करते हैं, जो हम हैं ही नहीं। हमारा यह डर कि लोग हमें अस्वीकार कर देंगे, खारिज कर देंगे, धीरे-धीरे इस डर में बदल जाता है कि हम जैसे हैं, वह काफी नहीं है और हमारे अंदर बहुत सी कमियाँ हैं। इसीलिए आखिरकार हम भी बाकी लोगों की तरह उस अमूर्त अवस्था में पहुँचने की कोशिश में जुट जाते हैं, जिसे प्रवीणता या उत्कृष्टता (परफेक्शन) कहते हैं। अपनी इस कोशिश में हम अपने मन में प्रवीणता (परफेक्शन) की एक छवि बना लेते हैं और इस छवि के जैसा बनना चाहते हैं, लेकिन हम जानते हैं कि हम असल में वैसे नहीं हैं और इसीलिए हम खुद को आँकने लगते हैं, अपूर्ण या कमतर मानने लगते हैं। फिर हम खुद को पसंद नहीं करते और खुद से कहते हैं, 'देखो जरा, कैसे बेवकूफ नज़र आ रहे हो तुम।' यही वह बिंदु है, जहाँ नाटक शुरू हो जाता है क्योंकि सारे प्रतीक हमारे खिलाफ जा रहे होते हैं। हम इस बात पर गौर ही नहीं कर पाते कि दरअसल इस तरह जाने-अनजाने हमने प्रतीकों को बस इसलिए सीख लिया है ताकि हम खुद को अस्वीकार या खारिज कर सकें।

सभ्य या घरेलू (डोमेस्किटेड) बनने से पहले हम कभी इस बात की परवाह नहीं करते कि हम क्या हैं और कैसे दिखते हैं। तब हमारे अंदर सब कुछ जान लेने की, रचनात्मक अभिव्यक्ति करने की, खुशी पाने की और तकलीफ से बचने की प्रवृत्ति होती है। बचपन में हम सब एकदम जंगली और पूरी तरह स्वच्छंद या आज़ाद होते हैं; बिना कपड़े पहने नग्न घूमते रहते हैं। हमें इसमें न तो कुछ अजीब लगता है और न ही हम खुद को आँकने की कोशिश करते हैं।

हम सच बोलते हैं, क्योंकि तब हम स्वयं सच्चे होते हैं। हमारा सारा ध्यान उस वर्तमान क्षण पर होता है, जो हम जी रहे होते हैं; तब हम न तो भविष्य को लेकर चिंतित होते हैं और न ही अतीत को लेकर शर्मिंदा होते हैं।

सभ्य या घरेलू (डोमेस्किटेड) बनने के बाद हम दूसरों के हिसाब से बेहतर होने की कोशिश में लग जाते हैं, लेकिन तब हम स्वयं के लिए बेहतर नहीं रह जाते क्योंकि हम कभी भी अपने अंदर बनाई गई प्रवीणता की छवि के बराबर नहीं हो पाते।

हमारी सहज मानव प्रवृत्तियाँ, सभ्य या घरेलू (डोमेस्किटेड) बनने की प्रक्रिया में खो जाती हैं। फिर हम उन खोई हुई प्रवृत्तियों को तलाश करने में लग जाते हैं। हम स्वच्छंदता या आज़ादी की तलाश करते रहते हैं, क्योंकि अब हम वह होने के लिए आजाद नहीं रह जाते, जो हम असल में हैं; हम खुशी की तलाश में लगे रहते हैं, क्योंकि अब हम खुश नहीं होते; हम सुंदरता की तलाश में जुट जाते हैं, क्योंकि तब हम यह नहीं मानते कि हम स्वयं सुंदर हैं।

हम बड़े हो रहे होते हैं और अपनी किशोरावस्था में हमारा शरीर एक विशेष पदार्थ, हार्मोन्स को सामने लाने के लिए पहले से ही प्रोग्राम्ड होता है। यानी यह हमारी दिव्य योजना का एक हिस्सा होता है। तब हम शारीरिक रूप से बच्चे नहीं रह जाते और इसीलिए हम उस तरह की जीवनशैली के लिए भी उपयुक्त नहीं रह जाते, जैसी जीवनशैली बचपन में थी। अब हम नहीं चाहते कि हमारे माता-पिता बताएँ कि हमें क्या करना चाहिए और क्या नहीं। हम अपनी आजादी चाहते हैं; हम वह होना चाहते हैं, जो हम वास्तव में हैं, लेकिन ऐसा करने से हमें डर भी लगता है। लोग हमसे कहते हैं कि 'अब तुम बच्चे नहीं रहे', लेकिन तब तक हम वयस्क भी नहीं हुए होते। यह दौर हर इंसान के लिए काफी मुश्किल होता है। किशोरावस्था में पहुँचने के बाद हमें किसी ऐसे इंसान की ज़रूरत नहीं रह जाती, जो हमें सभ्य या घरेलू बनाए; तब तक हम दूसरों द्वारा बताई गई धारणाओं के अनुसार खुद को आँकना, सजा देना या प्रशंसा करना सीख चुके होते हैं। संसार के कुछ हिस्सों में लोगों के लिए सभ्य या घरेलू बनना आसान होता है, तो कुछ हिस्सों में मुश्किल। लेकिन सामान्य तौर पर हममें से किसी को यह मौका नहीं मिलता कि वह इससे बच सकें।

आखिरकार हमारा शरीर परिवक्व हो जाता है और एक बार फिर हमारे

लिए सब कुछ बदल जाता है। हम एक बार फिर तलाश में जुट जाते हैं, लेकिन अब हम ज़्यादातर खुद की ही तलाश में लगे होते हैं। हम प्रेम की तलाश कर रहे होते हैं क्योंकि कहीं न कहीं हमने यह मान लिया होता है कि प्रेम हमारे अंदर नहीं बल्कि बाहर होता है; हम न्याय की तलाश कर रहे होते हैं, क्योंकि हमें जिन धारणाओं पर विश्वास करना सिखाया गया होता है, उनमें न्याय का एक छोटा सा अंश तक नहीं होता; हम सच की तलाश में होते हैं, क्योंकि अब हम सिर्फ उसी ज्ञान पर विश्वास कर पाते हैं, जिसे हमने अपने दिमाग में जमा करके रखा होता है। इन सबके साथ-साथ हम प्रवीणता (परफेक्शन) की भी तलाश कर रहे होते हैं। वही प्रवीणता जिसे लेकर अब हम भी बाकी सबकी इस बात से सहमत होते हैं कि 'संसार में कोई भी प्रवीण (परफेक्ट) नहीं है।'

2

प्रतीक और समझौते

इंसानों की कला

बचपन से लेकर बड़े होने तक हम स्वयं के साथ, अपने आस-पास के लोगों के साथ और समाज के साथ अनगिनत समझौते करते हैं। लेकिन इनमें सबसे महत्वपूर्ण समझौते वे हैं, जो हम स्वयं से तब करते हैं, जब हम स्वयं द्वारा सीखे गए प्रतीकों को समझ लेते हैं। ये प्रतीक हमें बताते हैं कि स्वयं के बारे में हमारी धारणाएँ क्या हैं। वे हमें बताते हैं कि हम क्या हैं और क्या नहीं हैं, हमारे मामले में क्या संभव है और क्या असंभव। हम जो कुछ भी जानते हैं, उसे हमने ज्ञान के रूप में हासिल किया है। यह ज्ञान ही हमें रास्ता दिखाता है लेकिन हमें यह कौन बताता है कि हम जो भी जानते हैं, वह वाकई सच है या नहीं?

स्कूल-कॉलेज में पढ़ाई करके हम बहुत सारा ज्ञान हासिल करते हैं, लेकिन असल में हम क्या जानते हैं? क्या हमने सत्य को जाना है? नहीं, हमने सिर्फ एक भाषा में और प्रतीक-विज्ञान में महारत हासिल की है। यह प्रतीक-विज्ञान ही इकलौता सच है, लेकिन ऐसा इसलिए नहीं है कि यह वाकई एक सच है बल्कि इसलिए है क्योंकि हम इसे सच मानते हैं। हमारा जन्म कहीं भी हुआ हो, हम कोई भी भाषा बोलते हों, लेकिन आखिरकार हमें यही पता चलता है कि हम जो कुछ भी जानते हैं, वह सब दरअसल समाझौतों से ही संबंधित है, फिर भले ही वे हमारे द्वारा सीखे गए प्रतीक हों या कुछ और।

अगर हमारी पैदाइश इंग्लैंड की है, तो हम अंग्रेजी प्रतीक सीखते हैं या अगर हम चीन में पैदा हुए हैं, तो चाइनीज प्रतीक सीखते हैं। भले ही हम अंग्रेजी सीखें, चाइनीज सीखें, स्पेनिश, जर्मन, रशियन या कोई भी अन्य भाषा सीखें, हमारे लिए प्रतीक महत्वपूर्ण होते हैं क्योंकि हमने उन्हें महत्वपूर्ण बनाया है और हम उनके अर्थ से सहमत हैं। अगर हम अर्थ से सहमत नहीं होंगे, तो प्रतीक हमारे लिए अर्थहीन हैं। जैसे 'पेड़' शब्द हिंदी भाषा बोलनेवालों के लिए अर्थपूर्ण है, लेकिन जब तक हम यह नहीं मानते कि 'पेड़' शब्द का कोई अर्थ है या जब तक हम उस अर्थ से सहमत नहीं होते, तब तक यह शब्द हमारे लिए बेमतलब का ही है। आपके लिए इस शब्द का जो अर्थ है, मेरे लिए भी वही अर्थ है और इसीलिए हम एक-दूसरे को समझते हैं। फिलहाल मैं जो भी कह रहा हूँ, उसे आप इसीलिए समझ पा रहे हैं क्योंकि हम दोनों हर शब्द के अर्थ से सहमत हैं। ये सभी शब्द हमारे दिमाग में प्रोग्राम किए गए हैं। लेकिन इसका यह अर्थ कतई नहीं है कि हम दोनों एक-दूसरे से पूरी तरह सहमत हैं। हम सब हर शब्द को एक अर्थ देते हैं, लेकिन हर शब्द का अर्थ हर किसी के लिए पूरी तरह समान नहीं होता।

अगर हम गौर करें कि किसी शब्द की रचना कैसे हुई है, तो पाएँगे कि हम किसी शब्द को जो भी अर्थ देते हैं, उसके पीछे कोई ठोस कारण नहीं होता। हम शब्दों को यूँ ही एक साथ रख देते हैं और नए शब्द भी बना डालते हैं। इंसान हर ध्वनि, हर अक्षर, हर ग्राफिक सिम्बॉल (चित्रित प्रतीक) का आविष्कार करता है। हम 'ए' जैसी कोई ध्वनि सुनते हैं और कह देते हैं, 'यह फलाँ ध्वनि का प्रतीक है।' हम किसी ध्वनि को प्रस्तुत करने के लिए एक प्रतीक का चित्र बनाते हैं, फिर हम उस ध्वनि और प्रतीक को एक साथ रखते हैं और उसका एक अर्थ निकाल लेते हैं। इस हिसाब से देखें तो हमारे दिमाग में हर शब्द का एक अर्थ है, पर इसलिए नहीं क्योंकि वह असली है या सच्चा है। बल्कि सिर्फ इसलिए क्योंकि वह एक समझौता है, जो हमने स्वयं से और उन सभी लोगों से किया है, जिन्होंने वही प्रतीक-विज्ञान सीखा है, जो हमने सीखा है।

अगर हम किसी ऐसे देश की यात्रा करते हैं, जहाँ के निवासी

कोई अलग भाषा बोलते हों, तो हमें अचानक एहसास होता है कि यह समझौता कितना महत्वपूर्ण है।

अगर हम अर्थ को लेकर सहमत हैं, तभी पेड़ का अर्थ पेड़, सूर्य का अर्थ सूर्य और पृथ्वी का अर्थ पृथ्वी ही होगा। लेकिन 'पेड़' या 'सूर्य' जैसे प्रतीक का फ्रांस, रशिया, टर्की, स्वीडन या किसी भी अन्य देश में कोई अर्थ नहीं है क्योंकि वहाँ के समझौते अलग हैं। शायद वहाँ पर इन प्रतीकों को किसी अन्य नाम से जाना जाता है।

अगर हम बस अंग्रेजी बोलना जानते हैं और फिर हम चीन जाते हैं, तो हम वहाँ के लोगों को बातें करते हुए सुन ज़रूर लेंगे, लेकिन हमें उनका बोला हुआ एक भी शब्द समझ में नहीं आएगा। उनकी किसी भी बात का हमारे लिए कोई अर्थ नहीं होगा क्योंकि हमने उनकी भाषा का वह प्रतीक विज्ञान कभी सीखा ही नहीं है। उस देश में अधिकतर चीज़ें हमारे लिए एकदम अंजान होंगी; यह हमारे लिए कुछ ऐसा होगा, मानो हम किसी और दुनिया में आ गए हों। अगर हम उनके देव-स्थानों में जाएँ, जहाँ वे पूजा करते हैं, तो पाएँगे कि उनकी मान्यताएँ और अनुष्ठान बिलकुल अलग हैं। हमने जो भी सीख रखा है, उनकी पौराणिक कथाएँ उससे बिलकुल अलग होंगी। उनकी संस्कृति को जानने और समझने का एक तरीका यह है कि हम उनका प्रतीक-विज्ञान यानी उनकी भाषा सीखें। लेकिन अगर हम जीने का एक नया तरीका, एक नया दर्शन या एक नए धर्म के बारे में सीखते और उसे अपनाते हैं, तो हमने जो भी पहले से सीख रखा है, उसमें और इन नई चीज़ों के बीच द्वंद की स्थिति बन सकती है। नई और पुरानी मान्यताओं के बीच टकराव होता है और इससे यह दुविधा पैदा हो जाती है कि सही क्या है और गलत क्या है? जो मैंने पहले से सीख रखा है, क्या वह सच है या फिर जो मैं अभी सीख रहा हूँ, वह सच है? आखिर सच क्या है?

सच यह है कि हमारा सारा ज्ञान उन शब्दों और उस प्रतीकात्मकता से अधिक कुछ नहीं है, जिनका आविष्कार हमने हर चीज़ को समझने और अभिव्यक्त करने के लिए किया। हमारे दिमाग में जो शब्द भंडार है या इस पेज पर जितने भी शब्द हैं, ये सब प्रतीक ही हैं। हर शब्द के पास

हमारे विश्वास की शक्ति है क्योंकि हमें उसके अर्थ पर पूरा विश्वास है। इंसान मान्यताओं की एक ऐसी प्रणाली विकसित कर लेते हैं, जो प्रतीकों से बनी होती है। इस तरह हम अपने लिए ज्ञान का एक पूरा संसार तैयार कर लेते हैं। हम जो भी जानते या समझते हैं, उसका इस्तेमाल करते हैं ताकि हम जिन चीज़ों पर भरोसा करते हैं, उन्हें उचित या न्यायसंगत ठहरा सकें। साथ ही जिस तरह हम स्वयं को या इस पूरे ब्रह्माण्ड को देखते और समझते हैं, उसे पहले स्वयं को और फिर अपने आसपास के लोगों को समझा सकें। यह सब कुछ और नहीं बल्कि प्रतीक-विज्ञान ही है।

अगर हम इस बारे में पहले से जानते हैं, तो यह समझना आसान हो जाता है कि दुनियाभर की विभिन्न पौराणिक कथाएँ, धर्म और दर्शन, विभिन्न मान्यताएँ और अलग-अलग किस्म की सोच, कुछ और नहीं बल्कि स्वयं के साथ और दूसरों के साथ किए गए समझौते हैं। ये सब हमारे ही बनाए हुए हैं पर क्या वे सच हैं? जो भी चीज़ अस्तित्व में है, वह सच है : यह पृथ्वी एक सच है, आसमान में चमकते सितारे सच हैं, यह पूरा ब्रह्माण्ड सच है और हमेशा से सच ही था। लेकिन हम अपना यह ज्ञान प्राप्त करने के लिए जिन प्रतीकों का इस्तेमाल करते हैं, वे सिर्फ इसीलिए सच हैं क्योंकि हम उन्हें सच मानते हैं।

***

बाइबिल में एक बड़ी सुंदर कहानी है, जो ईश्वर और इंसान के संबंधों को दर्शाती है। इस कहानी में आदम और ईश्वर, दोनों एक साथ संसारभर में घूम रहे हैं। इस दौरान ईश्वर ने आदम से पूछा कि 'तुम संसार की सभी चीज़ों को कौन-कौन सा नाम देना चाहोगे?' आदम को संसार का जैसा बोध था, वह उसी के अनुसार एक-एक करके हर चीज़ का नाम ईश्वर को बताने लगा। जैसे 'इसे पेड़ नाम दे देते हैं... उसे चिड़िया... और इसे फूल नाम दे देते हैं...' और ईश्वर आदम के बताए नामों से सहमत हो जाते हैं। यह कहानी प्रतीकों और एक पूरी भाषा के रचना की कहानी है, जो समझौतों पर आधारित है।

यह एक ही सिक्के के दो पहलुओं जैसा है: हम कह सकते हैं कि

इस सिक्के का एक पहलू पूरी तरह बोध से संबंधित है यानी वह सब, जिसका बोध आदम को होता है। दूसरा पहलू है, आदम ने जिन चीज़ों का बोध किया, उनका अर्थ। बोध का एक उद्देश्य है, जो सच है और दूसरी ओर सच की हमारी अपनी व्याख्या है, जो बस एक दृष्टिकोण है। वास्तव में सच ऑब्जेक्टिव (उद्देश्य-परक) है और हम इसे विज्ञान कहते हैं। हमारी सच की व्याख्या सब्जेक्टिव (व्यक्ति-परक) होती है और इसे हम कला कहते हैं। यानी विज्ञान सच है और कला सच की व्याख्या है। असली सच है, जीवन की रचना, जो परम सत्य है क्योंकि यह हम सबके मामले में सच है। सच की हमारी व्याख्या दरअसल हमारी ही एक रचना है और यह एक सापेक्ष सच है क्योंकि यह सिर्फ समझौतों के कारण सच है। इस जागरूकता के साथ हम इंसानी दिमाग को समझने की शुरुआत कर सकते हैं।

सत्य का बोध करने के लिए हर कोई पहले से ही प्रोग्राम्ड है और इसके लिए हमें भाषा की ज़रूरत नहीं पड़ती। लेकिन उस सत्य की अभिव्यक्ति के लिए एक भाषा ज़रूरी है। उसकी अभिव्यक्ति ही हमारी कला है। अब यह सत्य नहीं रहा क्योंकि शब्द कुछ और नहीं बल्कि प्रतीक हैं और प्रतीक सत्य को या तो प्रस्तुत कर सकते हैं या सिर्फ प्रतीकात्मक ढंग से सामने ला सकते हैं। उदाहरण के लिए हम भले ही 'पेड़' के प्रतीक को न जानते हों, पर फिर भी अगर पेड़ मौजूद है, तो हम अपने सामने मौजूद पेड़ को देख सकते हैं। बस इतना है कि बिना प्रतीक यानी बिना किसी नाम के हम सिर्फ उसे एक चीज़ के रूप में ही देख सकेंगे। एक ऐसी चीज़, जो वास्तविक है, सत्य है, जिसका हम बोध करते हैं। फिर जब भी हम इसे 'पेड़' कहते हैं, तो इसका अर्थ है कि हम अपने दृष्टिकोण को सामने लाने के लिए कला का इस्तेमाल कर रहे हैं। फिर हम अन्य प्रतीकों का इस्तेमाल करके पेड़ का वर्णन कर सकते हैं, उसकी पत्तियों, टहनियों और रंग के बारे में बात कर सकते हैं। हम कह सकते हैं कि यह एक विशाल पेड़ है... या एक छोटा पेड़ है..., सुंदर पेड़ है..., बदसूरत पेड़ है..., वगैरह। पर क्या यह सत्य है? नहीं, आप उस पेड़ के बारे में कुछ भी कहें, पर वह पेड़ जैसा है, वैसा है।

पेड़ के बारे में हमारी व्याख्या पेड़ के प्रति हमारी भावनात्मक प्रतिक्रिया पर निर्भर करेगी। हमारी भावनात्मक प्रतिक्रिया उन प्रतीकों पर निर्भर करेगी, जिनका इस्तेमाल करके हम अपने मन में उस पेड़ की पुनर्रचना करते हैं। जैसा कि आप देख सकते हैं, पेड़ के बारे में हमारी व्याख्या पूरी तरह सत्य नहीं है बल्कि सत्य का एक प्रतिबिंब भर है। इस प्रतिबिंब को ही हम इंसान का मन कहते हैं। इंसान का मन कुछ और नहीं बल्कि वर्चुअल रियलिटी (आभासी वास्तविकता) है। यह असली नहीं है। अगर कुछ असली है, तो वह है सत्य। सत्य सभी के लिए एक सा होता है। जबकि वर्चुअल रियलिटी हमारी निजी रचना है; यह हमारी कला है और यह हम सबके लिए सिर्फ 'सत्य' है।

हर इंसान एक कलाकार है। हर प्रतीक, हर शब्द एक नन्हीं सी कलाकृति है। अपनी प्रोग्रामिंग और दृष्टिकोण के अनुसार कहूँ, तो हमारी सबसे उत्कृष्ट कलाकृति है, अपने मन में एक पूरी वर्चुअल रियलिटी (आभासी वास्तविकता) की रचना के लिए भाषा का इस्तेमाल करना। हम जिस वर्चुअल रियलिटी की रचना करते हैं, वह सत्य का स्पष्ट प्रतिबिंब हो सकती है या फिर पूरी तरह विकृत भी हो सकती है। हालाँकि आप इसे किसी भी लिहाज से देखें, यह कला है। हमारी रचना हमारा व्यक्तिगत स्वर्ग भी हो सकती है और व्यक्तिगत नर्क भी। पर इससे फर्क नहीं पड़ता क्योंकि यह कला है। लेकिन क्या सत्य है और क्या वर्चुअल (आभासी), इस बारे में जागरूक होकर हम इतना कुछ कर सकते हैं, जिसका कोई अंत नहीं है। सत्य आपको आत्म-निपुणता की ओर ले जाता है, एक ऐसे जीवन की ओर, जो बहुत आसान है। जबकि सत्य का विकृत होना, अक्सर हमें अनावश्यक संघर्ष और पीड़ा की ओर ले जाता है। दोनों में फर्क सिर्फ जागरूकता का है।

इंसान जागरूकता के साथ ही पैदा होता है। हम सब सत्य का बोध करने के लिए पैदा हुए हैं, लेकिन फिर भी हम ज्ञान को जमा करते रहते हैं और अपने ही बोध को अस्वीकार करना सीख जाते हैं। हम जागरूक न होने का अभ्यास करते हैं और धीरे-धीरे इसमें निपुणता हासिल कर लेते हैं। शब्द

शुद्ध जादू हैं और हम अपने इस जादू का इस्तेमाल स्वयं के, अपनी रचना के और अपने जैसे अन्य लोगों के खिलाफ ही करने लग जाते हैं। जागरूक होने का अर्थ है, सत्य का दर्शन करने के लिए अपनी आँखें खोलना। जब हम सत्य को देखते हैं, तो हर चीज़ को जस का तस देखते हैं, न कि वैसा, जैसा हम उसे मानकर बैठे होते हैं या जैसे हम उसे देखना चाहते हैं। जागरूकता लाखों संभावनाओं का दरवाजा खोलती है और अगर हमें यह पता हो कि हम स्वयं ही अपने जीवन के कलाकार हैं, तो हम अपने लिए उन सभी संभावनाओं में से किसी को भी चुन सकते हैं।

मैं आपसे जो कुछ भी साझा कर रहा हूँ, वह मुझे मेरे व्यक्तिगत प्रशिक्षण से मिला है और इसे मैं 'टोलटेक प्रज्ञा' कहता हूँ। यह एक प्राचीन भाषा नहुअल का शब्द है, जिसका अर्थ होता है, कलाकार। मेरे दृष्टिकोण से टोलटेक होने का अर्थ किसी विशेष दर्शन या स्थान से जुड़ा हुआ होना नहीं है। टोलटेक होने का अर्थ है कलाकार होना। टोलटेक आत्मा का कलाकार है और एक कलाकार के रूप में हमें सौंदर्य पसंद होता है। जो सौंदर्यपूर्ण नहीं होता, वह हमें पसंद नहीं आता। जब हम एक बेहतर कलाकार बन जाते हैं, तो हमारी वर्चुअल रियलिटी (आभासी वास्तविकता) सत्य का बेहतर प्रतिबिंब बन जाती है और हम अपनी कला से स्वर्ग की उत्कृष्ट कलाकृति बना सकते हैं।

हज़ारों साल पहले टोलटेक ने तय किया था कि एक कलाकार को इन तीन चीज़ों में निपुण होना चाहिए, 1. जागरूकता में 2. रूपांतरण में और 3. प्रेम, मंशा एवं विश्वास में। इन तीनों को अलग-अलग सिर्फ इसलिए बताया गया है ताकि हम इन्हें आसानी से समझ सकें। क्योंकि असल में ये तीनों मिलकर एक निपुणता बन जाती है। सत्य सिर्फ एक ही है, जिसकी हम बात कर रहे हैं। ये तीनों निपुणताएँ हमें पीड़ा से मुक्ति पाने और अपनी सच्ची प्रकृति की ओर लौटने का मार्ग दिखाती हैं। खुशी, आज़ादी और प्रेम ही हमारी सच्ची प्रकृति है।

टोलटेक यह समझ चुके थे कि हम जागरूक हों या न हों, पर यह तय है कि हम एक वर्चुअल रियलिटी (आभासी वास्तविकता) की रचना

ज़रूर करेंगे। अगर हम ऐसा जागरूकता के साथ करेंगे, तो अपनी रचना का आनंद उठा सकेंगे। हम इस रूपांतरण को सहज बनाएँ या इसका विरोध करें, पर हमारी वर्चुअल रियलिटी (आभासी वास्तविकता) निरंतर रूपांतरित हो रही है। अगर हम रूपांतरण की कला का अभ्यास करें, तो जल्द ही इसे सहज बना सकेंगे और फिर अपने जादू को अपने खिलाफ इस्तेमाल करने के बजाय अपनी खुशी और प्रेम की अभिव्यक्ति में इस्तेमाल करेंगे। जब हम प्रेम, मंशा या विश्वास में निपुण हो जाते हैं, तो अपने जीवन के स्वप्न में निपुण हो जाते हैं। जब हम इन तीनों में निपुण हो जाते हैं, तो अपनी दिव्यता को दोबारा हासिल कर लेते हैं और ईश्वर के साथ एकाकार हो जाते हैं। टोलटेक का लक्ष्य यही है।

टोलटेक के पास ऐसी तकनीकें नहीं थीं, जैसी आज हमारे पास हैं। वे कंप्यूटर्स की वर्चुअल रियलिटी (आभासी वास्तविकता) के बारे में कुछ नहीं जानते थे, पर इंसानी मन की वर्चुअल रियलिटी (आभासी वास्तविकता) में निपुण बनना ज़रूर जानते थे। इसमें निपुण बनने के लिए ध्यान पर नियंत्रण की ज़रूरत होती है। ध्यान पर नियंत्रण का अर्थ है कि हम अपने अंदर और बाहर से जो भी सूचना प्राप्त करते हैं, उसका बोध कैसे करते हैं और उस पर कैसी प्रतिक्रिया देते हैं। टोलटेक इस बात को समझते थे कि हम सब ईश्वर जैसे ही हैं, पर हम ईश्वर की तरह सृजन नहीं करते बल्कि पुनर्सृजन या पुनर्रचना करते हैं। हम पुनर्रचना उसी की करते हैं, जिसका बोध कर पाते हैं। बस आखिरकार यही इंसानी मन बन जाता है।

अगर हम यह समझ सकें कि वास्तव में इंसानी मन क्या है और क्या करता है, तो हम वास्तविकता को वर्चुअल रियलिटी (आभासी वास्तविकता) से या प्रतीकात्मकता यानी कला को सच्चे बोध यानी सत्य से अलग करना शुरू कर देंगे। आत्म-निपुणता कुछ और नहीं बल्कि जागरूकता ही है और इसकी शुरुआत आत्म-जागरूकता से होती है। पहले उसके प्रति जागरूक होना, जो वास्तविक है और फिर उसके प्रति जागरूक होना, जो वर्चुअल (आभासी) है यानी जिसे हम वास्तविक मानते हैं। यह जागरूकता आने के बाद हम समझ जाते हैं कि हम जिस

पर विश्वास करते हैं, उसे बदलकर वर्चुअल (आभासी) को भी बदल सकते हैं। मगर जो वास्तविक है, हम उसे नहीं बदल सकते और उसे इस बात से कोई फर्क भी नहीं पड़ता कि हमारा विश्वास क्या है या हम क्या मानते हैं।

3
आपकी कहानी
पहला समझौता
सही शब्दों का चुनाव करें

इंसान हज़ारों साल से ब्रह्माण्ड, प्रकृति और मुख्यत: इंसानी स्वभाव को समझने की कोशिश में रहा है। इस सुंदर ग्रह के अलग-अलग हिस्सों में बसे, अलग-अलग संस्कृतियों के लोगों की सक्रियता सचमुच आश्चर्यजनक है। हम इंसान चीज़ों को समझने की बहुत कोशिश करते हैं और इस कोशिश में अक्सर तरह-तरह की धारणाएँ बना लेते हैं। एक कलाकार के तौर पर हम सत्य को तोड़-मरोड़कर अद्भुत सिद्धांत बना लेते हैं। हम संपूर्ण दर्शनशास्त्र और धर्म की रचना करते हैं। हम हर चीज़ के बारे में, यहाँ तक कि खुद के बारे में भी कहानियाँ और अंधविश्वास बना लेते हैं। इसकी सबसे खास बात यही है कि हम स्वयं उन्हें रचते हैं।

इंसान के पास जन्म से ही सृजन की शक्ति होती है। हमने जो भी शब्द सीखे हैं, उनकी मदद से हम निरंतर कहानियों का सृजन कर रहे हैं। हम सब अपना मत बनाने और अपना दृष्टिकोण जाहिर करने के लिए शब्दों का इस्तेमाल करते हैं। हमारे चारों ओर ऐसी अनगिनत घटनाएँ घट रही हैं, जो हमारा ध्यान खींचती रहती हैं। हमारे अंदर यह क्षमता है कि हम उन घटनाओं को आपस में जोड़कर एक कहानी बना सकें। अपने जीवन की और परिवार की कहानी, समुदाय की, देश की, मानवता की और पूरे संसार की कहानी हम स्वयं ही रचते हैं। हम सबके पास एक

कहानी है, एक संदेश है, जिसे हम न सिर्फ स्वयं तक बल्कि आसपास के सभी लोगों तक भी पहुँचाते हैं।

आप एक संदेश देने के लिए प्रोग्राम्ड हैं और इस संदेश की रचना करना ही आपकी महानतम कला है।

यह संदेश क्या है? दरअसल यह कुछ और नहीं, आपका जीवन ही है। इस संदेश के साथ आप मुख्य रूप से अपनी कहानी बनाते हैं और फिर आप उन सभी चीज़ों के बारे में एक कहानी रचते हैं, जिनका आप बोध करते हैं। आप अपने मन में एक पूरी वर्चुअल रियलिटी (आभासी वास्तविकता) रच लेते हैं और फिर उसी रियलिटी या वास्तविकता में रहने लगते हैं। जब आप सोच-विचार करते हैं, तो अपनी भाषा में करते हैं। उस समय आप अपने मन में उन सभी प्रतीकों को दोहरा रहे होते हैं, जिनका आपके लिए कोई न कोई तयशुदा अर्थ होता है। आप स्वयं को एक संदेश दे रहे होते हैं और वह संदेश ही आपके लिए सच बन जाता है क्योंकि आप मानने लगते हैं कि वही सच है।

आप अपने बारे में जो भी जानते हैं, वह सब एक कहानी ही है। असल में मैं यह बात आपसे नहीं बल्कि आप स्वयं को जो मानते हैं, स्वयं के बारे में आपकी जो भी मान्यता है, मैं यह बात उस मान्यता से कह रहा हूँ। जैसा कि आप देख सकते हैं, मैं आप ही के दो संस्करणों में भेद कर रहा हूँ। एक संस्करण वास्तविक है, जबकि दूसरा सिर्फ एक मान्यता है। आपका भौतिक स्वरूप वास्तविक है, सत्य है। जबकि मान्यता द्वारा बनाया गया आपका स्वरूप वास्तविक नहीं, सिर्फ वर्चुअल (आभासी) है। आपका अस्तित्व सिर्फ इसीलिए है क्योंकि आपने स्वयं के साथ और अपने आसपास के लोगों के साथ समझौते किए हैं। आपका मान्यतावाला संस्करण उन प्रतीकों से आता है, जिन्हें आप अपने मन में सुनते रहते हैं। साथ ही यह संस्करण उन लोगों के मतों या धारणाओं से भी आता है, जिन्हें आप प्रेम करते हैं या प्रेम नहीं करते हैं और जिन्हें आप जानते हैं या जिन्हें आप कभी नहीं जानेंगे।

वह किसकी आवाज है, जो आपके मन में कुछ न कुछ बोलती

रहती है? आपको लगता है कि वह आपकी आवाज है पर अगर वह सचमुच आपकी आवाज है, अगर वाकई आप ही बोल रहे हैं, तो फिर जो सुन रहा है, वह कौन है? दरअसल वह आवाज आपकी मान्यता की आवाज है, जो आपको बता रही है कि आप क्या हैं, जबकि उसे सुनने वाले वास्तविक आप हैं। यहाँ इस बात को याद रखें कि इस मान्यता के अस्तित्व में आने से बहुत पहले ही आपका वास्तविक स्वरूप अस्तित्व में आ चुका था। इन सभी प्रतीकों को समझने से पहले, यहाँ तक कि बोलना सीखने से पहले भी आपका वास्तविक स्वरूप अस्तित्व में आ चुका था। बोलना सीखने से पहले बाकी बच्चों की तरह आप भी बिलकुल सच्चे थे। तब आप वह होने का दिखावा नहीं करते हैं, जो आप असल में नहीं हैं। आपको पता भी नहीं था कि आपको स्वयं पर पूरा भरोसा है। आप प्रेम करते थे, तो संपूर्णता से करते थे। मान्यताएँ बनाने और ज्ञान हासिल करने से पहले आप वह होने के लिए पूरी तरह स्वतंत्र थे, जो आप वास्तव में हैं। क्योंकि तब आप दूसरों के मतों और कहानियों से प्रभावित नहीं थे।

आपका मन ज्ञान से भरा हुआ है, पर महत्त्व इस बात का है कि आप उस ज्ञान का कैसा इस्तेमाल कर रहे हैं? जब आप अपने बारे में बात करते हैं, तो कैसे शब्दों का इस्तेमाल करते हैं? जब आप आईना देखते हैं, तो क्या उसमें दिखनेवाला अपना अक्स आपको अच्छा लगता है या फिर आप भी अपने शरीर को तमाम सांसारिक पैमानों पर आँकने लगते हैं और प्रतीकों का इस्तेमाल कर स्वयं से ही झूठ बोलने लगते हैं? क्या वाकई ऐसा है कि आप बहुत ठिंगने या कुछ ज्यादा ही लंबे हैं, बहुत मोटे या बहुत पतले हैं? क्या आप सच में आकर्षक नहीं दिखते? क्या वाकई ऐसा है कि आप अपने सबसे सच्चे रूप में अद्भुत नहीं हैं?

क्या आप उन सभी धारणाओं को स्पष्ट रूप से देख सकते हैं, जो आपने स्वयं को बार-बार आँकने के बाद बनाई हैं? असल में ऐसी हर धारणा सिर्फ एक मान्यता या एक दृष्टिकोण है। जब आप पैदा हुए थे, तब ऐसी कोई धारणा नहीं थी। आप अपने बारे में जो भी मानते हैं, जो भी धारणा या मान्यता रखते हैं, वह इसीलिए अस्तित्व में है क्योंकि उसे आपने कभी

न कभी, किसी न किसी के मुँह से सुना और फिर उसी को सच मान लिया। आपने कभी अपनी माँ से, कभी पिता से, कभी भाई-बहनों से, कभी दोस्तों से और कभी समाज से अपने बारे में ये धारणाएँ सुनी हैं। किसी का शरीर दिखने में कैसा होना चाहिए, इसके बारे में उन्होंने आपके दिमाग में एक आदर्श छवि गढ़ दी है। आप जैसे हैं, जैसे नहीं हैं और जैसा आपको होना चाहिए, इस बारे में उन्होंने आपके सामने अपनी धारणाएँ जाहिर की हैं। अर्थात उन्होंने आपको आपके बारे में एक संदेश दिया और आप उस संदेश से सहमत हो गए। अब आप उसी के आधार पर अपने बारे में तमाम धारणाएँ बनाकर बैठे हुए हैं, पर क्या ये धारणाएँ वाकई सच हैं?

असल में समस्या धारणाओं की नहीं है। समस्या है गलत धारणाओं पर विश्वास करने की। इसी को झूठ का नाम दिया गया है। सच और झूठ में क्या फर्क है? क्या वास्तविक है और क्या आभासी है? क्या आपको दोनों में कोई फर्क नज़र आ रहा है? या फिर आप अपने मन में बार-बार उठनेवाली उस आवाज़ पर विश्वास करते हैं, जो आपके सामने सच का कोई और ही रूप पेश करती है और आपको विश्वास दिला देती है कि आपकी मान्यता ही सच है। क्या सचमुच आप एक अच्छे इंसान नहीं हैं और कभी अच्छे हो भी नहीं सकते? क्या वाकई आपको अपने जीवन में खुश रहने का कोई हक नहीं है? क्या वास्तव में आप प्रेम के योग्य नहीं हैं?

जरा उस समय के बारे में विचार करिए, जब कोई पेड़ आपके लिए सिर्फ पेड़ नहीं था? भाषा सीखने के बाद आपको पेड़ का बोध होता है और आप अपनी जानकारी के हिसाब से उसे आँकते हैं। इसके बाद वह आपके लिए या तो एक सुंदर पेड़ बन जाता है या एक बदसूरत पेड़, डरावना पेड़ या फिर अद्भुत पेड़ बन जाता है। स्वयं के मामले में भी आप बिलकुल ऐसा ही करते हैं। आप अपनी सीमित जानकारी के अनुसार स्वयं का बोध करते हैं और फिर स्वयं को आँकने लगते हैं। इसके बाद आप अपनी ही नज़रों में अच्छा, बुरा, दोषी, पागल, शक्तिशाली, कमजोर, आकर्षक या बदसूरत इंसान बन जाते हैं। वास्तव में आप वही हैं, जो आप स्वयं के बारे में मानते हैं। ऐसे में पहला सवाल यही उठता है कि 'आप स्वयं को क्या मानते हैं?'

अगर आप अपनी जागरूकता का उपयोग करेंगे, तो आप स्वयं को जो भी मानते हैं, उसे साफ-साफ देख सकेंगे। आप अपना जीवन इसी तरह जीते हैं। आपके जीवन पर आपकी निजी मान्यताओं का प्रभुत्व होता है। आप जो भी मानते हैं, उसी से उस कहानी का सृजन होता है, जिसका आप अनुभव कर रहे हैं। आप जो भी मानते हैं, उसी से उन भावनाओं का भी सृजन होता है, जिन्हें आप महसूस कर रहे हैं। आप भले ही यह मान लेना चाहते हों कि आप असल में वही हैं, जो आपकी मान्यताएँ कहती हैं, लेकिन वह छवि दरअसल पूरी तरह झूठी है। आप वह नहीं हैं, जो आपकी मान्यताएँ कहती हैं।

आपका वास्तविक रूप एकदम अनोखा है। आप जो कुछ भी जानते हैं, यह उससे परे है क्योंकि आपका वास्तविक रूप ही सच है। आपकी भौतिक उपस्थिति वास्तविक है। पर आप अपने बारे में जो भी मानते हैं, वह सच नहीं है और जब तक आप अपने लिए एक बेहतर कहानी रचना नहीं चाहते, तब तक वह महत्वपूर्ण भी नहीं है। आप जो कहानी रच रहे हैं, वह एक कलाकृति है, भले ही वह सच हो या फिर काल्पनिक। यह एक बड़ी खूबसूरत और अद्भुत कहानी है, लेकिन याद रखें कि यह सिर्फ एक कहानी ही है और यह कहानी सच के उतनी ही करीब है, जितना आप प्रतीकों का इस्तेमाल करके सच के करीब जा सकते हैं।

एक कलाकार के तौर पर आपके सामने अपनी कलाकृति की रचना करने का कोई सही या गलत तरीका नहीं होता; यह या तो सौंदर्यपूर्ण होता है या सौंदर्यरहित; यहाँ या तो प्रसन्नता होती है या अप्रसन्नता। अगर आप स्वयं को एक कलाकार मानते हैं, तो एक बार फिर सब कुछ संभव हो जाता है। शब्द आपका पेंटब्रश हैं और आपका जीवन कैनवास है। आप इस कैनवास पर जो चाहें पेंट करें; आप किसी अन्य कलाकार के काम की नकल भी कर सकते हैं, लेकिन आप स्वयं को, संपूर्ण वास्तविकता को जिस तरह देखते हैं, उसी तरह अपने पेंटब्रश के माध्यम से अभिव्यक्ति भी करते हैं। आप कैनवास पर अपने ही जीवन का चित्र

बना रहे होते हैं और यह चित्र कैसा दिखेगा, यह इस बात पर निर्भर करता है कि आप शब्दों का इस्तेमाल किस तरह करेंगे। इसका एहसास होने के बाद आप समझ सकते हैं कि सृजन के लिए शब्द कितने शक्तिशाली उपकरण हैं। जब आप जागरूक होकर इस उपकरण का इस्तेमाल करना सीख जाते हैं, तो अपने शब्दों से इतिहास रच सकते हैं। पर कौन सा इतिहास? निश्चित ही आपका इतिहास, आपकी कहानी।

पहला समझौता :

त्रुटिहीन शब्दों का चुनाव करें

अब आते हैं पहले समझौते पर, जो चारों समझौतों में सबसे महत्वपूर्ण है। तो पहला समझौता यह है कि 'आप अपने शब्दों के साथ निर्दोष रहें।' सृजन के लिए आपकी सबसे बड़ी शक्ति हैं शब्द। इस शक्ति का इस्तेमाल एक से अधिक तरीकों से किया जा सकता है। जिनमें से पहला तरीका है, सही शब्दों का चुनाव करना, जिनके जरिए एक खूबसूरत कहानी का सृजन होता है, जो धरती पर आपका निजी स्वर्ग है। दूसरा तरीका है, शब्दों का गलत इस्तेमाल। यह तरीका आपके चारों ओर मौजूद हर चीज़ को नष्ट कर देता है और आपके लिए निजी नर्क का निर्माण कर देता है।

एक प्रतीक के तौर पर शब्दों में सृजन का जादू और शक्ति होती है क्योंकि ये एक छवि, एक विचार, एक भावना या फिर एक पूरी कहानी को आपकी कल्पना में जिंदा कर सकते हैं। जैसे सिर्फ 'घोड़ा' शब्द सुनकर आपके मन में एक छवि बन सकती है। आप देख सकते हैं कि एक प्रतीक में कितनी शक्ति होती है। लेकिन यह इससे भी अधिक शक्तिशाली हो सकता है। जैसे सिर्फ दो शब्द 'द गॉडफादर' पढ़कर एक पूरी फिल्म आपके मन में चलने लगती है। यही है आपके सृजन की शक्ति, जिसकी शुरुआत शब्दों से होती है।

अब शायद आप समझ सकते हैं कि बाइबिल में ऐसा क्यों कहा गया है, 'शुरुआत में शब्द था, शब्द ईश्वर के साथ था और शब्द ही ईश्वर था।' कई धर्मों के अनुसार शुरुआत में किसी चीज़ का अस्तित्व नहीं था और

तब ईश्वर ने जो सबसे पहला सृजन किया, वह था संदेशवाहक का सृजन, जो कि एक देवदूत था और उसका काम था संदेश पहुँचाना। आप समझ सकते हैं कि एक से दूसरी जगह तक सूचना पहुँचाने के लिए किसी का होना कितना ज़रूरी था। हालाँकि यह जितना मुश्किल दिखता है, उतना ही आसान है। शुरुआत में ईश्वर ने शब्द की रचना की, जो कि एक संदेशवाहक है। अगर ईश्वर ने शब्द की रचना संदेश पहुँचाने के लिए की और शब्द ही संदेशवाहक है तो आप भी वही हैं, एक संदेशवाहक, एक देवदूत।

जिस बल के कारण शब्दों का अस्तित्व है, उसे हम जीवन, आशय या ईश्वर कहते हैं। शब्द ही बल है; यह आशय है और इसीलिए हमारे शब्दों से हमारा आशय सामने आता है, भले ही हम कोई भी भाषा बोल रहे हों। शब्द हर चीज़ की रचना में बहुत महत्वपूर्ण हैं क्योंकि संदेशवाहक संदेश पहुँचाना शुरू करता है और न जाने कहाँ से एक संपूर्ण रचना सामने आ जाती है।

शायद आपको याद होगा, मैंने आपको बताया था कि एक बार ईश्वर और आदम एक साथ कहीं चले जा रहे थे। ईश्वर वास्तविकता की रचना करता है और हम शब्दों से वास्तविकता की पुनर्रचना करते हैं। हम जिस वर्चुअल रियलिटी (आभासी वास्तविकता) की रचना करते हैं, वह वास्तविकता का ही प्रतिबिंब होती है; वह शब्दों के उपयोग से की गई वास्तविकता की हमारी व्याख्या है। शब्दों के बिना किसी चीज़ का अस्तित्व नहीं हो सकता क्योंकि हम जो कुछ भी जानते हैं, उसके निर्माण में हम शब्द का ही इस्तेमाल करते हैं।

अगर आप गौर करें तो पाएँगे कि मैं सारे प्रतीकों को जानबूझकर बदल रहा हूँ ताकि आप यह देख सकें कि विभिन्न अभिव्यक्तियों का अर्थ दरअसल एक ही है। प्रतीक अलग-अलग हो सकते हैं, पर दुनियाभर की सभी परंपराओं में उनका अर्थ समान है। अगर आप प्रतीकों के पीछे का आशय समझें तो जो मैं कहने की कोशिश कर रहा हूँ, आप समझ जाएँगे। सही शब्दों का चुनाव बहुत ज़रूरी है क्योंकि आप यानी संदेशवाहक स्वयं शब्द हैं। शब्द का पूरा अस्तित्व उस संदेश से ही है, जो आप न सिर्फ दूसरों

तक पहुँचाते हैं बल्कि स्वयं को भी देते हैं।

आप स्वयं को एक कहानी सुना रहे हैं पर क्या यह कहानी सच है? अगर आप शब्दों का इस्तेमाल करके एक ऐसी कहानी रच रहे हैं, जिसमें आप स्वयं को आँक रहे हैं और अस्वीकार कर रहे हैं। इसका अर्थ ही आप शब्दों का इस्तेमाल स्वयं के खिलाफ ही कर रहे हैं, जो वास्तव में शब्दों का गलत इस्तेमाल है। जब आप स्वयं से ऐसे शब्द कहते हैं कि 'मैं बूढ़ा हूँ', 'मैं बदसूरत हूँ', 'मैं मोटा हूँ', 'मैं बहुत अच्छा नहीं हूँ', 'मैं बहुत मज़बूत नहीं हूँ', या 'मैं जीवन में कुछ नहीं कर पाऊँगा' तो आप गलत कर रहे होते हैं। आप अपने ज्ञान का इस्तेमाल स्वयं के खिलाफ नहीं करेंगे। जिसका अर्थ है कि आप स्वयं को आँकने, स्वयं को गलत ठहराने और दंड देने के लिए शब्दों का इस्तेमाल नहीं करेंगे। आपका मन बहुत शक्तिशाली है, यह उस कहानी का बोध कर सकता है, जिसे आप स्वयं रचते हैं। अगर आप स्वयं को आँकते हैं तो आप एक आंतरिक संघर्ष को जन्म दे देते हैं, जो किसी दु:स्वप्न से कम नहीं है।

आपकी खुशी आप पर निर्भर है, इसके साथ ही आप शब्दों का इस्तेमाल कैसे करते हैं, यह भी महत्वपूर्ण है। जब आप गुस्सा होते हैं और शब्दों का इस्तेमाल दूसरों के प्रति भावनात्मक कड़वाहट जताने के लिए करते हैं तो भले ही आपको ऐसा लगे कि आप शब्दों का इस्तेमाल उस इंसान के खिलाफ कर रहे हैं, पर वास्तव में आप ऐसा स्वयं के खिलाफ कर रहे होते हैं। आपका ऐसा करना समान प्रतिक्रिया पैदा करेगा और वह इंसान भी आपके खिलाफ हो जाएगा। अगर आप किसी की बेइज्जती करते हैं, तो बदले में वह इंसान भी आपको नुकसान पहुँचा सकता है। अगर आप शब्दों का इस्तेमाल करके झगड़ा मोल लेते हैं, तो आपके शरीर को चोट पहुँच सकती है, जो निश्चित रूप से आपके लिए नुकसानदायक हो सकता है।

सही शब्दों का चुनाव करने का अर्थ है, कभी भी स्वयं के खिलाफ शब्दों की शक्ति का इस्तेमाल न करना। जब आप सही शब्दों का चुनाव करते हैं, तो स्वयं को कभी धोखा नहीं देते। ऐसे में आप न तो शब्दों का इस्तेमाल करके अपने बारे में गप्पे हाँकते हैं और न ही दूसरों के बारे

में झूठी गपशप करके भावनात्मक कड़वाहट फैलाते हैं। इंसानी समाज में गप्पें हाँकना या झूठी गपशप करना संवाद करने का मुख्य तरीका है और हम समझौता करके ही ऐसा करना सीखते हैं। बचपन में हम सबने बड़ों को आपस में गपशप करते और दूसरों के बारे में अपनी राय देते देखा होता है। हम देखते हैं कि हमसे बड़े उन लोगों के बारे में भी राय देने से नहीं चूकते, जिन्हें वे जानते तक नहीं हैं। पर अब आपको अच्छी तरह पता है कि हमारी राय या हमारी धारणाएँ सच नहीं हैं, वे बस हमारी मान्यताएँ या हमारा दृष्टिकोण हैं।

याद रखें कि आप अपनी जीवन की कहानी के रचयिता स्वयं हैं। अगर आप सही शब्दों का चुनाव करते हैं तो आप अपने लिए इतनी कमाल की कहानी रच सकेंगे, जिस पर आपको खुद यकीन नहीं होगा। आप स्वयं के लिए शब्दों का इस्तेमाल सच और प्रेम की दिशा में ही करेंगे। आप शब्दों का इस्तेमाल हमेशा सच की अभिव्यक्ति के लिए करेंगे। फिर आप अपने हर विचार से, हर कार्य से, अपनी व्याख्या से और अपने जीवन की कहानी में उपयोग किए गए हर शब्द से सच की अभिव्यक्ति करेंगे। जिसका परिणाम असाधारण रूप से सुंदर जीवन के रूप में सामने आएगा। दूसरे शब्दों में कहें तो आप बहुत खुश रहेंगे।

जैसा कि आप देख सकते हैं, सही शब्दों का चुनाव जितना नज़र आता है, उससे कहीं ज़्यादा महत्वपूर्ण है। शब्द शुद्ध जादू हैं और जब आप पहला समझौता कर लेते हैं, तो आपके जीवन में भी जादू होने लगता है। फिर आपकी इच्छाएँ आसानी से पूरी होती हैं और आपकी नियत आपके काम आती है क्योंकि तब उसके रास्ते में कोई रुकावट नहीं होती, कोई डर नहीं होता, सिर्फ प्रेम होता है। फिर आप शांति की अवस्था में होते हैं और अपने जीवन को ऐसा बना लेते हैं, जिसमें हर लिहाज से आज़ादी और संपूर्णता का एहसास हो। जीवन को अपना निजी स्वर्ग बनाने के लिए सिर्फ यह एक समझौता ही काफी है। आप शब्दों का कैसा इस्तेमाल कर रहे हैं, इसे लेकर हमेशा जागरूक रहें और हमेशा सही शब्दों का चुनाव करें।

4

हमारा मन अपने आपमें एक पूरा संसार है

दूसरा समझौता

किसी भी चीज़ को निजी तौर पर न लें

जन्म लेते ही हमारे मन में कोई प्रतीक नहीं होते मगर हमारे पास एक दिमाग होता है, दो आँखें होती हैं और हमारा दिमाग प्रकाश से आनेवाली छवियों को पहले से ही अपने मन में कैद कर रहा होता है। हम प्रकाश का बोध करने लगते हैं और उसे लेकर सहज हो जाते हैं। प्रकाश के प्रति हमारे दिमाग की प्रतिक्रिया, हमारे मन में अनगिनत काल्पनिक छवियों के रूप में उभरती है। इसीलिए हम सपने देखते हैं। टोलटेक के दृष्टिकोण से कहें, तो हमारा पूरा जीवन ही एक सपना है क्योंकि हमारा दिमाग चौबीसों घंटे सपने देखने के लिए प्रोग्राम्ड है।

जब दिमाग जागृत अवस्था में होता है, तो हमारे पास एक भौतिक चौखटा या ढाँचा होता है, जिसके जरिए हम रैखिक (Linear) तरीके से चीज़ों का बोध कर पाते हैं। जब दिमाग सुप्त अवस्था में होता है तो ऐसा कोई चौखटा या ढाँचा नहीं होता। इसीलिए हमारे सपने अस्थिर प्रवृत्ति के होते हैं और निरंतर बदलते रहते हैं। हमारी कल्पना शक्ति इतनी जोरदार होती है कि यह हमें हमारे सपनों के माध्यम से कई स्थानों पर ले जाती है। हम अपनी कल्पना में जिन चीज़ों को देख सकते हैं, उन्हें कोई और नहीं देख पाता। इसी तरह अपनी कल्पनाओं में हम जो कुछ भी सुनते हैं, उसे कोई और नहीं सुन पाता या कई बार हम स्वयं भी नहीं सुन पाते क्योंकि यह इस बात पर निर्भर

होता है कि हम कैसा सपना देख रहे हैं। हमारी कल्पना शक्ति छवियों को गति प्रदान करती है पर इन छवियों का अस्तित्व सिर्फ हमारे मन में, हमारे सपने में होता है।

प्रकाश, छवियाँ, कल्पना, सपने देखना... आप अभी भी सपना देख रहे हैं और यह कुछ ऐसी चीज़ है, जिसे आप आसानी से जाँच-परख सकते हैं। शायद आपने कभी गौर नहीं किया होगा कि आपका मन हमेशा सपने देख रहा होता है पर अगर आप पलभर के लिए अपनी कल्पना शक्ति का उपयोग करें, तो समझ जाएँगे कि मैं क्या कहने की कोशिश कर रहा हूँ। अब ज़रा कल्पना करें कि आप एक आईना देख रहे हैं। इस आइने के अंदर आपको अलग-अलग चीज़ों का एक पूरा संसार नज़र आ रहा होगा, लेकिन आपको पता है कि आप जो भी देख रहे हैं, वह बस वास्तविक चीज़ों का प्रतिबिंब है। यह बिलकुल वास्तविक नज़र आता है, जैसे एकदम सच हो पर न तो यह वास्तविक है और न ही सच। अगर आप आइने के अंदर नज़र आ रही चीज़ों को छूने की कोशिश करें, तो पाएँगे कि आप सिर्फ आइने की सतह को छू पा रहे हैं।

आप आइने में जो भी देख रहे हैं, वह बस वास्तविकता की एक छवि है यानी एक वर्चुअल रियलिटी (आभासी वास्तविकता) है, एक सपना है। यह वैसा ही सपना है, जैसा हम इंसान अपने दिमाग की जागृत अवस्था में देखते हैं। क्यों? क्योंकि आप आइने के अंदर जो भी देखते हैं, वह वास्तविकता की एक नकल है, जिसे आप अपनी दृष्टि क्षमता और मानसिक क्षमता की मदद से रचते हैं। यह उस संसार की एक छवि है, जिसे आपने अपने मन में गढ़ रखा है। आपका मन वास्तविकता का बोध इसी तरह करता है। इसी तरह अगर इस आइने के सामने कोई कुत्ता या कोई गिद्ध आ जाए तो उसे इस आइने में सब कुछ वैसा ही दिखाई पड़ेगा, जैसे उसका दिमाग वास्तविकता का बोध करता होगा और यह आपके बोध से बिलकुल अलग होगा।

अब कल्पना करें कि आप आइने में नहीं बल्कि अपनी आँखों में देख रहे हैं। आपकी आँखें उस प्रकाश का बोध करती हैं, जिसे आपकी आँखों के सामने मौजूद लाखों चीज़ें परावर्तित करती रहती हैं। सूर्य पूरे संसार को

प्रकाशित करता है और हर चीज़ उसके प्रकाश को परावर्तित करती है। प्रकाश की अरबों-खरबों किरणें चारों ओर से आपकी आँखों में प्रवेश कर जाती हैं और अलग-अलग चीज़ों की छवि बना देती हैं। आपको लगता है कि आप इन सभी चीज़ों को देख रहे हैं, जबकि वास्तव में आप सिर्फ एक ही चीज़ देख रहे होते हैं और वह है, उन चीज़ों से परावर्तित होनेवाला प्रकाश।

आप जो भी बोध करते हैं, वह वास्तविकता का एक प्रतिबिंब होता है, ठीक वैसा ही प्रतिबिंब जैसा आप किसी आइने में देखते हैं। इन दोनों में बस एक महत्वपूर्ण फर्क होता है कि आइने के पीछे कुछ भी नहीं होता। जबकि आपकी आँखों के पीछे, आपके शरीर में एक दिमाग स्थित होता है, जो हर चीज़ को समझने का प्रयास कर रहा होता है। आपका दिमाग हर उस चीज़ की व्याख्या कर रहा होता है, जिसका आप बोध कर रहे होते हैं। आपका दिमाग उसकी व्याख्या इस आधार पर करता है कि आपने प्रतीकों को क्या अर्थ दिया है। साथ ही यह व्याख्या आपकी भाषा व आपके दिमाग में प्रोग्राम किए गए ज्ञान पर भी निर्भर होती है। आप जो भी बोध करते हैं, वह आपकी सभी मान्यताओं से छनकर आता है। आपका निजी सपना दरअसल आपके बोध की व्याख्या और आपकी मान्यताओं के संयुक्त इस्तेमाल का परिणाम है। तो इस तरह आप अपने मन में एक पूरी वर्चुअल रियलिटी (आभासी वास्तविकता) रच लेते हैं।

अब शायद आप समझ सकते हैं कि हम इंसानों के लिए अपने बोध को विकृत बना देना कितना आसान होता है। प्रकाश हर वास्तविक चीज़ की छवि को दोबारा गढ़ता है। पर हम इस छवि को उन सभी प्रतीकों और विचारों की मदद से एक कहानी बनाकर बिगाड़ देते हैं, जिन्हें हमने पहले से सीख रखा है। हम अपनी कल्पना शक्ति की मदद से इसके बारे में सपने देखते हैं और अपने समझौते के चलते इस सपने को ही सच मान लेते हैं। जबकि वास्तविकता यह है कि हमारा यह सपना बस एक सापेक्ष सच है यानी यह उस सच का प्रतिबिंब है, जो हमारी स्मृति में भंडार करके रखे गए ज्ञान से विकृत होनेवाला है।

संसारभर की महान शख्सियतें अपने-अपने ढंग से यह कह चुकी हैं

कि हमारा मन अपने आपमें एक पूरा संसार है। हम अपने चारों ओर अपनी आँखों से जो संसार देखते हैं, दरअसल वह हमारे ही अंदर होता है। वह तो बस हमारी कल्पना की छवियाँ हैं, एक सपना है। हम निरंतर यह सपना देख रहे होते हैं। इंसान को शताब्दियों पहले ही इस बात की जानकारी हो चुकी थी। न सिर्फ मेक्सिको के टोलटेक बल्कि ग्रीस, रोम, भारत और मिश्र के लोग भी यह बात जानते थे। संसारभर के लोग कह चुके हैं कि 'जीवन एक सपना है।' सवाल बस इतना है कि क्या हमें इसके बारे में मालूम है?

जब हमें यह पता नहीं होता कि हमारा मन हर समय सपने देखता है, तो अपने निजी सपने में आनेवाली हर विकृति के लिए और जीवन की सभी पीड़ाओं के लिए दूसरों को दोष देना आसान होता है। जब हम इस बात के प्रति जागरूक हो जाते हैं कि हम एक सपने में जी रहे हैं, जिसे हमारे भीतर के कलाकार ने रचा है, तो यह हमारे विकास की प्रक्रिया में एक बड़ा कदम होता है। क्योंकि ऐसे में हम अपनी रचना की जिम्मेदारी स्वयं ले सकते हैं। अगर हमें यह एहसास हो जाए कि हमारा मन हमेशा सपने देख रहा होता है, तो हम उन सपनों को बदल भी सकते हैं, जिन्हें देखने में हमें आनंद नहीं आ रहा है।

आपके जीवन की कहानी का सपना कौन देख रहा है? दरअसल वह कोई और नहीं बल्कि आप ही हैं। अगर आपको अपना जीवन पसंद नहीं है, अगर आप स्वयं को लेकर अपनी ही मान्यताओं से खुश नहीं हैं, तो आप ही वह इकलौते इंसान हैं, जो इसे बदल सकते हैं। यह आपका संसार है, आपका सपना है। अगर आपको अपने सपने में आनंद आ रहा है, तो आप इसके हर पल का आनंद लेना जारी रखें। पर अगर यह सपना किसी दुःस्वप्न जैसा है... अगर इसमें नाटकबाजी है... और अगर यह आपको पीड़ा पहुँचा रहा है... आपको अपनी इस रचना में आनंद नहीं आ रहा है, तो आप इसे बदल भी सकते हैं। जैसा कि आप जानते ही होंगे कि इस संसार में लाखों सपने देखनेवालों ने अपने अलग-अलग दृष्टिकोण से लाखों किताबें लिखी हैं। आपकी कहानी उन किताबों जितनी ही दिलचस्प है, यहाँ तक कि उनसे भी अधिक दिलचस्प है क्योंकि आपकी कहानी लगातार बदलती रहती है।

तभी तो दस साल की उम्र में आप जैसे सपने देखते थे या बीस, तीस या चालीस की उम्र में जैसे सपने देखते थे और आज जैसे सपने देखते हैं, उनमें आपस में बहुत फर्क है।

आज आप जिस कहानी का सपना देख रहे हैं, वह उस सपने की कहानी से बहुत अलग है, जिसे आप कल देख रहे थे या जिसे आप एक घंटे पहले देख रहे थे। जब भी आप अपनी कहानी के बारे में बात करते हैं, तो वह इस आधार पर बदलती रहती है कि आप वह कहानी किसे सुना रहे हैं, सुनाते समय आपकी शारीरिक और भावनात्मक अवस्था कैसी है और उस समय आपकी मान्यताएँ क्या हैं। यहाँ तक कि अगर आप हर बार एक ही कहानी सुनाने की कोशिश करें, तब भी वह कहानी हमेशा बदलती रहती है। एक बिंदु पर आकर आपको भी एहसास हो जाता है कि यह सिर्फ एक कहानी ही है, सच्चाई नहीं है। यह तो बस एक वर्चुअल रियलिटी (आभासी वास्तविकता) है, सिर्फ एक सपना है बल्कि यूँ कहें कि यह एक साझा सपना है क्योंकि सभी इंसान एक साथ सपना देख रहे हैं। यह मानवता का साझा सपना है, इस ग्रह का सपना है, जो आपके पैदा होने से पहले भी था। अब आपने अपनी कलाकृति की रचना करना, अपनी कहानी कहना सीख लिया है।

दूसरा समझौता :
किसी भी चीज़ को निजी तौर पर न लें

चलिए अब अपनी कल्पना शक्ति का प्रयोग करते हुए मिलकर एक सपने की रचना करते हैं। कल्पना कीजिए कि आप किसी ऐसे विशालकाय मॉल में हैं, जहाँ सैकड़ों सिनेमाघर हैं। आप यह देखने के लिए चारों ओर नज़र दौड़ाते हैं कि किस सिनेमाघर में कौन सी फिल्म चल रही है। तभी आपकी नज़र एक ऐसे सिनेमाघर पर पड़ती है, जिसकी फिल्म का शीर्षक आपका नाम है। कमाल है! आप उस सिनेमाघर के अंदर जाते हैं और देखते हैं कि सारी सीट्स खाली पड़ी हैं, सिवाए एक सीट के, जिस पर कोई बैठा हुआ है। आप बिना कोई दखल दिए चुपचाप उसके पीछेवाली सीट पर जाकर बैठ जाते हैं। आप पर उसका ध्यान तक नहीं जाता। उसका पूरा ध्यान

फिल्म देखने पर लगा हुआ है।

फिर आप स्क्रीन की ओर देखते हैं और हैरान रह जाते हैं। आप फिल्म में दिखाए जा रहे सभी किरदारों को फौरन पहचान लेते हैं, आपकी माँ, आपके पिता, आपके भाई-बहन, आपके बच्चे, आपके दोस्त, आपके चहेते लोग, सब उस स्क्रीन पर दिखाई पड़ रहे हैं। फिर आपकी नज़र फिल्म के मुख्य किरदार पर पड़ती है, जो कोई और नहीं बल्कि आप स्वयं हैं। आप इस फिल्म के सितारे हैं और यह आप ही की कहानी है। जो इंसान आपके आगेवाली सीट पर बैठा है, वह भी कोई और नहीं बल्कि आप ही हैं। आप स्वयं को फिल्म में अभिनय करते हुए देख रहे हैं। निश्चित ही फिल्म का मुख्य किरदार वैसा है, जैसा आप स्वयं को समझते हैं। बाकी किरदार भी वैसे ही हैं, जैसा आप उन्हें मानते हैं क्योंकि आप अपनी कहानी से अच्छी तरह परिचित हैं। आप जो कुछ भी देख रहे हैं, उससे कुछ ही देर में अभिभूत हो जाते हैं और तय करते हैं कि आप किसी और सिनेमाघर में जाएँगे।

आप दूसरे सिनेमाघर में पहुँचते हैं और देखते हैं कि वहाँ भी सिर्फ एक ही दर्शक है। आप उसके बगलवाली सीट पर जाकर बैठ जाते हैं पर आप पर उस महिला दर्शक का ध्यान तक नहीं जाता। आप चुपचाप फिल्म देखने लगते हैं और फिल्म के किरदारों को पलभर में पहचान जाते हैं। इस फिल्म में आप मुख्य किरदार नहीं बल्कि सहयोगी किरदार निभा रहे हैं। यह आपकी माँ के जीवन की कहानी है और आपके बगल में बैठी महिला दर्शक आपकी माँ ही हैं, जो बड़े गौर से फिल्म देख रही हैं। तभी आपको एहसास होता है कि फिल्म में जो महिला आपकी माँ बनी हुई हैं, वह आपकी माँ नहीं बल्कि कोई और है। वे फिल्म में जिस तरह स्वयं को प्रोजेक्ट करती हैं, वह उनके वास्तविकता रूप से बहुत अलग है। वे चाहती हैं कि लोग उन्हें इसी रूप में देखें और जानें। जबकि आप जानते हैं कि यह प्रामाणिक नहीं है। वे बस अभिनय कर रही हैं। पर फिर आपको एहसास होने लगता है कि वे स्वयं को इसी रूप में देखती हैं। यह एहसास आपके लिए किसी झटके से कम नहीं है।

इसके बाद आप अचानक गौर करते हैं कि इस फिल्म में जिस

किरदार का चेहरा आपके जैसा है, वह पिछले सिनेमाघर में चल रही आपकी फिल्म में आपके किरदार से बिलकुल अलग है। आप स्वयं से बुदबुदाते हैं, 'ओह, तो ये मैं नहीं हूँ।' पर अब आप जानते हैं कि आपकी माँ आपको इसी रूप में देखती हैं। आपके बारे में आपकी माँ की जो मान्यताएँ हैं, वे स्वयं के बारे में आपकी अपनी मान्यताओं से बिलकुल अलग हैं। फिर आपको फिल्म में अपने पिता का किरदार नज़र आता है, जो बिलकुल वैसा ही है, जैसे आपकी माँ आपके पिता को देखती हैं। पर आप स्वयं अपने पिता को जिस रूप में देखते हैं, इस फिल्म में पिता का किरदार वैसा नहीं है बल्कि एकदम विकृत है। बाकी किरदारों को भी आपकी माँ इतने ही विकृत रूप में देखती हैं। आप यह सब देखकर ज़रा परेशान हो जाते हैं। आखिर वे ऐसा कैसे कर सकती हैं! आप फौरन वहाँ से निकल जाते हैं।

आप अगले सिनेमाघर में पहुँचते हैं और यहाँ आपकी पत्नी की कहानीवाली फिल्म चल रही है, जिसे आप बहुत प्रेम करते हैं। इस फिल्म को देखकर आपको पता चलता है कि आपकी पत्नी आपको किस रूप में देखती है। यहाँ आपका किरदार आपकी अपनी फिल्म और आपकी माँ की फिल्म में दिखाए गए आपके किरदार से बिलकुल अलग है। इसके साथ ही आप यहाँ यह भी देखते हैं कि आपकी पत्नी आपके बच्चों को, आपके परिवार को और दोस्तों को किस रूप में देखती है। आप यह भी देखते हैं कि आपकी पत्नी स्वयं को कैसे प्रस्तुत करती है ताकि लोग उसे उसी रूप में देखें। आप खुद उसे जिस रूप में देखते हैं, यह उससे बिलकुल अलग है। इसके बाद आप यहाँ से भी निकल जाते हैं और उस सिनेमाघर में पहुँचते हैं, जिसमें आपके बच्चों की कहानीवाली फिल्म चल रही है। उस फिल्म को देखकर आपको पता चलता है कि आपके बच्चे आपको और अपने दादा-दादी यानी आपके माता-पिता को किस रूप में देखते हैं। आप जो देखते हैं, उस पर विश्वास करना आपके लिए बहुत मुश्किल है। फिर आप अपने भाई-बहनों की और अपने दोस्तों की फिल्में भी देखते हैं। जिन्हें देखकर आपको महसूस होता है कि हर कोई अपनी-अपनी फिल्म के किरदारों को विकृत बना रहा है।

इन सभी फिल्मों को देखने के बाद आप तय करते हैं कि आप एक बार फिर उस पहले सिनेमाघर में वापस लौटेंगे और अपनी फिल्म दोबारा देखेंगे। वहाँ आप स्वयं को अपनी फिल्म में अभिनय करते हुए देखते हैं, लेकिन आप इस फिल्म की किसी भी चीज़ पर विश्वास नहीं करते। अब आप अपनी कहानी पर ही विश्वास नहीं करते क्योंकि आप यह समझ चुके हैं कि यह सिर्फ एक कहानी ही है। आप यह जान चुके हैं कि आपने जीवनभर जो अभिनय किया, वह व्यर्थ था क्योंकि कोई भी आपको उस रूप में नहीं देखता, जिस रूप में आप चाहते हैं। आप यह भी समझ चुके हैं कि आपकी फिल्म में जो भी नाटकबाजी चल रही होती है, उस पर आपके आसपास के लोग गौर तक नहीं करते। यह स्वाभाविक ही है कि हर किसी का पूरा ध्यान उनकी अपनी फिल्म पर केंद्रित होता है। यहाँ तक कि जब आप उनके सिनेमाघर में उनके बगलवाली सीट पर जाकर भी बैठ जाते हैं, तब भी उनका ध्यान आप पर नहीं जाता। उनका ध्यान सिर्फ अपनी कहानी पर होता है। उनके लिए वही एकमात्र वास्तविकता है और वे उसी में जीते हैं। उनका ध्यान उनकी अपनी रचना पर इस कदर अटका हुआ होता है कि उन्हें स्वयं की उपस्थिति का भी आभास नहीं होता।

उस एक पल में आपके लिए सब कुछ बदल जाता है। कुछ भी पहले जैसा नहीं रहता। क्योंकि अब आप देख सकते हैं कि असल में क्या हो रहा है। लोग अपनी ही दुनिया में रहते हैं। वे अपनी ही फिल्म में, अपनी ही कहानी जीते हैं। वे उस कहानी पर पूरा विश्वास करते हैं और वह कहानी ही उनके लिए सच होती है। पर यह एक सापेक्ष सच है क्योंकि आपके लिए यह सच नहीं है। अब आप देख सकते हैं कि आपके बारे में उनके जो मत थे, वे दरअसल आपके बारे में नहीं बल्कि उस किरदार के बारे में थे, जो उनकी निजी फिल्म में आपकी भूमिका कर रहा है। आपके नाम पर वे जिसे आँकने का प्रयास कर रहे हैं, वह उनका अपना रचा हुआ किरदार है। लोग आपके बारे में जो भी सोचते हैं, वह सब वे दरअसल आपकी उस छवि के बारे में सोचते हैं, जो उनके अपने मन में है, जबकि आप वह छवि नहीं हैं।

अब आपके सामने यह स्पष्ट है कि आप जिन लोगों को सबसे अधिक

प्रेम करते हैं, वे आपको नहीं जानते और न ही आप उन्हें जानते हैं। उनके बारे में आपकी जानकारी, उन मान्यताओं तक सीमित है, जो आपने उनके बारे में बना रखी हैं। आप बस उनकी उस छवि को जानते हैं, जो आपने अपने मन में बना रखी है और उस छवि का उनके असली व्यक्तित्व से कोई वास्ता नहीं है। आपको लगता था कि आप अपने माता-पिता को, अपने जीवनसाथी को, अपने बच्चों और अपने दोस्तों को अच्छी तरह जानते हैं। जबकि सच तो यह है कि उनकी दुनिया में क्या हो रहा है, आपको इस बात का अंदाजा तक नहीं है। आपको नहीं पता कि वे वास्तव में क्या सोच रहे हैं, क्या महसूस कर रहे हैं और उनके सपने क्या हैं। इससे भी ज़्यादा हैरानी की बात है कि आपको लगता था कि आप स्वयं को जानते हैं। पर फिर आपको पता चलता है कि आप तो स्वयं को भी नहीं जानते क्योंकि आप इतने लंबे समय से अभिनय कर रहे थे कि आप जो नहीं हैं, उसका नाटक करने में आपको महारत हासिल हो चुकी है।

इस बारे में जागरूक होने के बाद आप समझ सकते हैं कि यह कहना कितना हास्यास्पद है कि 'मेरे अपने मुझे नहीं समझते। कोई मुझे नहीं समझता।' बेशक वे आपको नहीं समझते। आप खुद अपने आपको नहीं समझते। आपका व्यक्तित्व आपकी भूमिका और आपकी कहानी के सहायक किरदारों के अनुसार व उस समय के आपके सपनों के अनुसार हर पल बदलता रहता है। घर में आपका व्यक्तित्व और ऑफिस में आपका व्यक्तित्व एक-दूसरे से बिलकुल अलग होता है। आप अपनी महिला मित्रों की संगत में जैसे होते हैं, अपने पुरुष मित्रों की संगत में उससे बिलकुल अलग होते हैं। पर जीवनभर आप इस भुलावे में रहते हैं कि लोग आपको बहुत अच्छी तरह जानते हैं। फिर जब कभी वे आपकी उम्मीदों के मुताबिक व्यवहार नहीं करते तो आप इसे निजी तौर पर लेते हुए गुस्सा दिखाते हैं और ऐसे शब्दों का इस्तेमाल कर देते हैं कि संघर्ष की स्थिति बन जाती है। यह सब नाटक बेवजह ही होता है।

अब यह समझना मुश्किल नहीं है कि लोगों के बीच इतना संघर्ष क्यों होता है। यह संसार सपने देखनेवाले करोड़ों लोगों से भरा पड़ा है,

जिन्हें यह पता ही नहीं है कि लोग अपनी ही दुनिया में रहते हैं और बस अपना ही सपना देखते हैं। उनके सपने, उनकी कहानी के मुख्य किरदार का दृष्टिकोण ही उनका अपना दृष्टिकोण होता है। उनके अनुसार हर चीज़ उनसे ही संबंधित है। जब उनकी कहानी के सहयोगी किरदार कुछ ऐसा कह देते हैं, जो उनके निजी दृष्टिकोण से मेल नहीं खाता, तो उन्हें गुस्सा आने लगता है। फिर वे अपना और अपने दृष्टिकोण का बचाव करने की मुद्रा में आ जाते हैं। वे चाहते हैं कि सहयोगी किरदार हमेशा उनकी पसंद के अनुसार ही रहें और जब ऐसा नहीं होता, तो उन्हें दुःख होता है या वे बुरा मान जाते हैं। वे हर चीज़ को निजी तौर पर लेने लगते हैं। इस बारे में जागरूक होकर आपको इसका हल मिल जाएगा। यह बहुत ही आसान और तार्किक हल है कि किसी भी चीज़ को निजी तौर पर न लें।

अब आपके सामने दूसरे समझौते का अर्थ पूरी तरह स्पष्ट हो चुका है। यह समझौता आपको अपने सहयोगी किरदारों से बातचीत करने के लिए तैयार करता है। आपको दूसरों के दृष्टिकोण को लेकर परेशान होने की ज़रूरत नहीं है। एक बार जब आप यह समझ जाते हैं कि लोग आपके बारे में जो भी कहते या करते हैं, वह दरअसल आपके बारे में नहीं होता, तो फिर इस बात से कोई फर्क नहीं पड़ता कि कौन आपके बारे में उल्टी-सीधी गप्पें हाँक रहा है, कौन आपको दोषी ठहरा रहा है, कौन आपको अस्वीकार कर रहा है और कौन आपके दृष्टिकोण से असहमत है। फिर दूसरों की फालतू गप्पें आपको प्रभावित नहीं करतीं। फिर आप अपने दृष्टिकोण का बचाव करने को लेकर भी परेशान नहीं होते। आप बस कुत्तों को भौंकने देते हैं। जब आप ऐसा करते हैं तो भौंकना शुरू कर देते हैं और आगे भी भौंकना जारी रखते हैं। तो क्या हुआ? लोगों के कुछ कहने से आपको कोई फर्क नहीं पड़ता क्योंकि आप उनके मत, धारणाओं और उनके भावनात्मक जहर से मुक्त हैं। आप उन लोगों से भी मुक्त हैं, जो दूसरों के बारे में उल्टी-सीधी गप्पें हाँककर उन्हें चोट पहुँचाने की कोशिश करते हैं और जो खुद को चोट पहुँचाने के लिए दूसरों का इस्तेमाल करते हैं।

कुछ भी व्यक्तिगत तौर पर न लें। यह मंत्र इंसानों के बीच बातचीत के दौरान बहुत काम आता है। यह व्यक्तिगत आज़ादी का रास्ता है क्योंकि फिर आप दूसरों के मत और धारणाओं के अनुसार नहीं जीएँगे। यह सचमुच आपको मुक्त करता है! फिर आप चाहे जो कर सकते हैं क्योंकि आपको पता होगा कि आप जो भी करेंगे, उसका लेना-देना सिर्फ आपसे होगा, न कि किसी और से।

संसार में सिर्फ एक ही इंसान है, जिसे आपकी कहानी से मतलब होना चाहिए और वह इंसान आप खुद हैं। इस बारे में जागरूक होते ही सब कुछ बदल जाता है। याद रखें कि सच के प्रति जागरूक होना आत्म-निपुणता के रास्ते में पहला कदम है और अब आप इसी रास्ते पर हैं। यहाँ आपको सच की याद दिलाई जा रही है।

अब चूँकि आप इस सच को समझते हैं और जागरूक हो चुके हैं, तो अब भला आप किसी चीज़ को निजी तौर पर क्यों लेंगे? एक बार जब आप यह समझ जाते हैं कि हर इंसान अपनी ही दुनिया में रहता है, अपनी ही फिल्म में अभिनय कर रहा होता है, अपने ही सपने में जी रहा होता है तो दूसरा समझौता यानी 'किसी भी चीज़ को निजी तौर पर न लें,' आपके लिए सामान्य ज्ञान जैसा हो जाता है।

5
सच या कल्पना
तीसरा समझौता
धारणाएँ न बनाएँ

हज़ारों सालों से हम इंसानों के बीच यह मान्यता रही है कि हमारे मन में हमेशा सही और गलत के बीच संघर्ष चलता रहता है। जबकि यह वास्तविकता नहीं है। सही या गलत तो संघर्ष का परिणाम भर है। क्योंकि असली संघर्ष सच और झूठ के बीच चल रहा होता है या शायद हमें यह कहना चाहिए कि संसार के सारे संघर्ष किसी न किसी झूठ का परिणाम होते हैं क्योंकि सच के साथ कोई संघर्ष नहीं होता। सच को साबित करने की ज़रूरत नहीं पड़ती। हम सच पर विश्वास करें या न करें, पर वह हमेशा सच ही रहता है। दूसरी ओर झूठ का अस्तित्व सिर्फ इसीलिए होता है क्योंकि हम स्वयं इसकी रचना करते हैं। यह तभी टिकता है, जब हम इस पर विश्वास करते हैं। झूठ दरअसल शब्दों की विकृति है, संदेश के अर्थ की विकृति है और वह विकृति उसके प्रतिबिंब में यानी इंसान के मन में है। झूठ हमारी ही रचना है। यह सत्य नहीं है। हम स्वयं इसे अस्तित्व में लाते हैं और अपने मन की वर्चुअल रियलिटी (आभासी वास्तविकता) में असली बना देते हैं।

इस सच से मुझे मेरे दादा जी ने अवगत कराया था। उस समय मैं किशोरावस्था में था। हालाँकि मुझे इसे समझने में सालों लग गए क्योंकि मैं हमेशा यह सोचता रहा कि 'भला हम सच को कैसे जान सकते हैं?' इस सच को समझने के लिए मैं प्रतीकों का इस्तेमाल कर रहा था, जबकि

वास्तविकता यह है कि प्रतीकों के पास सच के बारे में कहने को कुछ नहीं होता। सच का अस्तित्व तो तब भी था, जब इंसानों ने ये प्रतीक नहीं बनाए थे।

एक कलाकार के तौर पर हम सच को हमेशा प्रतीकों से विकृत बना देते हैं पर असली समस्या यह नहीं है। जैसा कि मैंने पहले कहा, समस्या तो तब होती है, जब हम इस विकृति पर विश्वास करने लगते हैं। क्योंकि कुछ झूठ बड़े मासूम नज़र आते हैं, जबकि कुछ झूठ बड़े ही घातक होते हैं।

आइए, देखते हैं कि एक साधारण सी कुर्सी के बारे में एक कहानी या एक अंधविश्वास पैदा करने के लिए हम शब्दों का इस्तेमाल कैसे कर सकते हैं। जैसे अगर आपसे पूछा जाए कि एक साधारण सी कुर्सी के बारे में आप क्या जानते हैं? तो आप यही कहेंगे कि कुर्सी का इस्तेमाल बैठने के लिए होता है और यह लकड़ी, धातु या कपड़े की बनी होती है पर इस तरह प्रतीकों का इस्तेमाल करके हम बस एक दृष्टिकोण जाहिर कर रहे होते हैं। सच तो यह है कि हम जानते ही नहीं कि यह कौन सी चीज़ है। हाँ, हम पूरे अधिकार से शब्दों का इस्तेमाल करते हुए स्वयं से और अपने आसपास के अन्य लोगों से यह ज़रूर कह सकते हैं, 'यह एक बेहूदा कुर्सी है और मुझे इससे नफरत है।'

यह बात पहले से ही विकृत है पर यह तो बस शुरुआत है। हम यह भी कह सकते हैं कि 'यह बड़ी ही मूर्खतापूर्ण कुर्सी है और मुझे तो ऐसा लगता है कि जो भी इस कुर्सी पर बैठता है, वह भी मूर्ख ही बन जाएगा। मेरा मानना है कि हमें इस कुर्सी को नष्ट कर देना चाहिए क्योंकि अगर कोई इस कुर्सी पर बैठा और यह टूट गई तो वह गिर जाएगा, जिससे उसकी कमर की हड्डी टूट सकती है। यह कुर्सी वाकई वाहियात है! चलो इस कुर्सी के खिलाफ एक नया कानून बना देते हैं ताकि सभी को पता चल जाए कि यह कुर्सी समाज के लिए एक खतरा है। आज से इस कुर्सी के आसपास जाना भी मना है!'

अगर हम ऐसा कहते हैं, तो जो भी हमारी इस बात पर यकीन करेगा, वह इस खतरनाक कुर्सी से घबराने लगेगा। जल्द ही कुछ ऐसे लोग भी सामने आ जाएँगे, जो इस कुर्सी से इस हद तक घबराते होंगे कि उन्हें इसके बारे में बुरे सपने तक आने शुरू हो जाएँगे। वे इस खतरनाक कुर्सी के प्रति जुनून की हद तक आसक्त हो जाएँगे। उन्हें यह लगने लगेगा कि इससे पहले कि यह कुर्सी उन्हें नष्ट कर दे, इस कुर्सी को ही नष्ट कर देना चाहिए।

आप देख सकते हैं कि शब्दों की मदद से हम क्या कर सकते हैं। वह कुर्सी बस एक चीज़ है। उसका अस्तित्व है और यह एक सच है, लेकिन हमने उसके बारे में जो कहानी रची, वह सच नहीं बल्कि सिर्फ एक अंधविश्वास है, एक विकृत बात है, जो पूरी तरह से झूठ है। अगर हम इस झूठ पर विश्वास नहीं करते, तो सब ठीक है पर अगर हम इस पर विश्वास कर लेते हैं और फिर उस विश्वास को दूसरों से मनवाने की कोशिश करते हैं, तो फिर यह बुराई बन जाती है। निश्चित ही बुराई कई प्रकार की हो सकती है और इस बात पर निर्भर होती है कि हमारे अंदर कितनी शक्ति है। कुछ लोग पूरे संसार को एक ऐसे भयानक युद्ध में झोंकने में भी सक्षम होते हैं, जिसमें लाखों मासूमों की जान चली जाती है। संसारभर में ऐसे कई अत्याचारी शासक हैं, जो दूसरे देशों पर हमला करके वहाँ के निवासियों का जीवन नष्ट कर देते हैं। वे ऐसा इसीलिए करते हैं क्योंकि वे किसी झूठ पर विश्वास कर लेते हैं।

अब हम आसानी से यह समझ सकते हैं कि इंसान के मन में हमेशा संघर्ष क्यों चलता रहता है। यह संघर्ष सिर्फ इंसानी मन और वर्चुअल रियलिटी (आभासी वास्तविकता) में ही होता है क्योंकि प्रकृति में यह संघर्ष कहीं और मौजूद नहीं होता। ऐसे इंसानों की संख्या करोड़ों में है, जो अपनी स्मृति में मौजूद सभी प्रतीकों को विकृत कर लेते हैं और फिर विकृति से भरी बातें भी करते हैं। असल में मानवता के साथ वास्तव में यही गड़बड़ हुई है। इससे हम समझ सकते हैं कि आखिर संसार में इतना अन्याय और अत्याचार

क्यों है और क्यों यहाँ इतने युद्ध होते हैं। साथ ही इससे यह भी पता चलता है कि इंसानों के इस संसार में 'नर्क' नामक सपने का अस्तित्व क्यों है। वास्तव में नर्क कुछ और नहीं बल्कि ढेर सारे झूठों से बना एक सपना मात्र है।

याद रखें कि हमारे सपनों पर हमारी मान्यताओं का नियंत्रण होता है। हम जिसे सच और कल्पना मानते हैं, उसी से हमारे सपने तय होते हैं। सच हमें हमारी प्रामाणिकता और खुशी की ओर ले जाता है। जबकि झूठ हमें जीवन की सीमाओं, पीड़ा और नाटकबाजी की ओर धकेल देता है। जो भी सच पर विश्वास करता है, वह स्वर्ग में रहता है। जबकि जो झूठ पर विश्वास करता है, उसे आज नहीं तो कल नर्क में रहना ही पड़ता है। स्वर्ग या नर्क में जाने के लिए मरना ज़रूरी नहीं है। स्वर्ग तो हमारे चारों ओर फैला हुआ है, ठीक वैसे ही जैसे हमारे चारों ओर नर्क फैला हुआ है। दरअसल स्वर्ग एक दृष्टिकोण है, एक मानसिक अवस्था है। ठीक इसी तरह नर्क भी एक दृष्टिकोण ही है। इसलिए बेशक झूठ के कारण ही हमारे मन में इतना कुछ चलता रहता है। इंसान स्वयं झूठ को जन्म देता है और फिर वह झूठ ही इंसान पर नियंत्रण करने लगता है पर कभी न कभी सच भी सामने आता है और सच की मौजूदगी में झूठ बच नहीं पाता।

सदियों पहले लोगों का मानना था कि धरती गोल नहीं बल्कि सपाट है। कुछ लोग कहते थे कि यह धरती कुछ हाथियों की पीठ पर टिकी हुई है। क्योंकि ऐसा कहकर वे स्वयं को सुरक्षित महसूस करते थे। उन्हें लगता था कि 'चलो अब हमें पता है कि धरती सपाट है और कहीं टिकी हुई है,' पर अब हम जानते हैं कि ऐसा नहीं है! उस समय धरती के सपाट होने की मान्यता को ही सच मान लिया गया था और लगभग हर कोई इससे सहमत भी था। लेकिन क्या वाकई सबके मान लेने से यह सच बन जाता है?

वर्तमान में हम जो सबसे बड़ा झूठ सुनते हैं, वह यह है कि 'कोई भी परफेक्ट (परिपूर्ण) नहीं होता।' असल में यह उचित व्यवहार न करने का एक बहाना भर है और लगभग हर कोई ऐसा मानता है, पर क्या यह

वाकई सच है? वास्तविकता इससे बिलकुल विपरीत है क्योंकि संसार का हर इंसान परफेक्ट होता है। इसके बावजूद हम बचपन से यह झूठ सुनते आ रहे हैं और परिणामस्वरूप हम स्वयं को परफेक्शन की एक झूठी छवि के आधार पर आँकते रहते हैं। हम परफेक्शन हासिल करने की तलाश में रहते हैं। इस तलाश से हमें पता चलता है कि इंसानों के अलावा इस पूरे ब्रह्माण्ड की हर चीज़ परफेक्ट होती है। सूर्य, चाँद, तारे, सारे ग्रह, सब परफेक्ट हैं, पर जब बात इंसानों की आती है तो कहा जाता है कि 'कोई भी परफेक्ट नहीं होता।' जबकि सच तो यह है कि संसार में जिस भी चीज़ की रचना हो रही है, वह परफेक्ट है और इसमें इंसान भी शामिल हैं।

हमारे पास इस सच को देखने की जागरूकता इसीलिए नहीं है क्योंकि हमने अपनी आँखों के आगे परदा डाल रखा है। आप पूछ सकते हैं कि 'उस इंसान का क्या, जो शारीरिक रूप से अपाहिज है? क्या वह परफेक्ट है?' इसका जवाब यह है कि 'भले ही आप यह मानते हों कि वह परफेक्ट नहीं है, लेकिन क्या आप जो मानते हैं, वह सच होता है? कौन कहता है कि जिसे हम अपाहिज या बीमार मानते हैं, वह परफेक्ट नहीं है?'

हमारे मामले में हर चीज़ परफेक्ट है, भले ही हम अपाहिज हों या किसी बीमारी से ग्रस्त हों। अगर आपको सीखने में समस्या होने की बीमारी है, तब भी आप परफेक्ट हैं। अगर आप एक उँगली के बिना या एक हाथ या फिर एक पैर के बिना पैदा हुए हैं, तब भी आप परफेक्ट हैं। अगर आपको कोई बीमारी है, तब भी आप परफेक्ट हैं। सिर्फ परफेक्शन का ही अस्तित्व है और इस बारे में जागरूक होना हमारी विकास प्रक्रिया का एक अहम कदम है। इसके अलावा कुछ और कहना ऐसा होगा मानो हम अपने ही बारे में जागरूक न हों। हालाँकि सिर्फ यह कहना काफी नहीं है कि हम परफेक्ट हैं। हमें इस बात पर विश्वास भी करना होगा कि हम परफेक्ट हैं। अगर हम यह मानते हैं कि हम परफेक्ट नहीं हैं, तो यह झूठ स्वयं के समर्थन में अन्य झूठों को इकट्ठा कर लेता है। इसके बाद

वे सारे झूठ मिलकर सच्चाई को दबा देते हैं। फिर हम अपने लिए जो सपना रच रहे होते हैं, उसे वे सारे झूठ अपने हिसाब से रचने लगते हैं। झूठ कुछ और नहीं बल्कि अंधविश्वास है और मेरा यकीन मानिए, हम सब अंधविश्वासों के संसार में रहते हैं। यहाँ एक बार फिर वही सवाल उठता है कि क्या हम इसके प्रति जागरूक हैं?

जरा कल्पना करें कि कल सुबह नींद से जागने पर आप स्वयं को चौदहवीं शताब्दी के यूरोप में पाते हैं। पर वहाँ भी आपकी जानकारियाँ और मान्यताएँ इक्कीसवीं शताब्दी जैसी यानी वर्तमान जैसी हैं। कल्पना कीजिए कि उस दौर के लोग आपके बारे में क्या सोचेंगे और आपका आँकलन किन मानकों पर करेंगे? वे हर रोज़ नहाने के लिए आप पर मुकदमा चला देंगे। आपकी हर मान्यता उन्हें अपनी मान्यताओं के लिए खतरा लगेगी। उन्हें आप पर जादू-टोना करने का आरोप लगाने में भी देर नहीं लगेगी। वे आपको यातनाएँ देना शुरू कर देंगे और आपसे जबरदस्ती यह कबूल करवा लेंगे कि आप एक जादू-टोना करनेवाले इंसान हैं। वे आपकी मान्यताओं से इतने डरे हुए होंगे कि आखिर में आपको मार डालेंगे। आप समझ सकते हैं कि उन लोगों का जीवन अंधविश्वास के अंधे कुँए में डूबा हुआ था। शायद ही उनकी कोई मान्यता ऐसी हो, जो वाकई सच हो। आज आपके लिए इस बात को समझना बहुत आसान है पर ऐसा आपकी आज की मान्यताओं के कारण ही है। जबकि उन लोगों को तो पता नहीं था कि वे अंधविश्वास में जी रहे हैं। उनका जीवन जीने का यह तरीका उनके लिए बहुत ही सामान्य सी बात थी। वे जीने का इससे बेहतर तरीका जानते ही नहीं थे क्योंकि उन्होंने इसके अलावा कुछ और नहीं सीखा था।

इसीलिए चौदहवीं शताब्दी के उन लोगों की मान्यताओं की तरह ही शायद आज स्वयं के बारे में आपकी मान्यताएँ भी अंधविश्वासों से भरी हुई हों। ज़रा कल्पना कीजिए कि आज से सात-आठ शताब्दियों बाद आनेवाले लोग अगर यह देख सके कि हममें से ज़्यादातर लोग स्वयं के बारे में कैसी मान्यताएँ रखते हैं तो भविष्य के उन लोगों को कैसा लगेगा? हममें

से अधिकतर लोगों का अपने शरीर के साथ जो संबंध है, उसमें असभ्यता का एक अंश है। हालाँकि यह उतना भी बुरा नहीं है, जितना सात-आठ शताब्दी पहले के लोगों का था। हमारा शरीर हमारे प्रति पूरी तरह वफादार होता है, इसके बावजूद हम बार-बार अपने शरीर का आँकलन करते रहते हैं और इसका दुरूपयोग करते हैं। यह हमारा सहयोगी है, पर फिर भी हम इससे दुश्मनों जैसा बरताव करते हैं। हमारा समाज किसी इंसान के आकर्षक होने को बहुत महत्त्व देता है। कोई कितना आकर्षक है, यह आँकने का आधार होता है मीडिया यानी टी.वी., फिल्मों और फैशन पत्रिकाओं में दिखाई गई छवियाँ। अगर हम यह मानते हैं कि हम इनमें दिखाई गई छवियों के मुताबिक आकर्षक नहीं हैं, तो इसका अर्थ है कि हम एक झूठ को सच मानने की गलती कर रहे हैं और इस शब्द का इस्तेमाल अपने खिलाफ यानी सच के खिलाफ कर रहे हैं।

मीडिया पर जिन लोगों का नियंत्रण है, वे हमें बताते हैं कि हमारी मान्यताएँ क्या होनी चाहिए, हमें कैसे कपड़े पहनने चाहिए और क्या खाना-पीना चाहिए। ये आम लोगों से धूर्तता करते हैं और उन्हें अपनी मर्जी के हिसाब से पुतलियों की तरह नियंत्रित करने की कोशिश में रहते हैं। अगर वे चाहते हैं कि हम किसी से नफरत करें, तो ये फौरन उसके बारे में झूठी अफवाहें फैलाना शुरू कर देते हैं और उनका यह झूठ किसी जादू की तरह कारगर साबित होता है। जब हम उनके हाथों से नियंत्रित होनेवाली पुतलियों की तरह जीना बंद कर देते हैं, तो हमारे लिए यह समझना बहुत आसान हो जाता है कि अब तक हम झूठ और अंधविश्वास द्वारा दिखाए गए रास्ते पर चलते हुए जी रहे थे। कल्पना कीजिए कि भविष्य में लोग हमारे इन अंधविश्वासों के बारे में क्या सोचेंगे? अगर वे इंसानों सहित सृष्टि की पूर्णता पर विश्वास करेंगे, तो क्या हम इसके लिए उन्हें सूली पर चढ़ा देंगे?

सच और झूठ क्या है? एक बार फिर यह स्पष्ट है कि जागरूकता बहुत महत्वपूर्ण होती है क्योंकि सच कभी शब्दों से या ज्ञान से नहीं आता पर झूठ

इसी तरह आता है और यहाँ झूठ की संख्या लाखों में है। जब हम जागरूक नहीं होते तो बहुत से झूठों पर विश्वास करते हैं। तब या तो हम सच को नज़रअंदाज कर देते हैं या फिर उसे देखते ही नहीं हैं। जब हम डोमेस्टिकेटेड (पालतू - जंगल में रहने के बजाय घर बनाकर रहना) बन जाते हैं, तो बहुत सारा ज्ञान जमा कर लेते हैं और वह सारा ज्ञान धुँध से बनी दीवार जैसा होता है, जो हमारे सामने रुकावट बनकर खड़ा हो जाता है और हमें सच का बोध नहीं करने देता। फिर हम सिर्फ वही देखते हैं, जो देखना चाहते हैं और सिर्फ वही सुनते हैं, जो सुनना चाहते हैं। हमारी सारी मान्यताएँ किसी आइने की तरह होती हैं, जो हमें सिर्फ वही दिखाती हैं, जो हम पहले से मानते हैं।

जैसे-जैसे हम बड़े होते हैं, नए-नए झूठ सीखते जाते हैं। इन सभी झूठों का एक मज़बूत जाल तैयार हो जाता है। हम इस जाल को अपनी सोच से और मज़बूत बना देते हैं क्योंकि हम अपनी सोच पर, अपने विचारों पर विश्वास करते हैं। हम एक धारणा बना लेते हैं कि हम जो भी सोचते हैं, वही आखिरी सच है। हम यह सोचने के लिए कभी एक पल ठहरते तक नहीं हैं कि हमारा सच दरअसल सापेक्ष सच, आभासी सच है। आमतौर पर यह तो किसी भी तरह के सच के करीब तक नहीं होता और जागरूकता के बिना हम सच के इससे ज़्यादा करीब नहीं पहुँच सकते।

तीसरा समझौता : धारणाएँ न बनाएँ

अब बारी आती है तीसरे समझौते की। तीसरा समझौता है, 'धारणाएँ न बनाएँ।' धारणाएँ बनाना समस्याओं को आमंत्रण देने जैसा है। क्योंकि अधिकतर धारणाएँ सच नहीं बल्कि काल्पनिक होती हैं। हमारी सबसे बड़ी धारणाओं में से एक है यह मानना कि वर्चुअल रियलिटी (आभासी वास्तविकता) सच होती है। हमारी एक अन्य सबसे बड़ी धारणा यह होती है कि दूसरों की वर्चुअल रियलिटी (आभासी वास्तविकता) भी सच होती है। खैर, अब आप यह जानते हैं कि किसी की भी वर्चुअल रियलिटी (आभासी वास्तविकता) सच नहीं होती!

अगर हम जागरूकता से काम लें, तो हम जो भी धारणाएँ बनाते हैं, उन्हें आसानी से देख सकते हैं। साथ ही यह भी देख सकते हैं कि ऐसी धारणाएँ बनाना कितना आसान होता है। इंसान की कल्पना शक्ति बहुत जोरदार होती है। हम तरह-तरह के विचारों और कहानियों की कल्पना कर सकते हैं। हम अपनी कल्पना में प्रतीकों को बोलते हुए देखते हैं। हम ऐसी कल्पनाएँ भी करते हैं कि अन्य लोग क्या कर रहे होंगे, क्या सोच रहे होंगे और हमारे बारे में क्या कह रहे होंगे। इसी तरह हम न जाने कैसी-कैसी कल्पनाएँ कर लेते हैं। कल्पना कर-करके ही हम अपने मन में एक पूरी कहानी रच लेते हैं और फिर उसे सच मानकर उस पर विश्वास भी करने लगते हैं। हमारी एक धारणा हमें हमारी अगली धारणा तक ले जाती है; हम बिना सोच-विचार किए निष्कर्ष पर पहुँच जाते हैं और अपनी कहानी को निजी तौर पर लेने लगते हैं। फिर हम दूसरों पर दोष देते हैं और अपनी धारणाओं को न्यायसंगत ठहराने की कोशिश में झूठी गप्पें हाँकना शुरू कर देते हैं। बेशक झूठी गप्पें हाँकने से एक विकृत संदेश और अधिक विकृत हो जाता है।

धारणाएँ बनाना और उन्हें निजी तौर पर लेना इस संसार में नर्क की शुरुआत होने जैसा है। हमारे लगभग सारे संघर्षों की जड़ यही है और यह समझना मुश्किल नहीं है कि ऐसा क्यों है। धारणाएँ कुछ और नहीं, वे झूठ हैं, जो हम स्वयं से बोलते हैं। इससे बेवजह नाटकबाजी होती है क्योंकि हमें पता ही नहीं होता कि फलाँ चीज़ सच है या नहीं। धारणाएँ बनाने का अर्थ है, जानबूझकर बेवजह नाटकबाजी के चक्कर में पड़ना। अगर यह नाटकबाजी किसी और के जीवन में चल रही है, तो आपको क्या फर्क पड़ता है? क्योंकि वह आपकी नहीं बल्कि किसी और की कहानी है।

आपको सावधान रहना होगा क्योंकि आप स्वयं से जो कुछ भी कहते हैं, वे सब आपकी धारणाएँ ही होती हैं। यदि आप एक अभिभावक हैं, तो आप अच्छी तरह जानते होंगे कि अपने बच्चों के बारे में धारणाएँ

बनाना कितना आसान होता है। जैसे रात के बारह बज चुके हैं और आपकी बेटी अब तक घर नहीं लौटी है। वह अपने दोस्तों के साथ किसी डांस पार्टी में गई थी और अब तक उसे वापस आ जाना चाहिए था। ऐसे में आपके मन में तरह-तरह की बातें आने लगती हैं और आप धारणाएँ बनाने लगते हैं कि 'कहीं उसे कुछ हो तो नहीं गया? क्या मुझे पुलिस को फोन करना चाहिए?' ऐसी स्थिति में आपके दिमाग में ऐसी कई बातें आती हैं, जो आपकी कल्पना के अलावा कुछ और नहीं होतीं। इन कल्पनाओं से आप अपने मन में नकारात्मक संभावनाओं का एक पूरा नाटक रच लेते हैं और फिर सिर्फ दस मिनट बाद ही आपकी बेटी चेहरे पर मुस्कान लिए घर वापस आ जाती है। जब सच सामने आता है और सारे झूठ तितर-बितर हो जाते हैं, तब आपको एहसास होता है कि आप बेवजह ही स्वयं को यातना दे रहे थे। इसलिए धारणाएँ न बनाएँ।

किसी चीज़ को निजी तौर पर न लेना आपको दूसरों से संवाद के दौरान बहुत सी नकारात्मकता से बचाता है। ठीक इसी तरह जब आप धारणाएँ बनाना बंद कर देते हैं, तो स्वयं से बातचीत के दौरान या यूँ कहें कि सोच-विचार करते समय बहुत सी नकारात्मकता से बच जाते हैं। धारणाएँ बनाना पूरी तरह सोचने से संबंधित है। हम बहुत ज़्यादा सोचते हैं और ज़्यादा सोचना ही हमें धारणाओं की ओर ले जाता है। मात्र यह सोचने से ही जीवन में नाटकबाजी शुरू हो जाती है कि 'अगर ऐसा हो गया तो क्या होगा?' हर इंसान बहुत सोचता है और सोचना डर लेकर आता है। हम अपने मन में जिन प्रतीकों को विकृत बनाते रहते हैं, उन पर और इस प्रकार सोचने पर हमारा कोई नियंत्रण नहीं होता। अगर हम सिर्फ सोचना छोड़ दें और स्वयं को सफाई देना बंद कर दें, तो धारणाएँ बनाने से बच सकते हैं।

हर चीज़ की सफाई देना और व्याख्या करना इंसान की ज़रूरत है। जानकारी या ज्ञान भी हमारी ज़रूरत है और हम धारणाएँ इसीलिए बनाते हैं ताकि हम चीज़ों को जानने की अपनी ज़रूरत पूरी कर सकें। हम इस बात

की फिक्र नहीं करते कि हमारे पास जो जानकारी है, वह सच है या झूठ, वास्तविकता है या कल्पना। हमें जो पता होता है, हम उसी पर सौ फीसदी विश्वास करते हैं। हम उसे जानकारी या ज्ञान मानकर उस पर हमेशा विश्वास करते रहते हैं क्योंकि ऐसा करने से हम स्वयं को सुरक्षित महसूस करते हैं। हमारा मन हर चीज़ की व्याख्या नहीं कर सकता। हमारे मन में ऐसे बहुत से सवाल होते हैं, जिनका जवाब देना ज़रूरी होता है। लेकिन जब कोई चीज़ पता नहीं होती, तो हम उसके बारे में सवाल पूछने के बजाय धारणाएँ बनाने लगते हैं। अगर हम स्वयं को सिर्फ सवाल पूछने तक सीमित रखें तो हमें धारणाएँ बनाने की ज़रूरत ही नहीं पड़ेगी। सवाल पूछना और स्पष्टता हासिल करना हमेशा बेहतर होता है।

अगर हम धारणाएँ न बनाएँ तो हम सच पर अपना ध्यान केंद्रित कर सकते हैं और उस पर ध्यान केंद्रित करने से बच सकते हैं, जिसे हम सच मानते हैं। तब हम जीवन को वैसा ही देख सकते हैं, जैसा वह वास्तव में है, न कि वैसा, जैसा हम उसे देखना चाहते हैं। जब हम अपनी धारणाओं पर विश्वास न करके हर चीज़ को जस का तस देखते हैं, तो हमारे विश्वास की वह शक्ति हमारे पास वापस आ जाती है, जिसका हमने निवेश किया था। जब वह ऊर्जा हमारे पास वापस आ जाती है, जिसे हमने धारणाएँ बनाने में खर्च कर दिया था, तो हम एक नया सपना यानी अपना निजी स्वर्ग रचने में उसका इस्तेमाल कर सकते हैं। बस धारणाएँ न बनाएँ।

6
विश्वास की शक्ति
सैंटा क्लॉज का प्रतीक

आपके जीवन में एक समय ऐसा था, जब आप अपनी विश्वास की शक्ति के मालिक थे, पर जब मानवता का हिस्सा बनने के लिए आपने शिक्षा प्राप्त की, तो आपके विश्वास की शक्ति उन सभी प्रतीकों के पास चली गई, जिन्हें आपने सीखा था। फिर एक समय ऐसा आया, जब ये प्रतीक ही आप पर शासन करने लगे। असल में आपके विश्वास की शक्ति हर उस चीज़ के पास गई, जिसे आप जानते थे। तब से वे सब चीज़ें ही आप पर शासन करने लगीं। जाहिर है कि जब हम बच्चे होते हैं, तो दूसरों की विश्वास की शक्ति से पराजित हो जाते हैं।

प्रतीक एक अद्भुत आविष्कार है, पर जब हमें इनसे परिचित कराया जाता है, तब वहाँ पहले से ही कई तरह की मान्यताएँ और मत होते हैं। हम बिना कुछ पूछे उन मतों को अपना लेते हैं, फिर भले ही वे सच हों या नहीं। समस्या यह है कि जब तक हम बचपन में सुने गए सभी मतों को समझकर किसी भाषा में निपुण हो पाते हैं, तब तक हमारी विश्वास की शक्ति प्रतीकों के पास जा चुकी होती है।

इसमें कुछ अच्छा-बुरा या सही-गलत नहीं है। यह तो जैसा है, वैसा है और ऐसा सबके साथ होता है। हम अपने समाज का हिस्सा बनना सीख रहे हैं। हम एक भाषा सीखते हैं, एक धर्म या दर्शन अपनाते हैं, जीना सीखते

हैं और हमें जो भी बताया जाता है, उसके आधार पर एक पूरा बिलीफ सिस्टम (विश्वास तंत्र) बना लेते हैं। लोग हमें जो भी बताते हैं, हमें उस पर तब तक कोई शक नहीं होता, जब तक एक बार हमारा दिल नहीं टूट जाता। तब हमें समझ में आता है कि दूसरों की बताई हुई कुछ बातें सच नहीं होतीं।

हम स्कूल जाते हैं और वहाँ अपने से बड़ी उम्र के बच्चों के मुँह से अपने बारे में ऐसी बातें सुनते हैं कि 'तुमने उस बच्चे को देखा? वह अब भी सैंटा क्लॉज पर विश्वास करता है।' जल्द ही हमें पता चल जाता है कि सैंटा क्लॉज का असल में कोई अस्तित्व नहीं है। क्या आपको याद है कि जब आपको पहली बार यह पता चला था, तो आपकी प्रतिक्रिया क्या थी? उस वक्त आपको कैसा महसूस हुआ था? मुझे नहीं लगता कि सैंटा क्लॉज की फंतासी रचने के पीछे आपके माता-पिता की नियत बुरी थी। सैंटा क्लॉज के अस्तित्व पर विश्वास करना लाखों लोगों के लिए एक अद्भुत परंपरा है। जिस प्रतीक को हम सैंटा क्लॉज के रूप में जानते हैं, उसके बारे में एक गीत के बोल काफी कुछ कहते हैं,

'जरा गौर करो, रोना बंद करो,
मुँह बिचकाना बंद करो और मेरी बात सुनो।
सैंटा क्लॉज आनेवाला है!'

बचपन में हमें बताया जाता है कि 'हम कुछ करें या ना करें, सैंटा क्लॉज सब जानता है। हम अच्छे काम करें या बुरे, वह सब जानता है। यहाँ तक कि वह यह भी जानता है कि हमने सुबह उठकर अपने दाँत ठीक से साफ किए या नहीं।' हम इन सभी बातों पर विश्वास कर लेते हैं।

क्रिसमस का त्योहार आता है और हम देखते हैं कि इस मौके पर बच्चों को जो उपहार मिलते हैं, वे बहुत अलग होते हैं। जैसे आप सैंटा से अगली क्रिसमस में उपहार के तौर पर एक साइकिल माँगते हैं और वह आपकी इस इच्छा को पूरा करे, इसके लिए आप पूरे साल सब कुछ अच्छी तरह से करते हैं और हर किसी के सामने अच्छी तरह से

पेश आते हैं। आपका परिवार बहुत गरीब है। अगली क्रिसमस में जब आप अपने उपहारों को खोलते हैं, तो उनमें साइकिल नहीं होती। दूसरी ओर आपके पड़ोस में रहनेवाला बच्चा, जिसने सालभर सिर्फ बदमाशियाँ कीं और हर किसी को सताया, उसे उपहार में साइकिल मिल जाती है। आप सोचते हैं कि 'मैंने तो जो भी किया, अच्छी तरह किया, जबकि पड़ोस के बच्चे ने तो सिर्फ बदमाशियाँ कीं, तो फिर मुझे साइकिल क्यों नहीं मिली? अगर सैंटा क्लॉज को मेरी की हुई हर चीज़ पता होती है, तो फिर यह भी पता होगा कि मेरे पड़ोस के बच्चे ने पूरे साल क्या किया है। तो फिर सैंटा ने मेरी जगह उसे साइकिल क्यों दे दी?'

यह कतई सही नहीं है पर ऐसा क्यों है, यह आपको समझ में नहीं आएगा। आपकी प्रतिक्रिया भावनात्मक होगी और आपको उस बच्चे से ईर्ष्या होगी, उस पर क्रोध आएगा और आप उदास महसूस करेंगे। आप उस बच्चे को हर रोज़ साइकिल चलाते देखेंगे। वह ठहाके लगाते हुए अपनी नई साइकिल चारों ओर दौड़ा रहा होगा और पहले से कहीं अधिक बुरा बर्ताव कर रहा होगा। उसे इस तरह साइकिल चलाते देख आपका मन करता है कि आप उसे जाकर पीट दें या फिर उसकी साइकिल तोड़ दें। आपको लगता है कि आपके साथ अन्याय हुआ है क्योंकि आपने एक झूठ पर विश्वास किया। बेशक यह एक छोटा सा झूठ है और इसके पीछे कोई बुरी नियत नहीं है, पर फिर भी आपको यही लगता है और फिर आप खुद से एक वादा करते हैं कि 'आगे से मैं किसी के साथ अच्छी तरह से पेश नहीं आऊँगा। मैं भी पड़ोस के उस बच्चे जैसा बरताव करूँगा।' बाद में आपको पता चलता है कि सैंटा क्लॉज जैसा कुछ नहीं होता, वह असली नहीं है। पर तब तक बहुत देर हो चुकी होती है। तब तक आप अपना सारा भावनात्मक जहर उगल चुके होते हैं। आप गुस्सा, ईर्ष्या और दुःख से गुज़र चुके होते हैं। आप पहले ही खुद से एक ऐसा वादा कर चुके होते हैं, जो पूरी तरह एक झूठ पर टिका हुआ था।

यह एक उदाहरण मात्र है कि कैसे हम किसी प्रतीक पर विश्वास कर बैठते हैं। ऐसे सैकड़ों-हज़ारों प्रतीक, कहानियाँ और अंधविश्वास हैं, जिन्हें हम सीखते हैं और उन पर विश्वास करने लगते हैं। सैंटा क्लॉज का प्रतीक

दर्शाता है कि एक छोटे से झूठ पर विश्वास करने भर से इंसान के अंदर ऐसी भावनाएँ पैदा हो सकती हैं, जो उसके अंदर भावनात्मक तूफान ला सकती हैं। ये भावनाएँ जहर जैसी लगती हैं, तकलीफ देती हैं और यह सारी पीड़ा एक ऐसी कहानी की वजह से होती है, जो सच्ची तक नहीं है। भावनाएँ सच्ची हैं, वे वास्तविकता का हिस्सा हैं, पर इन भावनाओं को महसूस करने के पीछे का कारण वास्तविक नहीं है, सच नहीं है, सिर्फ एक कल्पना है।

अगर आपके मन में भी कभी-कभी यह सवाल उठता है कि आप इतने दुःखी क्यों होते हैं, तो इसका जवाब यह है कि आप खुद को एक ऐसी कहानी सुनाते रहते हैं, जो सच्ची नहीं है, इसके बावजूद आप उस पर विश्वास करते रहते हैं। सच तो यह है कि आपका सपना विकृत हो गया है पर इसे अच्छा-बुरा या सही-गलत नहीं कहा जा सकता। क्योंकि इस संसार के करोड़ों लोगों के साथ यही हो रहा है, आप अकेले नहीं हैं और यह आपके लिए एक अच्छी खबर है।

प्रतीकों का संसार बहुत शक्तिशाली है क्योंकि हम अपने अस्तित्व की गहराइयों से आनेवाली शक्ति से इन प्रतीकों को शक्तिशाली बना देते है। अपने अंदर से आनेवाली इस शक्ति को हम जीवन, विश्वास या उद्देश्य में से कोई भी नाम दे सकते हैं। हमें यह एहसास भी नहीं होता कि ऐसा कुछ हो रहा है, पर ये सारे प्रतीक मिलकर समझौतों द्वारा एक संपूर्ण संरचना का निर्माण करते हैं, जिसे हम बिलीफ सिस्टम (विश्वास-तंत्र) कहते हैं। बात चाहे एक अक्षर की हो, एक शब्द की हो, एक कहानी की हो या फिर एक संपूर्ण दर्शन की, हम जिस पर भी भरोसा करते हैं, वह इस संरचना यानी बिलीफ सिस्टम (विश्वास-तंत्र) का हिस्सा बन जाती है।

बिलीफ सिस्टम (विश्वास-तंत्र) हमारी वर्चुअल रियलिटी (आभासी वास्तविकता) को एक रूप और संरचना प्रदान करता है। जैसे-जैसे इसके साथ हम नए-नए समझौते करते जाते हैं, यह संरचना और मजबूत होती जाती है और अधिक से अधिक शक्ति प्राप्त करती रहती है। ऐसा तब तक चलता रहता है, जब तक इस संरचना की ईंट, पत्थर से बनी इमारत जितनी कठोर नहीं हो जाती। अगर हम अपने हर प्रतीक, हर अवधारणा

और हर समझौते को एक ईंट मानें, तो हमारा विश्वास वह सीमेंट है, जो इन ईंटों को आपस में जोड़कर रखता है। चूँकि हम जीवनभर कुछ न कुछ सीखते रहते हैं इसलिए हम प्रतीकों को अलग-अलग दिशाओं में ले जाते हैं। फिर सारी अवधारणाएँ और अधिक जटिल अवधारणाएँ बनाने के लिए उन प्रतीकों को परस्पर प्रभावित करती हैं। इस तरह अमूर्त मन और अधिक जटिल ढंग से व्यवस्थित हो जाता है और वह संरचना निरंतर विकसित होती रहती है। ऐसा होना तब तक जारी रहता है, जब तक हम उन चीज़ों में संपूर्णता हासिल नहीं कर लेते, जिन्हें हम जानते हैं।

इस संरचना को ही टोलटेक मानव रूप कहते हैं। यहाँ मानव रूप से आशय इंसान के भौतिक रूप से नहीं है बल्कि इस बात से है कि इंसान का मन कैसा रूप लेता है। यह हर उस चीज़ के बारे में हमारे विश्वास की संरचना है, जिसकी मदद से हम अपने सपने को समझ पाते हैं। हमारा इंसानी रूप हमें एक पहचान देता है पर इस इंसानी रूप और सपने का दायरा समान नहीं है। यहाँ सपने के दायरे का अर्थ है- यह भौतिक जगत, जो कि एक सच है। जबकि इंसानी रूप एक बिलीफ सिस्टम (विश्वास तंत्र) है। इसमें हर किसी को आँकने या उस पर निर्णय सुनाने के सभी तत्त्व होते हैं। इस विश्वास तंत्र (बिलीफ सिस्टम) में हर चीज़ निजी सच है, जिसमें रहकर हम हर चीज़ को इन विश्वासों या मान्यताओं से ही आँकते हैं, फिर भले ही ये मान्यताएँ हमारे सहज स्वभाव के विरूद्ध ही क्यों न हों।

डोमेस्टिकेटेड (पालतू- जंगल में रहने के बजाय घर बनाकर रहना) की प्रक्रिया में हमारा बिलीफ सिस्टम (विश्वास-तंत्र) हमारे जीवन को नियंत्रित करनेवाली नियमावली जैसा बन जाता है। जब हम इस नियमावली के अनुसार सभी नियमों का पालन करने की कोशिश करते हैं, तो इसके लिए स्वयं को पुरस्कृत करते हैं और जब हम इसके अनुसार नहीं चलते, तो स्वयं को दंड देते हैं। यह बिलीफ सिस्टम (विश्वास-तंत्र) हमारे मन में सबसे बड़ा न्यायाधीश बनकर बैठ जाता है। साथ ही यही सबसे बड़ा शिकार भी बनता है क्योंकि पहले ये हमें आँकता है, हमारे बारे में अपना निर्णय सुनाता

है और फिर यही हमें दंड देता है। यह सबसे बड़ा न्यायाधीश प्रतीकों से मिलकर बनता है। हम जो कुछ भी देखते, जानते-बूझते या समझते हैं, यह उसे प्रतीकों के साथ मिलकर ही आँकता है। इसके साथ-साथ यह प्रतीकों को भी आँकता है! इसका शिकार होता है, हमारा वह हिस्सा, जिसे आँका जाता है और जो दंड भुगतता है। जब हम अपने बाहरी सपने के साथ संवाद करते हैं, तो हर किसी को, हर चीज़ को अपनी इस नियमावली के अनुसार ही आँकते और दंड देते हैं।

यह सबसे बड़ा न्यायाधीश वाकई आदर्श काम कर रहा है क्योंकि हम नियमावली में बताए गए सभी नियमों से सहमत होते हैं। समस्या यह है कि हमारा बिलीफ सिस्टम (विश्वास-तंत्र) हमारे अंदर ही सजीव होता है और हमारी जानकारियों व ज्ञान को हमारे ही खिलाफ इस्तेमाल करता है। यह हर उस बात का इस्तेमाल करता है, जो हम जानते हैं। यह हमारे उन सभी नियमों को भी जानता है, जिनके अनुसार हम जीते हैं और शिकार को दंड देते हैं। यह शिकार कोई और नहीं, इंसान स्वयं ही होता है। यह हमारी ही भाषा का इस्तेमाल करके स्वयं को आँकता और खारिज करता है। यही हमारे अंदर अपराध-बोध और शर्म जैसे भाव लाता है। यह हमसे मौखिक दुर्व्यवहार करता है और हमारे अंदर राक्षसी प्रवृत्ति लाता है। इसके साथ ही यह नर्क का निजी स्वप्न रचकर हमें दुःख पहुँचाता है। हमारे पास एक ही बात कहने के लिए कई प्रतीक होते हैं।

बिलीफ सिस्टम (विश्वास-तंत्र) किसी तानाशाह की तरह इंसान के जीवन पर शासन करता है। यह हमसे हमारी स्वतंत्रता छीनकर हमें अपना गुलाम बना लेता है। यह इंसान के सच्चे अस्तित्व और इंसानी जीवन से भी अधिक शक्तिशाली बन जाता है, जबकि यह खुद वास्तविक नहीं होता। हमारा सच्चा अस्तित्व हमारे मन के किसी कोने में छिप जाता है। उस समय हमारे मन को हमारा वह हिस्सा नियंत्रित करता है, जो सब कुछ जानता है और चीज़ों पर विश्वास करने के लिए सहमति दे चुका होता है। इंसानी शरीर, जो वास्तव में सुंदर और आदर्श होता है, इसके निर्णयों और दंडों का शिकार बनकर रह जाता है। इस तरह इंसानी शरीर

एक साधन बन जाता है, जहाँ मन सक्रिय होता है और स्वयं को शरीर के माध्यम से प्रोजेक्ट करता है।

बिलीफ सिस्टम (विश्वास-तंत्र) मन के दायरे के अंदर ही रहता है। हम न तो इसे देख सकते हैं और न ही इसकी गहराई नाप सकते हैं पर हम इसके अस्तित्व के बारे में ज़रूर जानते हैं।

लेकिन शायद जो बात हम नहीं जानते, वह ये है कि इस तंत्र का अस्तित्व सिर्फ इसीलिए होता है क्योंकि हमने स्वयं इसे रचा है। यह पूरी तरह हमारी रचना है और हम जहाँ भी जाते हैं, यह हमेशा हमारे साथ होता है। इसके साथ जीने का हमारा यह ढंग इतना पुराना हो चुका है कि अब तो हम इस बात पर गौर ही नहीं करते कि हम इस तंत्र के अनुसार जी रहे हैं। भले ही मन वास्तविक नहीं वर्चुअल (आभासी) है पर यह अपने आपमें एक संपूर्ण शक्ति है क्योंकि इसे भी जीवन ने स्वयं ही रचा है।

फिर जागरूकता की निपुणता में एक और महत्वपूर्ण चीज़ है, अपनी रचना के प्रति जागरूक होना और इस बात के प्रति जागरूक होना कि हमारी रचना सजीव है। हमारा हर विश्वास, हर मान्यता अपने अस्तित्व के लिए हमारी-जीवन शक्ति का इस्तेमाल करती है, फिर भले ही वह किसी अक्षर की ध्वनि मात्र हो या फिर एक संपूर्ण दर्शन। अगर अपने सक्रिय मन को देखना संभव होता, तो हमें उसमें कई सजीव आकृतियाँ दिखाई देतीं। साथ ही हम यह भी देख पाते कि हम अपनी रचना पर अपना पूरा ध्यान केंद्रित करके और उसे अपने विश्वास की शक्ति देकर जीवन दे रहे हैं। हम इस तंत्र का सहयोग करने के लिए अपनी ही जीवन शक्ति खर्च कर रहे हैं। हमारे बिना इन सभी विचारों का कोई अस्तित्व हो सकता है? हमारे बिना यह पूरा तंत्र पलभर में ढह जाएगा।

अगर हम अपनी कल्पना शक्ति का इस्तेमाल करें, तो अपनी 'व्यक्तिगत कथाओं' के साथ-साथ यह भी देख सकते हैं कि हमारे बिलीफ सिस्टम (विश्वास-तंत्र) का निर्माण कैसे हुआ। इसके अलावा

अपनी कल्पना शक्ति की मदद से हम यह भी देख सकते हैं कि हमने कब और कैसे झूठ पर विश्वास करना शुरू किया। इन सभी चीज़ों की निर्माण-प्रक्रिया में यानी हमारे द्वारा सीखी गई हर चीज़ में बहुत सी अवधारणाएँ ऐसी हैं, जो एक-दूसरे से परस्पर विपरीत हैं। हमने विभिन्न स्वप्न बनाए हैं और जब हम ऐसे ढेर सारे तंत्र या संरचनाएँ बना लेते हैं, तो वे एक-दूसरे के खिलाफ जाने लगती हैं और फिर हमारे शब्द उन पर उतने प्रभावी नहीं रहते। उस समय हमारे द्वारा कहे गए शब्दों की कोई कीमत नहीं रह जाती क्योंकि जब दो अलग-अलग बल अलग-अलग दिशा में काम कर रहे हों, तो परिणाम शून्य ही होता है। जब सिर्फ एक ही बल होता है और एक ही दिशा में काम कर रहा होता है, तो उसकी शक्ति असीम होती है। हमारे इरादे प्रकट इसलिए होते हैं क्योंकि हम उनके बारे में बोलते हैं और हमारे शब्दों के पास हमारे विश्वास की शक्ति होती है।

बचपन में हम जो कुछ भी सीखते हैं, उस पर गहरा विश्वास करते हैं। इस तरह हम अपने ही जीवन पर अपना नियंत्रण खो देते हैं। जब तक हम बड़े होते हैं, तब तक तरह-तरह के झूठों पर हमारा विश्वास इतना गहरा हो चुका होता है कि फिर हमारे पास अपना मनचाहा स्वप्न देखने की शक्ति ही नहीं बचती। हमारे बिलीफ सिस्टम (विश्वास-तंत्र) के पास हमारी विश्वास की शक्ति होती है पर आखिर तक आते-आते, ना तो हमारा विश्वास बचता है और न ही शक्ति। यह समझना मुश्किल नहीं है कि हम सैंटा क्लॉज जैसे एक प्रतीक पर इतना गहरा विश्वास कैसे कर बैठते हैं, लेकिन जब हम हर प्रतीक के मामले में ऐसा करते हैं या हर कहानी, हर मत के मामले में ऐसा करते हैं, तो यह समझ पाना आसान नहीं होता कि हम ऐसा क्यों कर रहे हैं।

मुझे लगता है कि इसे समझना बहुत ज़रूरी है और ऐसा करने का सिर्फ यही एक तरीका है कि हम ऐसा जो कुछ भी करते हैं, उसके प्रति जागरूक बनें। अगर हम इस बात को लेकर जागरूक हों कि हम अपनी व्यक्तिगत शक्ति उसी चीज़ में निवेश करेंगे, जिस पर हम विश्वास करते हैं, तो शायद

प्रतीकों से अपनी शक्ति वापस लेना संभव हो सकता है। फिर वे प्रतीक हमें नियंत्रित न कर पाएँगे। अगर हम हर प्रतीक से यह शक्ति छीन लें, तो प्रतीक बस साधारण प्रतीक या धारणा बनकर रह जाएँगे। तब वे अपने रचयिता की बात का पालन करेंगे और यहाँ रचयिता का अर्थ है हम खुद। जब ऐसा होगा, तभी ये प्रतीक उस उद्देश्य को पूरा कर सकेंगे, जिसके लिए इन्हें बनाया गया है। प्रतीकों का उद्देश्य यह है कि हम अपने संवाद के दौरान उनका इस्तेमाल उपकरण की तरह करें।

जब हमें यह पता चलता है कि सैंटा क्लॉज असली नहीं है, तो हम उस पर विश्वास करना बंद कर देते हैं। इससे वह शक्ति हमारे पास वापस आ जाती है, जो हमने उस पर खर्च की थी। तब हमें एहसास होता है कि हम स्वयं ही सैंटा क्लॉज पर विश्वास करने को राज़ी हुए थे। जब हम इस बारे में फिर से जागरूक हो जाते हैं, तो हमें एहसास हो जाता है कि हम स्वयं ही इस पूरी प्रतीकविद्या पर विश्वास करने को राज़ी हुए थे। अब अगर हमने स्वयं ही हर प्रतीक को अपने विश्वास की शक्ति दी है, तो उस शक्ति को वापस लेने का काम भी हम ही कर सकते हैं।

अगर हम इस बारे में जागरूक हो जाएँ तो हमने जिस भी चीज़ को अपने विश्वास की शक्ति दी है, उसे हम वापस ले सकते हैं। फिर हम अपनी ही रचना से अपना नियंत्रण कभी नहीं खोएँगे। एक बार जब हम यह समझ लेंगे कि हम स्वयं ही अपने विश्वासों को, मान्यताओं को रचते हैं, तो हमें स्वयं पर फिर से भरोसा करने में मदद मिलती है। फिर जब हम बिलीफ सिस्टम (विश्वास-तंत्र) के बजाय स्वयं पर भरोसा करने लगते हैं तो हमें इस बारे में कोई शक नहीं रह जाता कि वह शक्ति कहाँ से आती है। इस तरह हम उस तंत्र को, उस संरचना को तोड़ने में कामयाब होने लगते हैं।

जब बिलीफ सिस्टम (विश्वास-तंत्र) की पूरी संरचना विलीन हो जाती है, तो हम बहुत लचीले बन जाते हैं। फिर हम अपनी हर मनचाही चीज़ रच सकते हैं और अपनी हर मनचाही चीज़ पर भरोसा कर सकते हैं। फिर ऐसा करना हमारा अपना चुनाव होता है। हम जो कुछ भी जानते हैं,

जिससे हम पीड़ित महसूस करते हैं, अगर हम उस पर विश्वास करना बंद कर दें, तो हमारी पीड़ा जादुई ढंग से अचानक विलीन हो जाती है। इसके लिए हमें बहुत ज़्यादा सोच-विचार करने की ज़रूरत नहीं होती। क्योंकि यह चीज़ सोचने-विचारने से नहीं जुड़ी है। इसके लिए तो महत्वपूर्ण कदम उठाने की ज़रूरत होती है।

7

अभ्यास आपको निपुण बनाता है
चौथा समझौता
अपनी ओर से हमेशा सर्वश्रेष्ठ करें

जब आप अपना जीवन और अपने समझौते बदलने के लिए तैयार होते हैं, तो सबसे महत्वपूर्ण चीज़ होती है जागरूकता। अगर आप इस बारे में जागरूक नहीं हैं कि आपको क्या पसंद है और क्या नहीं, तो आप अपने समझौतों को कभी बदल नहीं पाएँगे। क्योंकि अगर आपको पता ही नहीं है कि आपको क्या बदलना है, तो आप उसे कैसे बदलेंगे? पर सिर्फ जागरूक होना ही काफी नहीं है। अगर आप वाकई कोई फर्क लाना चाहते हैं, तो आपको अभ्यास करना होगा। भले ही आप जागरूक हों, पर उससे आपका जीवन नहीं बदलता। क्योंकि बदलाव दरअसल कर्म का परिणाम है, अभ्यास का परिणाम है। अभ्यास ही आपको किसी चीज़ में निपुण बनाता है।

आपने अब तक जो कुछ भी सीखा है, दोहराव और अभ्यास करके ही सीखा है। आपने बोलना सीखा, चलना सीखा, यहाँ तक कि बार-बार दोहराकर लिखना भी सीख लिया। आप अपनी भाषा बोलने में भी निपुण हैं क्योंकि आप लगातार इसका अभ्यास करते हैं। ठीक इसी तरह जो भी विश्वास या मान्यताएँ आपके जीवन पर शासन करती हैं, उन्हें भी आपने अभ्यास से ही सीखा है। आज आप जिस तरह अपना जीवन जी रहे हैं, वह कई सालों के अभ्यास का ही परिणाम है।

आज आप जो भी हैं, जैसे भी हैं, आपने जीवनभर वह बनने का अभ्यास किया है। आप हर क्षण वही बनने का अभ्यास कर रहे थे और आपने ऐसा तब तक किया, जब तक कि आप स्वत: उस तरह नहीं जीने लगे। जब आप कोई नया अभ्यास करते हैं, जब आप स्वयं के बारे में अपने विश्वास और मान्यताएँ बदल लेते हैं, तो आपका पूरा जीवन बदलने लगता है। अगर आप हमेशा सही शब्दों का चुनाव करने का अभ्यास करते हैं, अगर आप किसी भी चीज़ को निजी तौर पर नहीं लेते और धारणाएँ नहीं बनाते, तो आप ऐसे हज़ारों समझौते तोड़ने में सक्षम हो जाएँगे, जो आपको नर्क के स्वप्न में कैद करके रखते हैं। जल्द ही, आप जिस पर भी विश्वास करेंगे, वह आपकी उस पुरानी छवि का चुनाव नहीं होगा, जो आपने अब तक अपने मन में बना रखी थी। बल्कि वह जल्द ही आपके ऑथेंटिक सेल्फ (प्रामाणिक आत्म) का चुनाव बन जाएगा।

एक सुंदर जीवन जीने के लिए पहला समझौता यानी 'सही शब्दों का चुनाव करना,' ही काफी है। यह आपको सीधे स्वर्ग की ओर ले जाएगा, पर इस समझौते के लिए आपको सहयोग की ज़रूरत पड़ सकती है। जब आप किसी भी चीज़ को निजी तौर पर नहीं लेते और धारणाएँ नहीं बनाते तो आप समझ सकते हैं कि ऐसे में सही शब्दों का चुनाव करना आसान हो जाता है। जब आप धारणाएँ नहीं बनाते, तो किसी भी चीज़ को निजी तौर पर न लेना आसान हो जाता है। इससे अन्य चीज़ें भी आपके लिए आसान हो जाती हैं। किसी चीज़ को निजी तौर पर न लेकर और धारणाएँ न बनाकर आप पहले समझौते का समर्थन कर रहे होते हैं।

आपको पहले तीन समझौते मुश्किल लग सकते हैं। यह भी हो सकता है कि इनका पालन करना आपको असंभव लग रहा हो। पर यकीन मानिए, ये असंभव नहीं है। हाँ, मैं इस बात से ज़रूर सहमत हूँ कि वे मुश्किल हैं। ऐसा इसीलिए क्योंकि आमतौर पर हम जीवन में इन समझौतों का ठीक उल्टा कर रहे होते हैं और अपने मन की आवाज पर विश्वास करते रहते हैं। पर एक चौथा समझौता भी है, जो आसान है। यही वह समझौता है, जो हर चीज़ को संभव बना देता है ताकि आप अपनी ओर से हमेशा सर्वश्रेष्ठ करें और उतना

ही काफी होता है। न तो उससे ज़्यादा और न उससे कम। बस अपनी ओर से हमेशा सर्वश्रेष्ठ करें और कर्म करें क्योंकि अगर आप कर्म नहीं करेंगे, तो अपनी ओर से सर्वश्रेष्ठ कैसे करेंगे?

'**अपनी ओर से हमेशा सर्वश्रेष्ठ करें**' यह एक ऐसा समझौता है, जो हर कोई कर सकता है। आपका सर्वश्रेष्ठ ही वह इकलौती चीज़ है, जो आप कर सकते हैं। यहाँ सर्वश्रेष्ठ करने का अर्थ यह नहीं है कि कभी आप अपना 80 प्रतिशत करें और कभी 20 प्रतिशत। आप तो हमेशा अपना 100 प्रतिशत ही दे रहे होते हैं – आपका इरादा तो हमेशा यही होता है – बस फर्क यह है कि आपका सर्वश्रेष्ठ हमेशा बदलता रहता है। आप किसी भी क्षण में एक जैसे नहीं होते। आप एक जीवित प्राणी हैं, जो हर क्षण बदलता रहता है और इसीलिए आपका सर्वश्रेष्ठ भी हर क्षण बदलता रहा है।

आप अपनी ओर से सर्वश्रेष्ठ कर पाएँगे या नहीं, यह इस बात पर निर्भर करता है कि आप शारीरिक रूप से तरोताज़ा महसूस कर रहे हैं या फिर थका हुआ। आपका प्रदर्शन इस बात पर भी निर्भर करेगा कि आप भावनात्मक रूप से कैसा महसूस कर रहे हैं। आपका सर्वश्रेष्ठ समय के साथ बदलेगा और जैसे-जैसे आप इन चार समझौतों पर अमल करने की आदत विकसित कर लेंगे, वैसे-वैसे आपका सर्वश्रेष्ठ बेहतर होता जाएगा।

आपका चौथा समझौता पहले तीन समझौतों को आपकी आदतों में तब्दील कर देता है। दोहराव और अभ्यास करके आप इनमें निपुण बन सकते हैं, पर यह उम्मीद न करें कि आप इन समझौतों में फौरन निपुण हो जाएँगे। न ही यह उम्मीद करें कि आप हमेशा सही शब्दों का चुनाव कर पाएँगे या कभी किसी भी चीज़ को निजी तौर पर नहीं लेंगे या कभी भी कोई धारणा नहीं बनाएँगे। बस यह याद रखें कि आपकी आदतें आपके मन में गहराई तक बैठी हुई हैं और आपको अपनी ओर से हमेशा सर्वश्रेष्ठ करना है।

अगर आप किसी समझौते का पालन करने में असफल भी रहते हैं, तो कोई बात नहीं, दोबारा वह समझौता करें और अगले दिन फिर से वही करें। लगातार अभ्यास करते रहें। इस तरह समझौते का पालन करना दिन-ब-दिन

आसान होता जाएगा। जब आप अपनी ओर से हमेशा सर्वश्रेष्ठ करेंगे तो अपने शब्दों का गलत इस्तेमाल करने, चीज़ों को निजी तौर पर लेने और धारणाएँ बनाने की आदतें कमज़ोर पड़ती जाएँगी, समय के साथ खत्म भी हो जाएँगी। अगर आप अपनी आदतें बदलने के लिए ज़रूरी कर्म करते रहेंगे तो यह संभव है।

आखिरकार वह क्षण भी आएगा, जब चारों समझौते आपकी आदत बन जाएँगे। फिर आपको इनका पालन करने के लिए कोशिश करने की ज़रूरत नहीं पड़ेगी। फिर यह आपसे स्वत: ही होगा। इसके बाद एक दिन आपको एहसास होगा कि इन चार समझौतों की मदद से आपने अपने जीवन पर संपूर्ण नियंत्रण हासिल कर लिया है। क्या आप कल्पना कर सकते हैं कि जब चारों समझौते आपकी आदत बन जाएँगे तो आपका जीवन कैसा होगा? दरअसल तब आपके जीवन से संघर्ष और नाटकबाजी विलीन हो जाएँगे और जीवन बहुत आसान बन जाएगा!

अगर आपको सृजन करना ही है और अगर आप स्वप्न देखना नहीं छोड़ सकते, तो क्यों न एक सुंदर सपने का सृजन किया जाए? आपके पास एक मन है और आप प्रकाश को देखते और महसूस करते हैं, तो यह तय है कि आप सपने भी देखेंगे। अगर आप तय करते हैं कि आप कभी कुछ नहीं रचेंगे, कभी सृजन नहीं करेंगे तो जल्द ही आपको ऊब होने लगेगी और फिर आपके अंदर बैठा सबसे बड़ा न्यायाधीश इस ऊब का विरोध करने लगेगा। इसके बाद निश्चित ही वह आपको आपकी मान्यताओं के अनुसार आँकने लगेगा और आपके बारे में फैसले सुनाने लगेगा कि 'अरे, तुम बड़े ही आलसी हो। आखिर जीवन में कुछ तो करो।' तो फिर क्यों न एक सुंदर स्वप्न देखा जाए और उसका आनंद लिया जाए? अगर आप अपनी सीमाओं पर विश्वास कर सकते हैं, तो फिर आपके माध्यम से बह रही जीवन की सुंदरता और शक्ति पर विश्वास करने में क्या हर्ज है?

जब जीवन हमें सब कुछ देता है और इसकी हर चीज़ आनंददायक बन सकती है, तो फिर जीवन की उदारता पर विश्वास क्यों न करें? स्वयं

के प्रति उदार और दयालु बनना क्यों न सीखें? अगर इससे आपको खुशी मिलती है और आप अपने आसपास के लोगों के साथ अच्छा व्यवहार करते हैं, तो क्यों नहीं? अगर आप हर क्षण रूपांतरित हो रहे हैं, अगर आपका स्वप्न हर क्षण बदल रहा है, भले ही आप उसे बदलना चाहें या नहीं, तो रूपांतरण और अपना निजी स्वर्ग रचने में निपुण क्यों न बना जाए?

आपके जीवन का स्वप्न हज़ारों छोटे-छोटे सक्रिय स्वप्नों से मिलकर बनता है। स्वप्न पैदा होते हैं, बढ़ते हैं और आखिर में मर जाते हैं। इसका अर्थ है कि वे निरंतर रूपांतरित होते रहते हैं, बदलते रहते हैं। आमतौर पर उनके इस रूपांतरण के बारे में आप जागरूक नहीं होते। एक बार जब आप इस बात के प्रति जागरूक हो जाते हैं कि आप स्वप्न देख रहे हैं, तो आप अपनी मर्ज़ी के अनुसार अपने स्वप्न को बदलने की शक्ति फिर से हासिल कर लेते हैं। जब आपको एहसास होता है कि आपके पास स्वर्ग का स्वप्न रचने की शक्ति है, तो आपके अंदर अपने स्वप्न को बदलने की इच्छा पैदा हो जाती है और ऐसा करने का सबसे अच्छा तरीका है, ये चारों समझौते। ये समझौते उस तानाशाह को, उस सबसे बड़े न्यायाधीश, उस शिकार को चुनौती देते हैं, जो आपके मन में बैठा हुआ है। ये चारों समझौते उन सभी छोटे-छोटे समझौतों के लिए चुनौती बन जाते हैं, जो आपके जीवन को मुश्किल बना रहे होते हैं।

अगर आप अपनी मान्यताओं को यह सवाल पूछकर चुनौती दे रहे हैं कि आप जिन चीज़ों पर विश्वास करते हैं, क्या वे वाकई सच हैं, तो संभव है कि आपको कुछ ऐसा मिले, जो बहुत रोचक हो : आप जीवनभर अपनी पसंद को पीछे छोड़कर दूसरों की पसंद पर खरा उतरने में लगे रहें। आप दूसरों के अनुसार जीने के लिए अपनी निजी स्वतंत्रता तक से समझौता कर लेते हैं। आप हमेशा अपने माता-पिता, अपने शिक्षकों, अपने प्रियजनों, अपने बच्चों, अपने धर्म और अपने समाज की पसंद के अनुसार खुद को ढालते रहे। सालों तक यह कोशिश करने के बाद जब आप अपनी पसंद के अनुसार बनने और जीने की कोशिश करते हैं, तब आपको पता चलता है

कि आप स्वयं को जैसा देखना चाहते हैं, असल में आप वैसे नहीं हैं।

जीवन में एक बार स्वयं को प्राथमिकता क्यों न दी जाए? स्वयं को बेशर्त ढंग से स्वीकार करके आप एक बार फिर स्वयं को प्रेम करना सीख सकते हैं। इसकी शुरुआत अपने असली सेल्फ के लिए बेशर्त प्रेम जताकर की जा सकती है। इसके बाद अपने ऑथेंटिक सेल्फ (प्रमाणिक आत्म) को बार-बार प्रेम करें। जब आप स्वयं को बेशर्त प्रेम करते हैं, तो फिर आप उस बाहरी शिकारी के लिए एक आसान शिकार नहीं रह जाते, जो आपके जीवन को अपने नियंत्रण में लेना चाहता है। फिर आप किसी और के लिए अपना बलिदान नहीं देते। जब आप बार-बार स्वयं से प्रेम करेंगे, इसका अभ्यास करेंगे तो एक दिन इसमें निपुण भी बन जाएँगे।

अपनी ओर से हमेशा सर्वश्रेष्ठ करने का समझौता आपको एक निपुण कलाकार बनाने में मददगार साबित होता है। पहले तीनों समझौते वर्चुअल रियलिटी (आभासी वास्तविकता) के दायरे के अंदर रहनेवाले समझौते हैं। जबकि चौथा समझौता भौतिक संसार का समझौता है। चौथा समझौता कर्म करने और तब तक अभ्यास करने से संबंधित है, जब तक आप उसमें निपुण नहीं हो जाते। अपनी ओर से बार-बार सर्वश्रेष्ठ करने से आखिरकार आप रूपांतरण या बदलाव लाने की कला में निपुण हो जाते हैं। चौथे समझौते में आप स्पष्ट रूप से यह देख सकते हैं कि रूपांतरण में निपुणता ही कलाकार की दूसरी निपुणता होती है। जब आप अपनी ओर से हमेशा सर्वश्रेष्ठ करते हैं, तो उस समय आप न सिर्फ कर्म कर रहे होते हैं बल्कि स्वयं को और अपने जीवन के स्वप्न को रूपांतरित भी कर रहे होते हैं।

दूसरी निपुणता का उद्देश्य यह है कि आपकी जो भी मान्यता है, उसका सामना करना और उसे बदलना। यह निपुणता अपने समझौतों को बदलने और अपने मन को स्वयं के अनुसार फिर से प्रोग्राम करने से आती है। इसके परिणाम के रूप में आप यह चाहते हैं कि आप अपना स्वयं का जीवन जीएँ न कि अपनी मान्यताओं और अपने बिलीफ सिस्टम

(विश्वास तंत्र) का जीवन। जब वह नियम-पुस्तिका आपके मन में नहीं रह जाती, तब आपके मन में वह तानाशाह, वह सबसे बड़ा न्यायाधीश और शिकारी भी नहीं रह जाते।

रूपांतरण या बदलाव पहले ही शुरू हो चुका है और यह हमेशा आपसे ही शुरू होता है। क्या आपके पास इतना साहस है कि आप स्वयं के साथ पूरी तरह ईमानदार रहें और पूरी सच्चाई के साथ देख सकें कि आप अपने जीवन की कहानी किस तरह लिख रहे हैं? क्या आपके अंदर अपने अंधविश्वास और झूठ को देखने का साहस है? अपने बारे में आप जो भी मानते हैं, क्या आपके अंदर उसकी समीक्षा करने का साहस है या फिर आपके अंदर बहुत से जख्म हैं? शायद आप सोच रहे होंगे, 'मुझे नहीं मालूम।' पर फिर भी आप इस चुनौती को स्वीकार कर रहे हैं। आप अपने स्वप्न का रूपांतरण कर रहे हैं और यह ठीक इसी क्षण हो रहा है क्योंकि असल में आप अपने सभी झूठों को छोड़ रहे हैं, उन्हें अपने अंदर से निकाल रहे हैं।

ये चारों समझौते दरअसल रूपांतरण की निपुणता का सारांश हैं। रूपांतरण की निपुणता, आपके द्वारा सीखी गई चीज़ों को छोड़ने, उन्हें अपने अंदर से निकालने की प्रक्रिया है। आप समझौते करके सीखते हैं और उन समझौतों को तोड़कर सीखी हुई चीज़ों को छोड़ते हैं। जब भी आप किसी समझौते को तोड़ते हैं, तो वह शक्ति आपके पास वापस आ जाती है, जो आपने उस समझौते से सहमत होने पर उसे दी थी। ऐसा इसीलिए होता है क्योंकि फिर आपको उस समझौते को जिंदा रखने के लिए अपनी ओर से कोई शक्ति या ऊर्जा खर्च नहीं करनी पड़ती।

आप इसकी शुरुआत उन छोटे समझौतों को तोड़कर करते हैं, जिनके लिए कम शक्ति या ऊर्जा खर्च करनी पड़ती है। फिर जैसे-जैसे आप अपनी सीखी हुई चीज़ों को अपने अंदर से बाहर निकालते हैं, वैसे-वैसे आप अपनी जानकारी, अपने ज्ञान की संरचना को तोड़ते जाते हैं और इस तरह आपका विश्वास मुक्त हो जाता है। जैसे ही आप अपना विश्वास फिर से प्राप्त करते हैं, वैसे ही आपकी निजी शक्ति बढ़ जाती

है और फिर आपके अंदर दृढ़ता आ जाती है।

इससे आपको आगे के समझौतों को बदलने की शक्ति मिलती है। आपकी निजी शक्ति लगातार बढ़ती जाती है। चूँकि इस तरह आप अपेक्षाकृत कहीं अधिक शक्तिशाली हो जाते हैं, तो आपको हर चीज़ संभव लगने लगती है। फिर जल्द ही आप ऐसे समझौते करने लगते हैं, जो आपको खुशी, आनंद और प्रेम की ओर ले जाते हैं। इसके बाद ये नए समझौते सजीव हो जाते हैं और बाहरी संसार से संवाद करने लगते हैं। इस तरह आपका पूरा स्वप्न बदल जाता है।

जब आप स्वयं के द्वारा सीखी गई चीज़ों को अपने मन से बाहर निकाल रहे होते हैं – फिलहाल आप यही कर रहे हैं – तो इसकी शुरुआत आप अपनी ही मान्यताओं का सामना करके करते हैं। पर आप ऐसा कैसे करेंगे? ऐसा करने के लिए आपके पास सिर्फ एक ही तरीका है और वह है संदेह। यहाँ संदेह निश्चित ही एक प्रतीक भर है पर इसका अर्थ बहुत शक्तिशाली है। संदेह की शक्ति के साथ आप हर उस बात को चुनौती देते हैं, जो आप स्वयं कहते हैं या दूसरों से सुनते हैं। आप हर उस मान्यता को चुनौती देते हैं, जो आपके अंदर बैठे सबसे बड़े न्यायाधीश की नियम-पुस्तिका में बताई गई है। फिर आप उन सभी मान्यताओं को चुनौती देते हैं, जो समाज पर शासन कर रहे हैं। आप ऐसा तब तक करते हैं, जब तक आप उन सभी झूठों और अंधविश्वासों के जादू को तोड़ नहीं देते, जो आपके संसार को नियंत्रित करते हैं। जैसा कि आप इस पुस्तक के अगले हिस्से में देखेंगे, पाँचवाँ समझौता आपको संदेह की शक्ति देता है।

भाग २
संदेह की शक्ति

8
संदेह की शक्ति
पाँचवाँ समझौता
संदेह करें पर दूसरों की सुनना भी सीखें

पाँचवाँ समझौता है कि संदेह करें पर दूसरों की सुनना भी सीखें। संदेह करें क्योंकि आप जो कुछ भी सुनते हैं, उसमें से ज़्यादातर सच नहीं होता। आप जानते हैं कि इंसान प्रतीकों में बात करते हैं और प्रतीक सच नहीं होते। अगर प्रतीक सच हैं भी तो सिर्फ इसीलिए क्योंकि हम उनसे सहमत हैं, न कि इसलिए क्योंकि वे वाकई सच हैं। 'संदेह करें', पाँचवें समझौते का सिर्फ पहला हिस्सा है और दूसरा हिस्सा है कि 'दूसरों की सुनना भी सीखें।' ऐसा क्यों है, इसका एक बहुत ही सरल सा कारण है। दरअसल जब आप दूसरों की सुनना सीख जाते हैं तो उन प्रतीकों को समझने लगते हैं, जो अन्य लोग इस्तेमाल करते हैं। फिर आप उनकी कहानी को समझने लगते हैं, जिससे आपके और उनके बीच का आपसी संवाद और बेहतर हो जाता है। अगर हर कोई इस बात को समझ ले और अपने जीवन पर लागू कर ले तो इस पृथ्वी पर रहनेवाले लोगों के सारे भ्रम मिट जाएँगे और उनमें स्पष्टता आ जाएगी।

एक बार जब आपको यह एहसास हो जाता है कि आपने प्रतीकों के माध्यम से जो कुछ भी जाना है, उसमें से बहुत कम ही सच है, तो 'संदेह में रहें,' का अर्थ कहीं अधिक गहरा हो जाता है। 'संदेह में रहें,' दरअसल एक किस्म की निपुणता है क्योंकि यह सच को समझने के लिए संदेह की शक्ति का उपयोग करती है। जब भी आप स्वयं का या किसी

कलाकार का संदेश सुनते हैं, तो बस यह पूछिए : यह सच है या नहीं? यह वास्तविकता है या फिर वर्चुअल रियलिटी (आभासी वास्तविकता)? यह संदेह आपको प्रतीकों के पार ले जाता है और आप जो भी संदेश देते हैं या प्राप्त करते हैं, उसके लिए आपको जिम्मेदार बना देता है। आप ऐसे किसी संदेश में विश्वास क्यों करेंगे, जो सच नहीं है? जब आप संदेह करते हैं, तो हर संदेश पर, हर बात पर विश्वास नहीं करते। फिर आप प्रतीकों पर भी विश्वास नहीं करते और जब ऐसा होता है, तो आप स्वयं पर विश्वास करने लगते हैं।

अगर विश्वास करने का अर्थ है बिना किसी संदेह के विश्वास करना और संदेह का अर्थ है विश्वास न करना, तो बेहतर होगा कि आप संदेह करें। पर सवाल यह है कि आखिर किस पर विश्वास न करें? आपको उन सभी कहानियों पर विश्वास नहीं करना है, जिन्हें हम कलाकार लोग अपने ज्ञान की मदद से तैयार करते हैं। आप जानते हैं कि हमारा अधिकतर ज्ञान और जानकारी सच नहीं है – संपूर्ण प्रतीकविद्या सच नहीं है – इसलिए मेरा विश्वास न करें, अपना विश्वास भी न करें और किसी अन्य का भी विश्वास न करें। सच को इसकी कोई ज़रूरत नहीं है कि आप उस पर विश्वास करें। सच तो बस सच है और आप उस पर विश्वास करें या न करें, वह हमेशा सच ही रहेगा। हाँ, झूठ के लिए यह ज़रूरी होता है कि आप उस पर विश्वास करें। क्योंकि अगर आप झूठ पर विश्वास नहीं करेंगे तो उसका अस्तित्व ही नहीं बचेगा। आपके एक बार संदेह करने भर से झूठ का अस्तित्व समाप्त हो जाएगा।

आपका संदेह करना दो अलग-अलग दिशाओं में जा सकता है। पहली दिशा यह है कि आप यह नाटक करेंगे कि आप संदेह कर रहे हैं क्योंकि आपको लगता है कि आप बहुत बुद्धिमान हैं और आपको कोई बरगला नहीं सकता। 'देखो मैं कितना बुद्धिमान हूँ। मैं किसी भी चीज़ पर विश्वास नहीं करता।' इसे संदेह करना नहीं कहते। संदेह करने का अर्थ सिर्फ इतना ही है कि आप जो कुछ भी सुनते हैं, उस पर विश्वास नहीं करते क्योंकि वह सच नहीं है। संदेह करने का सबसे सही तरीका है, इस बात के

प्रति जागरूक रहना कि पूरी मानवता झूठ पर विश्वास करती है। आप जानते हैं कि हम इंसान सच को विकृत कर देते हैं क्योंकि हम स्वप्न देख रहे होते हैं और हमारा स्वप्न सच का प्रतिबिंब मात्र होता है।

हर कलाकार सच को विकृत करता है पर आपको दूसरे की बात को आँकने या उसे झूठा कहने की कोई ज़रूरत नहीं है। हम सब कभी न कभी झूठ बोलते हैं पर हम ऐसा इसलिए नहीं करते क्योंकि हम झूठ बोलना चाहते हैं। हम तो ऐसा इसलिए करते हैं क्योंकि हम कुछ चीज़ों पर विश्वास करते हैं, हमने कुछ प्रतीक सीख रखे होते हैं और हम किसी न किसी तरह उन प्रतीकों को अपने जीवन में लागू कर रहे होते हैं, बस इसीलिए हम झूठ बोलते हैं। एक बार जब आप यह समझ जाते हैं तो पाँचवाँ समझौता बहुत अर्थपूर्ण लगने लगता है और इससे आपके जीवन पर बहुत बड़ा प्रभाव पड़ता है।

लोग आपको अपनी निजी कहानियाँ सुनाएँगे। वे आपको अपना दृष्टिकोण बताएँगे और आपको उससे भी अवगत कराएँगे, जिसे वे सच मानते हैं। पर आप यह तय नहीं करते कि वह वाकई सच है या नहीं। आप उस पर अपना कोई निर्णय नहीं सुनाते। हाँ, आप उनके दृष्टिकोण के प्रति सम्मान का भाव ज़रूर रखते हैं। लोग अपने प्रतीकों को आपके सामने अभिव्यक्त करते हैं और आप उन्हें सुनते हैं पर आप यह भी जानते हैं कि वे जो भी कह रहे हैं, वह उनकी मान्यताओं के कारण पहले ही विकृत हो चुका है। आप जानते हैं कि वे आपसे जो भी कह रहे हैं, वह कुछ और नहीं सिर्फ एक कहानी है। आप यह सब इसलिए जानते हैं क्योंकि आप इसे अपने अंदर महसूस कर सकते हैं। इसके अलावा आप यह भी जानते हैं कि उनके शब्द सच के रास्ते से आ रहे हैं या नहीं और यह समझने के लिए आपको शब्दों की ज़रूरत नहीं पड़ती। यही सबसे महत्वपूर्ण बात है।

सच हो या कल्पना, आपको किसी की भी कहानी पर विश्वास करने की ज़रूरत नहीं है। आपको दूसरे की कही बातों पर राय बनाने की भी कोई ज़रूरत नहीं है। आपको अपनी राय जाहिर करने की भी कोई ज़रूरत नहीं है। आपको सहमत या असहमत होने की भी ज़रूरत नहीं है। बस सुनना जारी रखें। इंसान अपनी बात कहने के लिए जितने सही शब्द चुनेगा, उसकी बात,

उसका संदेश उतना ही स्पष्ट होगा। पर आपको दूसरे कलाकार से शब्द सुनने को मिलते हैं, उनका आपसे कोई लेना-देना नहीं है। आप अच्छी तरह जानते हैं कि उसमें कुछ भी व्यक्तिगत नहीं होता है। आप शब्दों को सुनते भी हैं और उन्हें समझते भी हैं, पर अब वे शब्द आप पर कोई प्रभाव नहीं डाल पाते। फिर आप दूसरों की बातों को आँकने की कोशिश नहीं करते क्योंकि आप जानते हैं कि वे क्या कर रहे हैं। वे तो बस आपको यह बता रहे हैं कि उनके वर्चुअल वर्ल्ड (आभासी संसार) में क्या चल रहा है।

आप इस बात को लेकर पहले से ही जागरूक हैं कि सभी कलाकार अपने ही स्वप्न में, अपने ही संसार में जी रहे होते हैं। उस संसार में उन्हें जो भी पता चलता है, वह उनके लिए सच होता है और जो कलाकार अपनी कहानी कह रहा है, उसके लिए वह वास्तव में सच हो भी सकता है पर वह आपके लिए सच नहीं है। आपके लिए सच सिर्फ वही है, जो आपको अपने संसार में पता चलता है। जब आप इस बारे में जागरूक होते हैं, तो फिर आपको किसी के सामने कुछ साबित करने की कोई ज़रूरत नहीं होती। इसका इस बात से कोई संबंध नहीं है कि आप सही हैं या गलत। आप दूसरे की बात का सम्मान करते हैं क्योंकि आप जानते हैं कि उस बात को कहनेवाला भी एक कलाकार है। यह सम्मान ज़रूरी है। जब आप दूसरों की सुनना सीखते हैं, तो आप दूसरे कलाकार के प्रति अपना सम्मान जाहिर करते हैं। साथ ही आप उनकी कला और उनकी रचना के प्रति भी सम्मान जाहिर करते हैं।

एक कलाकार को अपनी मनचाही कलाकृति रचने का पूरा अधिकार होता है। उसके पास अपनी मनचाही चीज़ पर विश्वास करने का पूरा अधिकार होता है। उसे अपनी मनचाही बात करने का भी पूरा अधिकार होता है पर अगर आप दूसरों की बात सुनना नहीं सीखेंगे, तो आपको यह कभी समझ में नहीं आएगा कि वे असल में क्या कह रहे हैं। संवाद की प्रक्रिया में सुनना बहुत ज़रूरी है। जब आप दूसरों की बात सुनना सीख जाते हैं, तो आपको अच्छी तरह समझ में आ जाता है कि वे क्या चाहते हैं। एक बार जब आपको यह समझ में आ जाता है कि वे क्या चाहते हैं, तो फिर

आप इस जानकारी के साथ क्या करते हैं, यह पूरी तरह आप पर निर्भर होता है। वे जो भी कहते हैं, आप चाहें तो उस पर अपनी प्रतिक्रिया दे या न दें, आप चाहें तो उससे सहमत हों या न हों। यह पूरी तरह इस बात पर निर्भर करता है कि आप क्या चाहते हैं।

सिर्फ इसलिए कि अन्य लोग आपसे कुछ चाहते हैं, इसका यह मतलब नहीं है कि आप उन्हें वह दे भी दें। लोग हमेशा आपका ध्यान आकर्षित करने की कोशिश में रहते हैं क्योंकि ऐसा करके वे आपसे कोई भी बात जान सकते हैं। कई बार तो आप ऐसी कोई बात जानना भी नहीं चाहते। आप तो बस सुनते हैं। आप वह बात जानना नहीं चाहते इसलिए आप उसे नज़रअंदाज कर देते हैं और दिशा बदल देते हैं। पर अगर उसकी ओर आपका ध्यान आकर्षित हो गया, तो आप सचमुच सामनेवाले की बात सुनना चाहते हैं क्योंकि फिर आपके अंदर यह जानने की इच्छा पैदा हो जाती है कि वह जो बता रहा है, कहीं वह मेरे लिए महत्वपूर्ण तो नहीं है। ऐसे में आप चाहें तो सामनेवाले से अपना दृष्टिकोण साझा कर सकते हैं क्योंकि तब आपको पता होता है कि यह सिर्फ एक दृष्टिकोण है। यह आपका अपना चुनाव है, पर इसकी कुंजी है सुनना।

अगर आप दूसरों की सुनना नहीं सीखते, तो आप यह कभी नहीं समझ सकेंगे कि अभी मैं आपसे क्या साझा कर रहा हूँ। आप फौरन कोई निष्कर्ष निकाल लेंगे और इस पर कुछ ऐसी प्रतिक्रिया देंगे, मानो यह आपका स्वप्न हो, जबकि वास्तव में यह आपका स्वप्न नहीं है। जब अन्य कलाकार आपसे अपना स्वप्न साझा करते हैं, तो बस इस बात को लेकर जागरूक रहें कि यह स्वप्न उनका है, न कि आपका। आप जानते हैं कि आपका स्वप्न क्या है और क्या नहीं।

मैं जिस तरह इस संसार को देखता और समझता हूँ, जिस तरह स्वप्न देखता हूँ, फिलहाल मैं आपसे वही साझा कर रहा हूँ। मेरी कहानियाँ सच्ची हैं, पर मैं जानता हूँ कि वे असली सच नहीं हैं इसलिए मेरा विश्वास मत कीजिए। मैं आपको जो भी बता रहा हूँ, वह बस मेरा दृष्टिकोण है। हाँ, इतना ज़रूर है कि मैं अपने दृष्टिकोण के अनुसार आपसे सच ही साझा कर

रहा हूँ। मैं सही शब्दों का चुनाव करने की पूरी कोशिश करता हूँ ताकि मैं जो भी कह रहा हूँ, उसे आप अच्छी तरह समझ सकें। मैं भले ही आपसे सच का सबसे वास्तविक संस्करण साझा करूँ, पर मैं जानता हूँ कि जैसे ही यह संदेश मेरे मन से आपके मन तक पहुँचेगा, आप फौरन उसे विकृत कर देंगे। मैं आपको जो भी कह रहा हूँ, आपको जो भी संदेश दे रहा हूँ, आप उसे सुनेंगे और फिर वही संदेश स्वयं को बिलकुल अलग ही ढंग से बताएँगे, जो दरअसल आपका अपना दृष्टिकोण होगा।

तो फिर मैं जो कह रहा हूँ, वह सच हो भी सकता है और नहीं भी, पर आप जो मानते हैं, वह शायद सच नहीं होगा। मैं तो बस संदेश का आधा हिस्सा हूँ। इस संदेश का दूसरा आधा हिस्सा आप हैं। मैं जो भी कहता हूँ, उसकी पूरी जिम्मेदारी मेरी है, पर आप जो समझ रहे हैं, उसकी जिम्मेदारी मेरी नहीं बल्कि सिर्फ आपकी है। आप अपने मन में जो भी सुनते हैं, उसके संबंध में आप जो करेंगे, उसके लिए पूरी तरह आप स्वयं जिम्मेदार होंगे। क्योंकि आप जो भी शब्द सुन रहे हैं, उन्हें अर्थ देनेवाला कोई और नहीं बल्कि सिर्फ आप ही हैं।

फिलहाल मैं जो भी कह रहा हूँ, उसे आप अपने व्यक्तिगत ज्ञान के अनुसार समझ रहे हैं। आप अपने प्रतीकों को दोबारा व्यवस्थित कर रहे हैं और उनका रूपांतरण कुछ इस तरह कर रहे हैं कि आपके बिलीफ सिस्टम (विश्वास तंत्र) के साथ उसका संतुलन बना रहे। एक बार जब आप वह संतुलन बना लेंगे तो हो सकता है कि आप मेरी कहानी को कहानी के रूप में स्वीकार करें या फिर यह भी हो सकता है कि आप ऐसा न करें। आप यह धारणा बना सकते हैं कि यह सब कहने के पीछे मेरा जो आशय है, आप स्वयं को भी वही बता रहे हैं, पर इसका अर्थ यह नहीं है कि आपकी धारणा सच है। मैं जो कह रहा हूँ आप उसका गलत अर्थ भी निकाल सकते हैं। आप जो भी सुन रहे हैं, उसका इस्तेमाल करके आप चाहें तो मुझे, किसी और को, स्वयं को, अपने धर्म या दर्शन को दोष दे सकते हैं और सभी से नाराज़ हो सकते हैं, खासकर खुद से। इसके अलावा आप इसका इस्तेमाल सच को तलाशने, स्वयं को खोजने,

स्वयं के साथ शांति स्थापित करने और आप स्वयं को जो संदेश दे रहे हैं, उसे बदलने के लिए भी कर सकते हैं।

आप इन शब्दों के साथ क्या करेंगे, वह आप पर निर्भर है। यह आपका स्वप्न है और मैं आपके स्वप्न का सम्मान करता हूँ। आपको मुझ पर विश्वास करने की कोई ज़रूरत नहीं है पर अगर आप दूसरों की सुनना सीखते हैं, तो मैं जो कह रहा हूँ, आप उसे समझ सकते हैं। मैं आपसे जो भी साझा कर रहा हूँ, अगर वह आपको अर्थपूर्ण लग रहा हो आप इसे अपने स्वप्न का एक हिस्सा भी बना सकते हैं। इसमें जो आपके काम न आए, उसे नज़रअंदाज कर दें और जो काम आ रहा हो, उसे ले लें। फिर इसका इस्तेमाल करके आप अपने स्वप्न को संशोधित कर सकते हैं। इससे मुझे कोई फर्क नहीं पड़ेगा, पर इससे आपको फर्क पड़ सकता है। क्योंकि मैं जानते-बूझते यह धारणा बना रहा हूँ कि आप एक बेहतर कलाकार बनना चाहते हैं और इसीलिए आप अपनी ही मान्यताओं को चुनौती दे रहे हैं।

इसलिए संदेह करें। मुझ पर विश्वास न करें, किसी और पर भी विश्वास न करें, खासकर खुद पर। जब मैं कहता हूँ कि खुद पर विश्वास न करें, तो क्या आप इसमें निहित अर्थ को समझ पाते हैं? आप ऐसी किसी भी चीज़ पर विश्वास न करें, जो आपने सीखी है। स्वयं पर विश्वास न करना बड़ा फायदेमंद है क्योंकि आप जो भी सीखते हैं, उसमें से अधिकतर सच नहीं होता। आप जो कुछ भी जानते हैं, आपकी संपूर्ण वास्तविकता, कुछ और नहीं बल्कि सिर्फ प्रतीक है। पर आप खुद उन प्रतीकों का झुंड नहीं हैं, जो आपके अंदर चलते रहे हैं। आप इस बात को अच्छी तरह जानते हैं। इसीलिए आप संदेह करते हैं और खुद पर विश्वास नहीं करते।

अगर आप अपने बारे में ऐसी कोई धारणा रखते हैं कि 'मैं मोटा हूँ... मैं बदसूरत हूँ... मैं बूढ़ा हूँ... मैं एक हारा हुआ आदमी हूँ... मैं बहुत काबिल नहीं हूँ... मैं बहुत मज़बूत नहीं हूँ... मेरा कुछ नहीं हो सकता...' तो खुद पर और इन धारणाओं पर विश्वास न करें क्योंकि ये सच नहीं हैं। ये सभी संदेश, सभी बातें विकृत हैं। ये कुछ और नहीं

बल्कि झूठ हैं। झूठ को देखने का अर्थ यह नहीं है कि आप उस पर विश्वास भी कर लें। आप स्वयं को जो भी संदेश देते हैं, जो कुछ भी कहते हैं, उसे अपनी संदेह की शक्ति का इस्तेमाल करके चुनौती दें। 'क्या यह वाकई सच है कि मैं बदसूरत हूँ?' 'क्या यह वाकई सच है कि मैं बहुत काबिल नहीं हूँ?' क्या यह संदेश, यह बात वाकई सच है या बस वर्चुअल (आभासी) है। बेशक यह वर्चुअल (आभासी) है। इनमें से कोई भी बात सच के कारण या आपके जीवन के कारण सामने नहीं आई है। ऐसी बातें तो बस आपके ज्ञान में विकृति होने के चलते सामने आती हैं। सच तो यह है कि इस संसार में कोई भी बदसूरत नहीं है, कोई भी बहुत काबिल या बहुत मज़बूत नहीं है। संसार की किसी कानून की किताब में ऐसा नहीं लिखा है, जिससे लगे कि इनमें से कोई भी बात सच है। ये बातें बस वे समझौते हैं, जो इंसान खुद कर लेता है।

क्या आपने देखा कि खुद पर विश्वास करने का परिणाम क्या आया? खुद पर विश्वास करना सबसे बुरी चीज़ों में से एक है क्योंकि आप जीवनभर खुद से झूठ बोलते आ रहे थे और अगर आप इन झूठों पर विश्वास करते हैं, तो यकीन मानिए इसी कारण से आपका स्वप्न सुखद नहीं है। अगर आप खुद से कही हुई बातों पर विश्वास करते हैं, तो हो सकता है कि आपने जो भी प्रतीक सीखे हैं, उनका इस्तेमाल करके आप स्वयं को दुःख पहुँचाने लगें। आपका निजी स्वप्न आपके लिए नर्क जैसा हो सकता है क्योंकि हम इंसान अपने झूठ पर विश्वास करके ही अपने लिए एक नर्क तैयार कर लेते हैं। अगर आप पीड़ा महसूस करते हैं, तो ऐसा इसलिए नहीं है क्योंकि कोई और आपको पीड़ा पहुँचा रहा है बल्कि इसलिए है क्योंकि आप उस तानाशाह की आज्ञा के अनुसार चलते हैं, जो आपके मन पर शासन करता है। पर जब आपका वह तानाशाह आपकी आज्ञा के अनुसार चलता है, जब आपके मन में कोई पीड़ित और कोई न्यायाधीश नहीं रह जाता, तो फिर आपको और पीड़ा नहीं होती।

आपका यह तानाशाह, यह न्यायाधीश बहुत निर्दयी है। यह आपके प्रतीकों को आपके ही खिलाफ इस्तेमाल करके हमेशा आपको चोट पहुँचाता

रहता है। यह नकारात्मक भावनाओं द्वारा पैदा होनेवाले भावनात्मक ज़हर पर जिंदा रहता है। यह आपको आँकता है और आपको अपनी राय बताता है क्योंकि यह आपके अंदर नकारात्मक भावनाएँ पैदा करना चाहता है। आप स्वयं को जितना आँकते हैं, उतना कोई नहीं आँकता। बेशक आप इस तरह आँके जाने से, अपराध-बोध से, अस्वीकृत किए जाने से और सजा पाने से बचना चाहते हैं, पर भला आप अपने ही विचारों से कैसे बच सकते हैं? अगर आप किसी को पसंद नहीं करते, तो आप जब चाहें उससे दूर जा सकते हैं। पर अगर आप स्वयं को ही पसंद नहीं करते, तो आप कहीं भी चले जाएँ, स्वयं के साथ ही रहेंगे। आप बाकी हर किसी से छिप सकते हैं, पर यह संभव नहीं है कि आप कभी स्वयं से या स्वयं द्वारा आँके जाने से बच सकें।

यही कारण है कि बहुत से लोग ज़रूरत से ज़्यादा खाते हैं, नशीली दवाएँ लेते हैं, शराब पीते हैं और ऐसी ही कई अन्य चीज़ों के लती बन जाते हैं। वे यह सब अपनी उस कहानी को, उस रचना को नज़रअंदाज करने के लिए करते हैं, जो उनके अंदर के प्रतीकों या समझौतों को विकृत कर रही है। कुछ लोग इतनी अधिक भावनात्मक पीड़ा भुगत रहे होते हैं कि अपनी ही जान ले लेते हैं। झूठ ऐसी चीज़ है, जो हममें से किसी के भी साथ ऐसा कर सकता है। क्योंकि ऐसी स्थिति में हमारे अंदर की ज्ञान की आवाज इतनी विकृत हो जाती है और इतनी आत्म-घृणा पैदा कर देती है कि इंसान खुद की ही जान ले लेता है। यह सब इसीलिए होता है क्योंकि हम उन प्रतीकों पर विश्वास करते हैं, जो हमने इतने वर्षों में सीखे होते हैं।

कल्पना करें कि आपके सारे मत, आपके आसपास के अन्य सभी लोगों के मत और राय आपके अंदर एक तूफान की तरह हैं। जरा सोचिए कि अगर आप उन सभी मतों पर विश्वास करेंगे, तो क्या होगा? पर अगर आप संदेह करते हैं, अगर आप खुद पर भरोसा नहीं करते, तो इनमें से कोई भी मत, कोई भी राय, न तो आपको परेशान कर सकती है और न ही आपको अपने केंद्र से हटा सकती है। जब आपकी प्रतीक-विद्या पर आपका नियंत्रण होता है, तो आप हमेशा अपने केंद्र में रहते हैं, हमेशा शांत और सहज रहते हैं क्योंकि फिर जीवन में निर्णय लेने का काम

'असली आप' (आप असल में जो हो) करते हैं, न कि आपके प्रतीक। जब आप कोई संवाद करना चाहते हैं, तो आप प्रतीक को आदेश देते हैं और इस तरह वे आपके मुँह से बाहर निकलते हैं।

आप कलाकार हैं और प्रतीकों को अपने मनचाहे ढंग से व्यवस्थित कर सकते हैं क्योंकि सभी प्रतीक आपके गुलाम हैं। आप अपनी मनचाही चीज़ पाने के लिए और अपनी मनचाही अभिव्यक्ति के लिए प्रतीकों का इस्तेमाल कर सकते हैं। आप अपने विचार, अपनी भावनाएँ और अपने स्वप्नों को बेहद खूबसूरत कविता या गद्य के रूप में अभिव्यक्त कर सकते हैं। लेकिन सिर्फ इसलिए क्योंकि आप इसके लिए एक भाषा का इस्तेमाल कर रहे हैं, इसका अर्थ यह नहीं है कि आप उस पर विश्वास भी करते हैं। जो आप पहले से ही जानते हैं, उस पर विश्वास करने की आपको क्या ज़रूरत है? अकेले में खुद से बातें करना अर्थहीन होता है। क्योंकि आप भला स्वयं को ऐसा क्या बता सकते हैं, जो आप पहले से नहीं जानते?

अगर आप पाँचवें समझौते को समझते हैं, तो आप समझ जाएँगे कि आप जो देख सकते हैं और बिना शब्दों के ही जो कुछ पहले से जानते हैं, उस पर आपको विश्वास करने की ज़रूरत क्यों नहीं है। सच शब्दों के जरिए बाहर नहीं आता। सच तो चुप रहता है। यह तो ऐसी चीज़ है, जिसे आप बस जानते हैं। यह ऐसी चीज़ है, जिसे आप बिना शब्दों के भी महसूस कर सकते हैं। इसे मूक ज्ञान कहा जाता है। क्योंकि मूक ज्ञान ही वह चीज़ है, जिसे आप प्रतीकों पर विश्वास करने से पहले ही जानते थे। जब आप स्वयं को सच के लिए ग्रहणशील बना लेते हैं और दूसरों की बात सुनना सीख जाते हैं, तो सभी प्रतीक अपना मूल्य खो देते हैं और फिर सिर्फ सच बचता है। इस संसार में जानने के लिए कुछ भी नहीं है। कुछ भी ऐसा नहीं है, जो न्यायसंगत हो और जिसके लिए कोई सफाई दी जाए।

मैं आपसे जो भी साझा कर रहा हूँ, उसे समझना मुश्किल है, पर यह उतना ही आसान और स्पष्ट भी है। आखिरकार आपको एहसास होगा कि भाषाएँ बस प्रतीक होती हैं और वे सिर्फ इसीलिए सच होती हैं क्योंकि आप उन्हें सच मानते हैं। अगर आप उन्हें किनारे कर दें तो

क्या बचेगा? तब सिर्फ सच बचेगा और फिर जब आप किसी कुर्सी को, किसी मेज़ को या किसी अन्य चीज़ को देखेंगे, तो आपको पता नहीं होगा कि इसे किस नाम से पुकारा जाए। पर फिर भी आप उस कुर्सी पर बैठ सकेंगे और उस मेज़ पर कुछ रख सकेंगे और सच वहीं होगा। प्रेम सच है। इंसान का स्वप्न सच नहीं है पर सच न होने का अर्थ यह नहीं है कि यह बुरा है। बुरा होना बस एक अवधारणा है और वह भी सच नहीं है।

एक बार जब आपको इस बात का एहसास हो जाता है कि आपने अपनी पूरी प्रतीक-विद्या अपने जैसों के साथ संवाद करने के लिए ही रची है, तो आपको समझ में आता है कि प्रतीक वास्तव में अच्छे-बुरे या सही-गलत नहीं होते। आप स्वयं उन्हें अपनी मान्यताओं और विश्वास से बुरा या अच्छा बनाते हैं। आपकी मान्यताएँ वाकई इतनी शक्तिशाली होती हैं पर सच इन मान्यताओं से परे होता है। जब आप प्रतीकों से परे जाते हैं, तो आपको एक ऐसा संसार मिलता है, जो असल में संपूर्णता का संसार है। वहाँ हर कोई और हर चीज़ संपूर्ण होती है, सबसे बढ़िया होती है। यहाँ तक कि हर शब्द पर आपका विश्वास भी संपूर्ण होता है। यहाँ तक कि आपका गुस्सा, आपकी नाटकबाजी और आपके झूठ तक संपूर्ण और सबसे बढ़िया होते हैं। यहाँ तक कि वह नर्क, जिसमें आप कभी-कभी रहते हैं, वह भी संपूर्ण होता है। क्योंकि वहाँ सिर्फ संपूर्णता का ही अस्तित्व होता है। कल्पना कीजिए कि अगर आपने अपना पूरा जीवन बिना किसी झूठ के जिया होता या अंधविश्वास और मतों व राय पर विश्वास करने से होनेवाली पीड़ा के बिना जिया होता, तो क्या होता। फिर आप अन्य जीवों की तरह जिए होते यानी तब आपकी मासूमियत, आपकी पवित्रता जीवनभर जस की तस बनी रहती।

परवरिश की प्रक्रिया में आप अपनी मासूमियत खो देते हैं। फिर आप उस खोई हुई चीज़ को ढूँढ़ना शुरू कर देते हैं और इस तरह जागरूकता हासिल कर लेते हैं। एक बार जब आप फिर से अपनी जागरूकता हासिल कर लेते हैं, तो अपने विकास के लिए और जीवन में अपने हर चुनाव, हर

निर्णय के लिए जिम्मेदार बन जाते हैं।

जब आप इस ग्रह के स्वप्न से अवगत होते हैं, तो आपके पास कोई और रास्ता नहीं बचता और आपको बहुत से झूठ सीखने पड़ते हैं।

पर अब उन झूठों को छोड़ने का, उनसे मुक्ति पाने का और यह सीखने का समय आ गया है कि अपने दिल की बात मानकर सच को कैसे पाया जाए। जो सीखा है, उसे छोड़ना, भूलना या यूँ कहें कि अनडोमेस्टिकेशन (गैरपालतू बनना) एक धीमी पर शक्तिशाली प्रक्रिया है। जैसा कि मैंने पहले भी कहा था, जब आप प्रतीकों पर से अपना विश्वास हटा लेते हैं, तो उसकी शक्ति आपके पास वापस आ जाती है। वह तब तक बार-बार वापस आती रहती है, जब तक आपके ऊपर से पूरी प्रतीक-विद्या का नियंत्रण समाप्त नहीं हो जाता।

जब आप हर प्रतीक की शक्ति स्वयं वापस ले लेते हैं, तो पूरा स्वप्न शक्तिहीन हो जाता है। जब वह पूरी शक्ति आपके पास वापस आ जाती है, तो आप अजेय बन जाते हैं। फिर आपको कोई हरा नहीं पाता। दूसरे शब्दों में कहूँ, तो फिर आप स्वयं को हरा नहीं पाते क्योंकि अजेय होना और स्वयं से न हारना एक ही बात है।

एक बार जब आपको प्रतीकों को दी हुई शक्ति वापस मिल जाती है, तो फिर आप अपने मन में आनेवाले सभी विचारों पर विश्वास नहीं करते। फिर आप अपनी कहानी पर विश्वास नहीं करते। पर आप अपनी कहानी सुनते हैं और चूँकि आप अपनी कहानी का सम्मान करते हैं, इसलिए उसका आनंद भी ले सकते हैं। जब आप कोई फिल्म देखने जाते हैं या कोई उपन्यास पढ़ते हैं, तो आप उस पर विश्वास नहीं करते, पर फिर भी आप उसका आनंद लेते हैं। एक बार जब आपको वास्तविकता और आभासी वास्तविकता का फर्क समझ में आ जाता है, तो आपको पता होता है कि आपको वास्तविकता पर विश्वास करना है। इसके साथ ही आभासी वास्तविकता पर विश्वास करने की कोई ज़रूरत नहीं है, पर इसके बावजूद आप दोनों का पूरा आनंद उठा सकते हैं। भले ही वह कुछ भी हो, आप उसका आनंद उठा सकते हैं और आप स्वयं जो कुछ भी रचते हैं, उसका

आनंद भी उठा सकते हैं।

हालाँकि आप जानते हैं कि आपकी कहानी सच नहीं है, फिर भी आप सबसे सुंदर कहानी रच सकते हैं और उस कहानी के जरिए अपने जीवन को दिशा दे सकते हैं। आप अपने निजी स्वर्ग को रचकर उसी में रह सकते हैं और अगर आप दूसरों की और वे आपकी कहानी समझ सकते हैं, तो आप एक-दूसरे के साथ मिलकर सबसे सुंदर स्वप्न की रचना कर सकते हैं। पर इससे पहले आपको वह सब छोड़ना या भूलना होगा, जो आपने सीख रखा है और इसका सबसे बढ़िया तरीका है पाँचवाँ समझौता।

आप संसार में कहीं भी चले जाएँ, आपको वहाँ के लोगों से हर तरह के मत, राय और कहानियाँ सुनने को मिलेंगी। आपको वहाँ ऐसे कई बेहतरीन कहानीकार मिलेंगे, जो आपको यह बताना चाहेंगे कि आपको अपने जीवन में क्या करना चाहिए। वे कहेंगे, 'आपको ऐसा करना चाहिए, आपको वैसा करना चाहिए...' वगैरह, पर आप उनका विश्वास न करें। संदेह करें पर सुनना सीखें और इसके बाद अपना निर्णय लें। आप अपने जीवन में जो भी निर्णय लें, जो भी चुनाव करें, उसके प्रति जिम्मेदार रहें। यह आपका जीवन है, किसी और का नहीं। समय के साथ आपको समझ में आ जाएगा कि आप अपने जीवन के साथ क्या करते हैं और क्या नहीं, इसकी पूरी जिम्मेदारी सिर्फ आपकी है, किसी और की नहीं।

सदियों से ऐसे लोगों की कोई कमी नहीं रही है, जो दावा करते हैं कि उन्हें ईश्वर की इच्छा मालूम है। ये लोग संसारभर में घूमकर अच्छाई और भलाई का उपदेश देते फिरते हैं और बाकी सबकी निंदा करते रहते हैं। सदियों से ऐसे भविष्यवक्ताओं की कोई कमी नहीं रही है, जो यह भविष्यवाणी करते रहे हैं कि इस संसार पर भारी विपदा आनेवाली है। ज्यादा पुरानी बात नहीं है, जब कुछ साल पहले कुछ लोगों ने भविष्यवाणी की थी कि सन 2000 आते ही संसार के सभी कंप्यूटर काम करना बंद कर देंगे और हमारा समाज बिलकुल बदल जाएगा। कुछ लोगों को तो यह लगने लगा था कि हम

पाषाण युग में वापस लौट जाएँगे। आखिरकार सन 2000 का पहला दिन आया और हम सबने नई शताब्दी का, नए साल का जश्न मनाया और जैसा दावा किया जा रहा था, वैसा कुछ भी नहीं हुआ।

आज की ही तरह हज़ारों साल पहले भी ऐसे भविष्यवक्ता थे, जो बस संसार के अंत की प्रतीक्षा कर रहे थे। उस समय एक महान व्यक्ति ने कहा था, 'भविष्य में ऐसे कई भविष्यवक्ता होंगे जो दावा करेंगे कि वे ईश्वर की वाणी बोल रहे हैं। उनका विश्वास मत करना।' अब आप समझ सकते हैं कि यह पाँचवाँ समझौता कोई नई बात नहीं कह रहा है। इसलिए संदेह करें पर दूसरों की सुनना सीखें।

9
पहले ध्यान का स्वप्न
पीड़ित

मुझे एडम और ईव की कहानी याद आ रही है। स्वर्ग में रहनेवाले एडम और ईव हम सब इंसानों का प्रतिनिधित्व करते हैं और ईश्वर ने हमें बताया था कि हम ज्ञान के वृक्ष के फलों के अलावा बाकी सब कुछ खा सकते हैं। क्योंकि अगर हमने इस वृक्ष का फल खाया, तो हमारी मृत्यु हो जाएगी। खैर, आखिरकार हमने वह फल खा लिया और हमारी मृत्यु हो गई।

बेशक यह सिर्फ एक कहानी है पर इस कहानी का अर्थ बहुत महत्वपूर्ण है। इस वृक्ष का फल खाकर हमारी मृत्यु क्यों हो जाती है? क्योंकि ज्ञान के वृक्ष का असली नाम है, मृत्यु का वृक्ष। स्वर्ग में इस वृक्ष के अलावा एक और वृक्ष है, जीवन का वृक्ष। जीवन एक सच है, ऐसा सच जिसमें कोई शब्द या प्रतीक नहीं है। ज्ञान का वृक्ष जीवन के वृक्ष का प्रतिबिंब मात्र है। हम जानते हैं कि ज्ञान का निर्माण प्रतीकों के माध्यम से होता है और प्रतीक वास्तविक नहीं होते। जब हम ज्ञान के वृक्ष का फल खा लेते हैं, तो प्रतीक एक वर्चुअल रियलिटी (आभासी वास्तविकता) बन जाते हैं, जो हमसे ज्ञान की वाणी बनकर संवाद करती है और फिर हम उस वर्चुअल रियलिटी (आभासी वास्तविकता) को सच मानकर उसी में रहने लगते हैं। स्पष्ट है कि हम बिना जागरूक हुए ही उसमें जीने लगते हैं।

यह भी स्पष्ट है कि इंसान ने मृत्यु के वृक्ष का फल खा लिया। मेरे दृष्टिकोण से इस संसार में ऐसे अरबों लोग घूम रहे हैं, जो पहले ही मर चुके हैं, बस उन्हें पता नहीं है कि वे मर चुके हैं। हाँ, यह सच है कि उनका शरीर जिंदा है, पर वे बिना जागरूक हुए यह स्वप्न देख रहे हैं कि वे स्वप्न देख रहे हैं। टोलटेक ने इसी को पहले ध्यान का स्वप्न कहा है।

पहले ध्यान का स्वप्न असल में वह स्वप्न है, जिसे हम अपने ध्यान को पहली बार इस्तेमाल करके निर्मित करते हैं। इसे मैं इंसानों का साधारण स्वप्न भी कहता हूँ। हम इसे पीड़ितों का स्वप्न भी कह सकते हैं क्योंकि हम सभी उन प्रतीकों से पीड़ित हैं, जिन्हें हमने ही रचा है। हम अपने मन में उठनेवाली सभी आवाज़ों से भी पीड़ित हैं। साथ ही हम अपने सभी अंधविश्वासों और अपने ज्ञान में मौजूद विकृति से भी पीड़ित हैं। अधिकतर लोग पीड़ितों के स्वप्न में रहते हैं और इस स्वप्न में हम अपने धर्म, अपनी सरकार और अपने सोचने व विश्वास करने के तरीके से पीड़ित होते हैं।

बचपन में हम ज्ञान के वृक्ष की ओर से आ रहे तमाम झूठों से खुद को बचा नहीं पाते। जैसा कि हमने पहले कहा था, हमारे अभिभावक, स्कूल, धर्म और समाज हमारा ध्यान आकर्षित करके हमें अपने मतों और मान्यताओं से परिचित करवाते हैं। हम अपने धर्म में इसीलिए विश्वास करते हैं क्योंकि हमारे अपने या आसपास के लोग हमें चर्च या किसी अन्य पूजाघर में ले जाते हैं, जहाँ हम हर उस बात पर विश्वास करना सीख जाते हैं, जो हमें बताई जा रही है। हमसे बड़े, जो हमारी देखभाल करते हैं, वे हमें अपनी कहानियाँ बताते हैं। फिर जब हम स्कूल जाते हैं तो वहाँ हमें कुछ और कहानियाँ बताई जाती हैं। हम अपने देश की कहानी सुनते हैं और इस तरह हमें अपने नायकों, उनके द्वारा लड़े गए युद्धों और इंसानी पीड़ा के बारे में पता चलता है।

वयस्क यानी हमसे बड़े हमें समाज के लिए तैयार करते हैं और मैं बिना किसी संदेह के कह सकता हूँ कि यह समाज पूरी तरह झूठों से शासित है। हम भी उसी स्वप्न में रहना सीख जाते हैं, जिसमें वे रहते

हैं। हमारा विश्वास उस स्वप्न की संरचना में कैद हो जाता है और इस तरह वह स्वप्न हमारे लिए एक सामान्य बात बन जाता है। पर मैं यह नहीं मानता कि ऐसा करने के पीछे उनका कोई गलत इरादा था। हमसे बड़े बचपन में हमें सिर्फ वही सिखा सके, जो वे खुद जानते थे। जो चीज़ें उन्हें खुद नहीं पता थीं, वे भला वह कैसे सिखाते? वे जो कुछ भी जानते थे, वह सब वही था, जो उन्होंने स्वयं जीवनभर सीखा था और वे हमेशा उसी पर विश्वास करते रहे। आप इस बात को लेकर निश्चिंत हो सकते हैं कि आपके माता-पिता ने आपके लिए वही किया, जो वे उस समय करने में सक्षम थे। अगर वे इससे बेहतर कुछ और नहीं कर पाए, तो सिर्फ इसीलिए क्योंकि उन्हें पता ही नहीं था कि इससे बेहतर क्या होता है। मैं शर्त लगाकर कह सकता हूँ कि उन्हें भी हर किसी ने आँका होगा और उनके बारे में दूसरों ने निर्णय सुनाए होंगे। उन्होंने अपना जीवन पहले ध्यान के स्वप्न में जिया, जिसे वे नर्क का नाम देते हैं। वे सचमुच मर चुके थे।

बेशक वे सभी प्रतीक, जो हमने सीख रखे हैं, सच नहीं हैं। सच तो उन प्रतीकों के पीछे है यानी उन प्रतीकों का इरादा और उनका अर्थ। धर्म, नर्क के स्वप्न की व्याख्या कुछ इस तरह करता है कि 'नर्क एक ऐसी जगह है, जहाँ हमारी हर चीज़ को आँका जाता है, हमें जलाया जाता है, गर्म तेल के कड़ाहे में डाला जाता है यानी नर्क का अर्थ है ऐसी जगह, जहाँ हमें सबसे बड़ा दंड दिया जाता है।' असल में नर्क की यह व्याख्या इंसानों के साधारण स्वप्न से अधिक कुछ और नहीं है। यहाँ इंसानी मन में वही सब हो रहा है, जो हमेशा होता है यानी दूसरों को आँका जाना, अपराध-बोध और दंड का भाव पैदा होना। ये सभी भावनाएँ उस डर से पैदा होती हैं, जो हमारे अंदर जलती आग सा महसूस होता है। डर हमारे भीतरी संसार का राजा होता है और यह हमारे ज्ञान में विकृति पैदा करके हमारे संसार पर राज़ करता है। यह डर ही अन्याय और भावनात्मक ड्रामेबाजी का संसार निर्मित करता है। यह डर ही उस दु:स्वप्न को भी रचता है, जिसमें आज अरबों लोग जी रहे हैं।

इस संसार का सबसे बड़ा डर क्या है? सच का डर। इंसान सच से

डरता है क्योंकि हमने हमेशा झूठ पर ही विश्वास करना सीखा है। बेशक हम उन सभी झूठों से भी डरते हैं, जिन पर हम विश्वास करते हैं। यह सच हो या कल्पना, पर इतना तो तय है कि ज्ञान होने से हम सुरक्षित महसूस करते हैं। पर फिर हम पीड़ा भी झेलते हैं क्योंकि हम जो जानते हैं सिर्फ उसी पर विश्वास करते हैं और असल में हम जो कुछ भी जानते हैं, वह करीब-करीब पूरा ही झूठ होता है। वह सिर्फ एक दृष्टिकोण होता है, पर हम उस पर विश्वास करते हैं और हम अपने बच्चों को भी वही विकृत संदेश दे देते हैं। इस तरह यह सिलसिला चलता रहता है और इंसानी इतिहास स्वयं को बार-बार दोहराता रहता है।

बहुत पहले की बात है, जब कुछ बुद्धिमान लोगों ने पहले ध्यान के स्वप्न की तुलना एक ऐसे बाजार से की थी, जहाँ एक ही समय में हज़ारों लोग एक-दूसरे को अपनी बात बता रहे हैं, पर कोई किसी की बात सुन नहीं रहा है। टोलटेक ने इसे 'मिटोट' नाम दिया, जो असल में एक नहुआत शब्द है और जिसका अर्थ होता है, 'चरम गपशप।' मिटोट में हम शब्द का इस्तेमाल अपने खिलाफ करते हैं और जब हम दूसरों से संबद्ध महसूस करते हैं, तो शब्द का इस्तेमाल उनके खिलाफ करते हैं।

हर इंसान एक जादूगर है। जादूगरों के आपसी संवाद में चारों ओर माया रच दी जाती है। पर कैसे? शब्द का गलत इस्तेमाल करके, हर चीज़ को निजी तौर पर लेकर, हम जो भी जानते-समझते हैं, उसे धारणाओं के जरिए विकृत करके, झूठी गपशप करके और शब्द की मदद से चारों ओर भावनात्मक जहर फैलाकर। इंसान भी माया रचते हैं। इंसान आमतौर पर उन लोगों के साथ ऐसा करता है, जो उसे सबसे प्यारे होते हैं। हमारे पास जितने अधिकार होते हैं, जितना हमारा प्रभाव (अथॉरिटी) होता है, हमारी रची हुई माया भी उतनी ही शक्तिशाली होती है। इंसान का प्रभाव (अथॉरिटी) उसे दूसरे इंसान को नियंत्रण में रखने और उससे अपनी आज्ञा मनवाने की शक्ति देता है। आप गौर करेंगे तो पाएँगे कि बचपन में आप दूसरे के प्रभाव (अथॉरिटी) से घबराते थे। आपने ऐसे वयस्क लोग भी देखे होंगे, जो दूसरों के प्रभाव (अथॉरिटी) से घबराते हैं। प्रभावशाली शब्द ऐसी शक्शिाली

माया रचने में सक्षम होते हैं, जो अन्य लोगों पर गहरा असर डाल सकती है और ऐसा सिर्फ इसीलिए होता है क्योंकि हम उन शब्दों पर विश्वास करते हैं।

जब हम प्रतीक-विद्या की शक्ति को समझ लेते हैं, तो हम यह देखने में सक्षम हो जाते हैं कि प्रतीक हमसे कब और कहाँ संवाद कर रहे हैं। हम इस बदलाव को अपने व्यवहार में तो देख ही सकते हैं, साथ ही दूसरों के साथ और विशेषकर स्वयं के साथ अपने संवाद में भी देख सकते हैं। हम किसी एक विचार से, किसी एक विश्वास या मान्यता से या किसी कहानी से इस हद तक प्रभावित हो जाते हैं कि वह हमारे ऊपर हावी हो जाती है। कभी हमारे ऊपर गुस्सा हावी हो जाता है, कभी ईर्ष्या तो कभी प्रेम। प्रतीक हमारा ध्यान आकर्षित करने के लिए आपस में प्रतियोगिता कर रहे होते हैं और वे हर दिन किसी न किसी प्रकार से बदल भी रहे होते हैं। वे एक-एक करके हम पर हावी होते हैं। ऐसे प्रतीकों की संख्या हज़ारों में है, जो हमारे दिमाग में, हमारे मन में अपनी एक निश्चित जगह बनाकर हमें नियंत्रित करना चाहते हैं। जैसा कि पहले कहा गया था, ये सभी प्रतीक सजीव हैं, जीवित हैं और उन्हें यह जीवन स्वयं हमने ही दिया है क्योंकि हम उन पर विश्वास करते हैं।

प्रतीक हमारे अंदर बैठकर हमेशा बोलते रहते हैं। वे कभी चुप नहीं होते। यह कुछ ऐसा है, मानो हमारे अंदर कोई कहानीकार बैठा हो, जो हमें वह सब बता रहा हो, जो हमारे चारों ओर घट रहा है। वे हमें इस तरह सब कुछ बताते हैं, मानो हमें पता ही न हो कि चारों ओर हो रही घटनाओं को कैसे देखना और समझना है। 'और अब सूर्य डूब रहा है... अच्छा है। मौसम की गरमाहट मुझे अच्छी लग रही है... वो देखो, वहाँ कितने पेड़ हैं...! फलाँ आदमी क्या कर रहा है... न जाने वह क्या सोच रहा है...।' ज्ञान की यह वाणी हर चीज़ का अर्थ जानना चाहती है। हमारे जीवन में जो भी हो रहा होता है, इसे वह सब समझने की बहुत जल्दी होती है। ये हमें बताती है कि क्या करो, कब करो, कहाँ करो, कैसे करो और क्यों करो। हम अपने बारे में जो भी मानते हैं या नहीं मानते हैं, यह हर वक्त हमें वह सब याद दिलाती रहती है। हम जो नहीं हैं, यह हमें वह भी बताती रहती है। यह हमसे पूछती रहती है कि हम वैसे क्यों नहीं हो पा रहे हैं, जैसा हमें होना चाहिए।

पहले ध्यान के स्वप्न में हम जिस संसार में रहते हैं, वह एक ऐसे रियलिटी शो जैसा होता है, जिसे होस्ट करनेवाला कोई और नहीं बल्कि वह ज्ञान की वाणी है। इस रियलिटी शो में हम हमेशा सही होंगे और अन्य लोग हमेशा गलत। क्योंकि हम इसकी हर चीज़ को उचित ठहराने के लिए अपनी हर जानकारी और पूरी समझ का इस्तेमाल करते हैं। वाकई, क्या रियलिटी शो है! यह पहले नंबर पर है। हम स्वयं इस कहानी के हर किरदार को रचते हैं पर हम उनके बारे में जो कुछ भी मानते हैं, वह हमेशा सच नहीं होता। वह कभी सच था भी नहीं। ज्ञान का वृक्ष हमारे भीतर इस हद तक पनप चुका है कि अब हम सच को देख ही नहीं पाते – हम तो बस अपने ज्ञान को, झूठ को ही देख पाते हैं। जब हम सिर्फ झूठ को ही देख पाते हैं, तो हमारा सारा ध्यान नर्क के स्वप्न में उलझकर रह जाता है। फिर हम अपने चारों ओर फैले स्वर्ग की वास्तविकता को नहीं देख पाते। इंसान स्वर्ग से गिरकर धरती पर इसी तरह आए थे।

एडम और ईव की कहानी में हमारा यानी इंसान का संवाद एक ऐसे साँप से हुआ, जो ज्ञान के वृक्ष पर रहता था। वह साँप असल में स्वर्ग से निकाली गई एक परी था, जो विकृत संदेश दिया करता था। वह झूठों का राजकुमार था और हम बड़े ही मासूम थे। साँप ने हमसे पूछा, 'क्या तुम भी ईश्वर जैसा बनना चाहते हो?' यह साधारण सा नज़र आनेवाला सवाल दरअसल बड़ा ही चालबाजी भरा था। क्योंकि अगर हम इसके जवाब में कहते कि 'नहीं, मैं तो पहले से ही ईश्वर हूँ,' तो हम अब भी स्वर्ग में ही रह रहे होते। पर हमने इसके जवाब में कहा, 'हाँ, मुझे ईश्वर जैसा बनना है।' उस समय हम झूठ पर गौर ही नहीं कर सके और आखिरकार हमने उस वृक्ष का फल चख लिया। इस तरह हम झूठ को निगल गए और हमारी मृत्यु हो गई।

आखिर ऐसा क्यों हुआ कि हम झूठ पर गौर ही नहीं कर पाए और उस वृक्ष के सेब को हमने खा लिया? संदेह होने से पहले तो हमें पता भी नहीं था कि सच यहाँ है और हमने उसे जी भी लिया। एक बार जब झूठ बोलने के बाद हमें विश्वास नहीं रहा कि हम ईश्वर हैं तो फिर हमने ईश्वर की खोज

शुरू कर दी। हमें लगा कि ईश्वर को ढूँढ़ने के लिए हमें एक मंदिर बनाना होगा और उसकी पूजा के लिए एक निश्चित जगह तय करनी होगी। ईश्वर के लिए हमें हर चीज़ का बलिदान देना होगा, स्वयं को पीड़ा देनी होगी और ईश्वर के सामने वह पीड़ा प्रस्तुत करनी होगी। ये सब विचार आते हैं और फिर हम जल्द ही एक मंदिर बना लेते हैं, जहाँ हज़ारों लोग आते हैं। उन सबको भी यही लगता है कि वे स्वयं ईश्वर नहीं हैं। हमें लगा कि ईश्वर को एक नाम देना भी ज़रूरी है। इसी के परिणामस्वरूप धर्म का जन्म हुआ।

हमने बारिश के देवता को रचा, युद्ध के देवता को रचा, प्रेम के देवता को रचा, जिन्हें हम जूज़, मार्स और एप्रोडाइट कहते हैं। ऐसे हज़ारों या शायद लाखों लोग थे, जो इन देवताओं पर विश्वास करते थे और इनकी पूजा करते थे। लोग इन देवताओं के सामने स्वयं का बलिदान तक दे देते थे। यहाँ तक कि कई लोग तो अपने बच्चों तक को बलिदान के रूप में इन देवताओं के सामने मार देते थे। क्योंकि लोगों को विश्वास था कि ये देवता वास्तविक हैं पर क्या वाकई ऐसा था?

जैसा कि आपने देखा, 'मैं ईश्वर नहीं हूँ,' यह वह पहला झूठ है, जिस पर हम विश्वास करने लगते हैं। फिर इस झूठ से एक और झूठ पैदा होता है, फिर उससे एक और झूठ और इस तरह हम उन सभी झूठों पर विश्वास करते चले जाते हैं। जल्द ही इन झूठों की संख्या इतनी बढ़ जाती है कि हम कुछ अलग नहीं कर पाते और अपनी दिव्यता को भूल जाते हैं। हम ईश्वर में सौदर्य और संपूर्णता देखने लगते हैं और उसी के जैसा बनना चाहते हैं। दरअसल हम स्वयं को उस 'संपूर्णता की छवि' में ढालना चाहते हैं और फिर हम निरंतर इस संपूर्णता की खोज में लगे रहते हैं।

हम इंसान कहानीकार होते हैं और हम अपने बच्चों को एक ऐसे ईश्वर की कहानी सुनाते हैं, जो संपूर्ण है, जो हमें और हमारे कर्मों को आँकता है और जब हम गलत व्यवहार करते हैं तो हमें दंड भी देता है। हम अपने बच्चों को सैंटा क्लाज के बारे में बताते हैं, जो 'अच्छे बच्चों' को या यूँ कहें कि 'ईश्वर जैसे बच्चों' को ईनाम देता है। वास्तव में हम

अपने बच्चों को ऐसे जो भी संदेश देते हैं, वे सब विकृत संदेश हैं। जो ईश्वर न्याय का खेल खेलता है, उसका कहीं कोई अस्तित्व नहीं है। सैंटा क्लॉज का भी कोई अस्तित्व नहीं है। हमारे दिमाग में ऐसा जो भी ज्ञान है, वह असली नहीं है।

जब हम ज्ञान के वृक्ष पर रहनेवाले साँप से बात करते हैं, तो दरअसल हम अपने एक विकृत प्रतिबिंब के साथ बात कर रहे होते हैं। हमें जिससे सबसे अधिक डर लगता है, वह कोई और नहीं बल्कि ज्ञान के वृक्ष पर रहनेवाला वह साँप ही है। हम अपने ही प्रतिबिंब से डरते हैं। यह हमारी मूर्खता नहीं तो और क्या है? कल्पना करें कि आप आइने में अपना प्रतिबिंब देख रहे हैं। वह प्रतिबिंब असली आपकी हूबहू नकल जैसा लगता है, पर वास्तव में वह छवि असली आपसे विपरीत होती है। उस आइने में आपका दायाँ हाथ असल में बायाँ हाथ होता है। सच का प्रतिबिंब हमेशा विकृत ही होता है।

बचपन में आईने हमें बहुत आकर्षित करते हैं ताकि हम उनमें अपना प्रतिबिंब देख सकें। हम उन आइनों में अपनी विकृत छवि देखते हैं, जो उस क्षण में उनकी मनोदशा और धारणाओं को न्यायसंगत ठहराने के लिए इस्तेमाल किए जानेवाले बिलीफ सिस्टम (विश्वास-तंत्र) के अनुसार बनती है। हमारे आसपास के लोग हमें बताते हैं कि उनके अनुसार हम क्या हैं पर हमारे पास ऐसा कोई आइना नहीं होता, जो हमें हमारे असली रूप का प्रतिबिंब दिखा सके। संसार के सारे आइने पूरी तरह विकृत होते हैं। वे हमें सिर्फ वही दिखाते हैं, जिस पर वे स्वयं विश्वास करते हैं और वे जिन चीज़ों पर भी विश्वास करते हैं, वे सब चीज़ें झूठ होती हैं। हम विश्वास करें या न करें, पर बचपन में हम बड़े मासूम होते हैं और करीब-करीब हर चीज़ पर विश्वास कर लेते हैं। हम झूठों पर विश्वास करके उन्हें जीवन दे देते हैं, शक्ति दे देते हैं और फिर जल्द ही वे सारे झूठ हमारे जीवन पर शासन करने लगते हैं।

झूठों के राजकुमार की कहानी सिर्फ एक कहानी है पर यह एक सुंदर कहानी है, जो उन प्रतीकों से बनाई गई, जिन्हें हम समझ सकते हैं और उनके

आधार पर निष्कर्ष निकाल सकते हैं। मुझे लगता है कि इसका अर्थ स्पष्ट है। एक बार जब हम यह स्वप्न देखने लगते हैं कि हम ईश्वर नहीं हैं, तो दु:स्वप्न की शुरुआत हो जाती है। हम स्वर्ग से सीधे उस स्थान पर गिरते हैं, जिसे हम नर्क कहते हैं। हम ईश्वर को खोजना शुरू कर देते हैं, स्वयं को खोजने लगते हैं क्योंकि हमारे जीवन को ज्ञान का वृक्ष जी रहा होता है और हमारा ऑथेंटिक (प्रामाणिक) सेल्फ मर चुका होता है।

इससे मुझे एक और कहानी याद आती है, जीज़स की कहानी। एक बार जीज़स अपने शिष्यों के साथ कहीं जा रहे थे। रास्ते में उन्होंने एक इंसान को देखा और उन्हें उसमें शिक्षा के लिए ज़रूरी पात्रता नज़र आई। जीज़स उस इंसान के पास गए और बोले, 'आओ, मेरे साथ चलो।' उस इंसान ने जवाब दिया, 'मैं आपके साथ चल सकता हूँ, पर अभी-अभी मेरे पिता की मृत्यु हुई है और पहले मुझे उन्हें दफन करना होगा, उसके बाद ही मैं आपके साथ चल सकता हूँ।' इस पर जीसस ने कहा, 'मुर्दा को दफन करने का काम मुर्दा लोगों को करने दो। तुम तो जीवित हो, तुम मेरे साथ चलो।'

अगर आप इस कहानी का मर्म समझ गए होंगे, तो आपके लिए यह समझना मुश्किल नहीं होगा कि जब आप जागे हुए नहीं होते, जब आप इस बारे में जागरूक नहीं होते कि आप कौन हैं, उस समय आप 'मुर्दा' होते हैं। आप सच हैं, आप जीवन हैं, आप प्रेम हैं पर परवरिश की प्रक्रिया में, बाहरी स्वप्न या इस ग्रह का स्वप्न आपका ध्यान आकर्षित कर लेता है और आपको ढेर सारे विश्वासों और मान्यताओं से लाद देता है। धीरे-धीरे आप उस बाहरी स्वप्न की एक नकल बनकर रह जाते हैं। आप अपने आसपास के लोगों और चीज़ों से जो कुछ भी सीखते हैं, उसी की नकल करने लगते हैं। आप न सिर्फ मान्यताओं की बल्कि व्यवहार की भी नकल करते हैं, इसका अर्थ ही आप न सिर्फ उसकी नकल करते हैं, जो लोग कहते हैं बल्कि उसकी भी नकल करते हैं, जो वे करते हैं। यहाँ तक कि आप लोगों की भावनात्मक स्थिति को देखकर उसकी भी नकल करने लगते हैं।

आप वह नहीं हैं, जो आप वास्तव में हैं और ऐसा इसीलिए है क्योंकि आप अपनी उस विकृत छवि के अधीन हैं। हो सकता है कि

इसे समझना आपके लिए थोड़ा मुश्किल हो, पर आज तक हमेशा यही हुआ है कि आप स्वयं के अधीन रहे हैं। जिसने आपको अपने अधीन कर रखा है, वह कोई और नहीं बल्कि वर्चुअल (आभासी) आप हैं। आपको लगता है कि आप वह हैं या यूँ कहें कि आपको विश्वास है कि आप वह हैं। इस तरह आपकी वह छवि बेहद शक्तिशाली बन जाती है। इतने सालों के अभ्यास ने आपको उस छवि का दिखावा करने में निपुण बना दिया है, जिसे आप असली मानते हैं। वह विकृत छवि असल में आपकी कब्र है क्योंकि असली आप तो आपका जीवन जी ही नहीं रहा है। तो कौन है, जो आपका जीवन जी रहा है?

क्या वह असली आप हैं, जिसने आपके जीवन में सारी नाटकबाजी और पीड़ा पैदा की है? क्या वह असली आप हैं, जो कहता है, 'जीवन आँसुओं का सागर है और हम इसमें पीड़ा भुगतने आते हैं?' क्या वह असली आप हैं, जो आपको आँकता रहता है, आपको दंड देता है और दंड देने के लिए दूसरों को आमंत्रित करता है? क्या वह असली आप हैं, जो आपके शरीर का दुरूपयोग करता है? क्या वह असली आप हैं, जो आपको पसंद तक नहीं करता? क्या वह असली आप हैं, जो यह सब स्वप्न में देख रहा है?

नहीं, यह असली आप नहीं हैं। सच तो यह है कि आप मर चुके हैं पर फिर से जिंदा होने का तरीका क्या है? जागरूकता। जब आप फिर से अपनी जागरूकता हासिल कर लेते हैं, तो आपका पुनरुत्थान होता है और आप फिर से जीवित हो जाते हैं। ईसाई परंपरा में पुनरुत्थान दिवस उस दिन को माना जाता है, जब जीज़स दोबारा जीवित हो उठे थे और उन्होंने संसार को अपनी दिव्यता का दर्शन करने का मौका दिया था। आप इसीलिए यहाँ हैं ताकि आप फिर से जीवित होकर अपनी दिव्यता को दोबारा हासिल कर सकें। समय आ गया है कि अब आप भ्रम और झूठ के संसार से निकलकर अपने सच के संसार में, अपनी प्रामाणिकता में वापस आ जाएँ। समय आ गया है कि आप उन सभी झूठों को त्याग दें, जो आपने अब तक सीखे हैं और दोबारा अपने असली रूप में वापस आ जाएँ। ऐसा करने के लिए

आपको एक बार फिर से जीवित होना पड़ेगा।

फिर से जीवित होने का तरीका है, 'जागरूकता हासिल करना', जो टोलटेक की सबसे मुख्य निपुणताओं में से एक है। जागरूकता आपको पहले ध्यान के स्वप्न से बाहर लाती है और दूसरे ध्यान के स्वप्न में ले जाती है, जहाँ आप स्वयं पर शासन करनेवाले सभी झूठों के खिलाफ विद्रोह कर सकते हैं। जैसे ही आप विद्रोह का बिगुल बजाते हैं, यह स्वप्न बदलना शुरू हो जाता है।

10

दूसरे ध्यान का स्वप्न

योद्धा

जब हम पहली बार स्वप्न देखना सीखते हैं, तो ऐसी कई चीज़ें होती हैं, जो या तो हमें पसंद नहीं आतीं या फिर हम उनके खिलाफ होते हैं, पर फिर भी हम उस स्वप्न को जस का तस स्वीकार कर लेते हैं। फिर किसी न किसी तरीके से हम इस बात को लेकर जागरूक हो जाते हैं कि जिस तरह हम अपना जीवन जी रहे हैं, वह हमें अच्छा नहीं लग रहा है। हम इस बात को लेकर भी जागरूक हो जाते हैं कि हम किस बारे में स्वप्न देख रहे हैं और फिर हम वह स्वप्न देखना नहीं चाहते। तब हम ध्यान को दूसरी बार इस्तेमाल करके अपने स्वप्न को बदलकर दूसरा स्वप्न तैयार करने की कोशिश करते हैं। टोलटेक ने इसी को दूसरे ध्यान का स्वप्न या योद्धाओं का स्वप्न कहा है क्योंकि ऐसा करके हम उन सभी झूठों के खिलाफ युद्ध छेड़ देते हैं, जिन्हें हम जानते हैं।

दूसरे ध्यान के स्वप्न में हम संदेह करना शुरू करते हैं कि 'मैंने जो कुछ भी सीखा है, शायद वह सच नहीं है।' हम जो मानते हैं, उसे चुनौती देना शुरू करते हैं। हम उन सभी मतों पर सवाल उठाना शुरू कर देते हैं, जो हमने अब तक जानें और स्वीकार किए हैं। हम जानते हैं कि हमारे दिमाग में, हमारे मन में कुछ न कुछ ऐसा ज़रूर है, जो हमसे ऐसी बहुत सी चीज़ें करवाता है, जो हम नहीं करना चाहते। यह कुछ ऐसा है, जो हमारे मन पर पूरी तरह

नियंत्रण कर लेता है और हमें यह अच्छा नहीं लगता। इसलिए एक समय के बाद हम विद्रोह कर देते हैं।

इस विद्रोह में हम अपनी प्रामाणिकता को वापस हासिल करने की कोशिश करते हैं। इसे मैं सेल्फ की अखंडता या हम जो वास्तव में हैं, उसकी संपूर्णता कहता हूँ। पहले ध्यान के स्वप्न में प्रामाणिक सेल्फ के पास कोई मौका नहीं होता। वहाँ यह पूरी तरह एक पीड़ित होता है। वहाँ हम विद्रोह नहीं करते। यहाँ तक कि हम कोशिश भी नहीं करते पर अब हम एक पीड़ित बनकर रहना नहीं चाहते और इसीलिए अब हम अपने संसार को बदलने की कोशिश करते हैं। हम अपनी निजी स्वतंत्रता को फिर से हासिल करने की कोशिश करते हैं। हम जो वास्तव में हैं और जो वास्तव में करना चाहते हैं, यह दरअसल वह होने की और वह करने की स्वतंत्रता है। योद्धाओं का संसार वास्तव में कोशिशें करने का संसार होता है। हम जिस संसार को पसंद नहीं करते, उसे बदलने की कोशिश करते हैं। हम लगातार यह कोशिश जारी रखते हैं और यह युद्ध अंतहीन नज़र आता है।

योद्धाओं के स्वप्न में हम एक युद्ध लड़ रहे होते हैं पर वह युद्ध किसी दूसरे के खिलाफ नहीं लड़ा जा रहा होता है। इस स्वप्न का बाहरी स्वप्न से कोई लेना-देना नहीं होता। यह सब हमारे मन के अंदर हो रहा होता है। यह युद्ध वास्तव में हमारे मन के एक ऐसे हिस्से के खिलाफ लड़ा जा रहा होता है, जो हमारे सारे चुनाव करता है और हमें हमारे निजी नर्क की ओर धकेलता है। यह युद्ध दरअसल हमारे प्रामाणिक सेल्फ और उस तानाशाह के बीच हो रहा होता है, जिसे हम अपने अंदर बैठा सबसे बड़ा न्यायाधीश, नियम-पुस्तिका या बिलीफ सिस्टम (विश्वास तंत्र) कहते हैं। यह युद्ध विचारों, मतों और विश्वासों के बीच हो रहा होता है। मैं इसे देवताओं का युद्ध भी कहता हूँ क्योंकि ये सभी विचार इंसानी दिमाग पर हावी होने के लिए आपस में संघर्ष कर रहे होते हैं। प्राचीन काल के देवताओं की तरह ये भी एक इंसानी बलि माँगते हैं।

भले ही हम यह कहें कि हम इंसानी बलि पर विश्वास नहीं करते, पर वास्तव में इन देवताओं के लिए अब भी बलि देना जारी है। बेशक

हम इन देवताओं का नाम बदल देते हैं और उन सभी प्रतीकों का अर्थ बदल देते हैं, जिन्हें हम देवता या ईश्वर कहते हैं। अब हम शायद अपोलो पर विश्वास नहीं करते, जूज़ या ओसीरिस पर विश्वास नहीं करते पर हम अब भी न्याय पर विश्वास करते हैं, हम अब भी स्वतंत्रता और लोकतंत्र पर विश्वास करते हैं। ये कुछ और नहीं बल्कि नए देवताओं के नाम हैं। हम इन प्रतीकों को अपनी शक्ति देकर इन्हें देवताओं के दायरे में ले जाते हैं और फिर हम इन देवताओं के नाम पर अपने जीवन का बलिदान देते हैं।

इंसानी बलिदान तो पूरे संसार में हर समय होता रहा है और हम इसका परिणाम भी देख सकते हैं। अपराध, हिंसा, कैदियों से भरे जेलें, युद्ध और इंसानियत में नर्क का स्वप्न इसी का परिणाम है। हमें यह सब देखने को इसीलिए मिलता है क्योंकि हम बहुत से अंधविश्वासों और अपने ज्ञान की बहुत सी विकृतियों पर विश्वास करते हैं। हम इंसान युद्ध करते हैं और अपने युवाओं को उस युद्ध में बलिदान देने के लिए झोंक देते हैं। कई बार तो इन युवाओं को पता ही नहीं होता कि वे आखिर इस युद्ध में क्यों लड़ रहे हैं।

हम हर बड़े शहर में अपराधी गुटों के बीच लड़ाई-झगड़ों की खबरें सुनते हैं। युवा अपने अहंकार, अपने फायदे या उस ईश्वर के लिए अपनी बलि चढ़ा देते हैं, जिस पर वे विश्वास करते हैं। इस चक्कर में वे एक-दूसरे की जान तक ले लेते हैं। वे अपने अहंकार के लिए, जमीन के टुकड़े के लिए, उन प्रतीकों के लिए जो उनके मन में हैं और उनकी जैकेटों पर सजे हैं, उनके लिए वे खुद का बलिदान दे देते हैं। एक छोटे से कस्बे से लेकर बड़े-बड़े देशों तक में हम लोगों को लड़ते और मारते-काटते देखते रहते हैं और वह भी सिर्फ उस ईश्वर की रक्षा के लिए, जिसका कोई अस्तित्व ही नहीं है। इन लोगों के अंदर युद्ध का विचार उग्र रूप ले रहा है पर समस्या ये है कि वे इस युद्ध को अपने अंदर से बाहर निकालकर सबके सामने ले आते हैं और फिर एक-दूसरे को मारना शुरू कर देते हैं।

शायद अब हम वाकई इंसानी बलिदान में विश्वास नहीं रखते, आज भी ऐसे लोग हैं, जो कहते हैं, 'मैं बलिदान दूँगा। लाओ मुझे बंदूक दो

और जब तक वे मुझे मार पाएँगे, तब तक मैं उनके बहुत से लोगों को मार डालूँगा।' और यह कोई बड़ा निर्णय नहीं है, यह तो बस जो है, सो है। मैं यह नहीं कहूँगा कि इंसानी बलिदान गलत है। यह अब भी होता है और हम इस बात से इनकार नहीं कर सकते कि यह अब भी जारी है क्योंकि हम हर रोज संसार की अलग-अलग संस्कृतियों में इसे होते हुए देखते हैं। हम न सिर्फ इसे देखते हैं बल्कि इसमें हिस्सा भी लेते हैं। जैसे जब भी कोई इंसान कोई गलती कर देता है या कानून तोड़ता है, तो हम क्या करते हैं? चलो उसे सूली पर चढ़ा दो, उसे आँकों, उसकी हर चीज़ पर फैसले सुनाओ, उसके बारे में झूठी गप्पें मार के मजे लो। यह सब भी इंसानी बलि का एक नया रूप ही है। हाँ, आज हमारे संसार में तमाम नियम-कायदे हैं और उन नियमों के खिलाफ जाना सबसे बड़ा पाप है पर यह भी तो संभव है कि उनमें से कई नियम बिलकुल अप्राकृतिक हों। इसके बावजूद हमने तो नियम बना दिए हैं और उनके हिसाब से जीने के लिए सहमत भी हो गए हैं। पर हम इन नियमों का पालन तभी तक करते हैं, जब तक हमें इनकी ज़रूरत होती है और फिलहाल हमें उनकी ज़रूरत है।

हम इंसान इतने सारे झूठों पर विश्वास करते हैं कि छोटी से छोटी चीज़ भी हमारे लिए एक बड़ा खतरनाक दानव बन जाती है और हम उससे पीड़ित होते रहते हैं। आमतौर पर यह बस किसी के द्वारा हमें आँके जाने से संबंधित होता है और कई बार हम स्वयं ही अपने आपको आँकने लगते हैं, जैसे 'ओह, बेचारा मैं। जब मैं सिर्फ नौ साल का था, तो देखो मेरे साथ क्या-क्या हुआ था या देखो कल रात मेरे साथ क्या हो गया!' वास्तविकता यह है कि आपके साथ अतीत में जो कुछ भी हुआ है, वह अब सच नहीं रहा। हो सकता है कि आपके साथ बहुत बुरा हुआ हो, पर फिलहाल वह सच नहीं है क्योंकि फिलहाल यह वर्तमान ही वह इकलौता सच है, जिसमें आप रह रहे हैं। आपके अतीत में जो भी हुआ, वह सब अब वर्चुअल रियलिटी (आभासी वास्तविकता) है और आपके शरीर के साथ जो कुछ भी हुआ था, वह बहुत पहले ही ठीक हो चुका है। आपका शरीर अब स्वस्थ है पर आपका मन अब भी आपको पीड़ित महसूस करवा सकता है और सालों तक आपको शर्म के साथ जीने के लिए मजबूर कर सकता है।

हम इंसान अपना अतीत, अपना इतिहास हमेशा साथ लेकर चलते हैं। यह कुछ ऐसा ही है, जैसे हम अपने कंधों पर कोई भारी लाश लेकर चल रहे हों।

कुछ लोगों को अपने अतीत को, अपने इतिहास की लाश को कंधे पर ढोना बोझ नहीं लगता, पर अधिकतर लोगों के लिए यह बोझ बहुत भारी होता है। और यह न सिर्फ भारी होता है बल्कि लोग इससे आ रही भयंकर बदबू से भी परेशान रहते हैं। हममें से अधिकतर लोग उस लाश को इसलिए अपने पास रखते हैं ताकि उसका भार अपने प्रिय लोगों में बाँट सकें। अपनी शक्तिशाली स्मरण शक्ति की मदद से हम इसे वर्तमान में ले आते हैं और अपने अनुभवों को बार-बार फिर से जीते रहते हैं। जब भी हम अपने अतीत के उन अनुभवों को याद कर रहे होते हैं, तो असल में हम खुद को और दूसरों को बार-बार सिर्फ दंड दे रहे होते हैं।

हम इंसान इस धरती पर रहनेवाले ऐसे इकलौते प्राणी हैं, जो सिर्फ एक गलती के लिए खुद को सैकड़ों बार और दूसरों को हज़ारों बाद दंड देता है। जब हमारे मन में बसे संसार में जरा भी न्याय नहीं है, तो फिर हम पूरे संसार में हो रहे अन्याय के बारे में कैसे बात कर सकते हैं? यह पूरा ब्रह्माण्ड न्याय से ही शासित होता है पर सच्चे न्याय से नहीं और न ही उस विकृत न्याय से, जिसे हम कलाकार रच देते हैं। सच्चे न्याय का अर्थ है, क्रिया-प्रतिक्रिया का सामना करना। हम परिणामों के संसार में रहते हैं, जहाँ हर क्रिया की एक प्रतिक्रिया होती है। सच्चा न्याय वह है, जब हम अपनी सारी गलतियों की कीमत सिर्फ एक बार चुकाएँ। पर हम इसका उल्टा करते हैं और एक गलती की कीमत बार-बार चुकाते हैं। यह न्याय नहीं है।

मान लीजिए, आप आज भी उस गलती के लिए शर्मिंदा हैं और अपराध-बोध से ग्रस्त हैं, जो आपसे दस साल पहले हुई थी। अपनी पीड़ा के लिए आपका बहाना यह है कि 'मैंने बहुत बड़ी गलती की थी,' और आपको लगता है कि आप अब भी उस चीज़ के कारण पीड़ा भुगत रहे हैं, जो दस साल पहले हुई थी। जबकि सच तो यह है कि आप जिस चीज़ के

कारण पीड़ा भुगत रहे हैं, वह बस दस सेकेंड पहले ही हुई है। आपने उसी गलती के लिए एक बार फिर से खुद को आँका और बेशक आपके अंदर बैठे सबसे बड़े न्यायाधीश का कहना है कि 'तुम्हें दंड मिलना चाहिए।' यह कर्म और उसकी प्रतिक्रिया है। यहाँ कर्म है स्वयं को आँकना और प्रतिक्रिया है – स्वयं को अपराध-बोध और शर्म के रूप में बार-बार दंड देना। जीवनभर आप यही एक कर्म इस उम्मीद में बार-बार दोहराते रहते हैं कि शायद अगली बार प्रतिक्रिया कुछ और होगी, जबकि ऐसा कभी नहीं होता। अपना जीवन बदलने का सिर्फ यही एक तरीका है कि अपने कर्मों को बदला जाए। जब कर्म बदलेंगे तो उनके परिणाम भी बदलेंगे।

क्या आप देख सकते हैं कि ज्ञान किस तरह आपको यानी इंसानों को चोट पहुँचा रहा है। आपने अब तक जो भी प्रतीक जाने और समझे हैं, आप उन्हीं के जरिए सोच-विचार करके खुद को आँक रहे हैं। आप एक ऐसी कहानी रच रहे हैं, जो इंसानों के साथ बुरा कर रही है। जब भी इंसानों के साथ कुछ बुरा होता है, तो उनकी सबसे सहज प्रतिक्रिया होती है, गुस्सा, घृणा, ईर्ष्या या ऐसी कोई भी भावना जो हमें पीड़ा पहुँचाती हो। हमारा नर्वस सिस्टम (तंत्रिका तंत्र) भावनाओं का कारखाना होता है। हम जो भी भावनाएँ महसूस करते हैं, वे इस बात पर निर्भर करती हैं कि हमने क्या जाना और समझा। हम अपने निर्णयों को, अपने बिलीफ सिस्टम (विश्वास तंत्र) को ही अपनी ज्ञान की वाणी समझते हैं। और चूँकि हमारे वर्चुअल वर्ल्ड (आभासी संसार) पर सबसे बड़े न्यायाधीश, पीड़ित और बिलीफ सिस्टम (विश्वास तंत्र) का वर्चस्व होता है इसलिए हमारे अंदर डर, गुस्सा, ईर्ष्या, अपराध-बोध और शर्म जैसी भावनाएँ ही उठती हैं। इनके अलावा हम और किस भावना की उम्मीद कर सकते हैं? प्रेम की? कतई नहीं, पर कई बार हम प्रेम की उम्मीद भी करते हैं।

शब्द एक ऐसा बल है, जिसे आप देख नहीं सकते पर आप उसकी अभिव्यक्ति को महसूस कर सकते हैं, जो कुछ और नहीं बल्कि आपका अपना जीवन ही है। आपके शब्द कितने सही हैं, यह परखने का सबसे अच्छा तरीका है, उन पर आपकी भावनात्मक प्रतिक्रिया। क्या आप खुश

हैं या फिर आप पीड़ा भुगत रहे हैं? क्या आप अपने स्वप्न का आनंद ले रहे हैं या फिर उसके चलते पीड़ा भुगत रहे हैं? जो भी है, वह बस इसीलिए हो रहा है क्योंकि आप स्वयं वैसा कर रहे हैं। हाँ, यह सच है कि इस स्वप्न को रचने में आपके माता-पिता, आपके धर्म, आपके स्कूल और कॉलेज, आपकी सरकार और आपके समाज ने आपकी मदद की और यह भी सच है कि आपके पास इसके अलावा कभी कोई और विकल्प भी नहीं था। पर अब आपके पास विकल्प है। अब आप चाहें तो स्वर्ग रचें या नर्क। याद रखें कि ये दोनों बस मानसिक अवस्थाएँ हैं, जो आपके अंदर पैदा होती हैं।

क्या आपको खुश रहना अच्छा लगता है? तो फिर खुश रहिए और अपनी खुशी का आनंद उठाइए। क्या आपको पीड़ा भुगतना पसंद है? बहुत बढ़िया! तो फिर आप अपनी पीड़ा का आनंद क्यों नहीं उठाते? अगर आप नर्क रचने का विकल्प चुनते हैं, तो ठीक है। रोइए, पीड़ा भुगतिए और अपनी इस पीड़ा की मदद से सबसे उत्कृष्ट कलाकृति की रचना करें। पर अगर आप जागरूक हैं, तो नर्क को चुनने का सवाल ही नहीं उठता। फिर तो आप स्वर्ग का विकल्प ही चुनेंगे और स्वर्ग को चुनने का तरीका यह है कि आप हमेशा सही शब्दों का इस्तेमाल करें।

अगर आप सही शब्दों का इस्तेमाल कर रहे हैं, तो फिर भला आप स्वयं को कैसे आँक सकते हैं और स्वयं को दोष कैसे दे सकते हैं? फिर भला आप अपराध-बोध और शर्म से ग्रस्त कैसे हो सकते हैं? जब आप अपने अंदर ऐसी नकारात्मक भावनाएँ पैदा नहीं कर रहे होते, तो आपको बहुत अच्छा महसूस होता है! फिर आप दोबारा मुस्कुराते हैं और वह मुस्कुराहट पूरी तरह प्रामाणिक होती है। फिर आपको कोई दिखावा नहीं करना पड़ता। फिर आप वह होने की कोशिश नहीं करते, जो आप नहीं हैं। आप जो भी हैं, अगले क्षण में वही रहनेवाले हैं और उस क्षण में आप स्वयं को जस का तस स्वीकार करते हैं। फिर आप स्वयं को पसंद करने लगते हैं और स्वयं के साथ समय बिताने का आनंद लेते हैं। अब आप प्रतीकों को अपने ही खिलाफ इस्तेमाल करके स्वयं को कष्ट नहीं देते।

इसीलिए मैं फिर से दोहराता हूँ कि जागरूक होना बहुत ज़रूरी है। प्रतीकों का अत्याचार बहुत बुरा होता है। दूसरे ध्यान के स्वप्न में योद्धा यह पता लगाने की कोशिश करते हैं कि प्रतीक इंसानों से अधिक शक्तिशाली कैसे बन गए। योद्धाओं का पूरा युद्ध ही प्रतीकों के खिलाफ है, हमारी अपनी रचना के खिलाफ है और ऐसा इसलिए नहीं है क्योंकि हम प्रतीकों से घृणा करते हैं। प्रतीक तो कमाल की रचना हैं। वे हमारी कला हैं और संवाद करने के लिए उनका इस्तेमाल करना हमारे लिए सुविधाजनक होता है। पर जब हम उन प्रतीकों को अपनी सारी शक्ति दे देते हैं, तो हम स्वयं शक्तिहीन हो जाते हैं। फिर यह ज़रूरी हो जाता है कि कोई हमें बचाए। फिर हमें किसी ऐसे इंसान की ज़रूरत पड़ती है, जो आकर हमारा उद्धार करे। हमें उद्धारकर्ता की ज़रूरत इसलिए पड़ती है क्योंकि हमारे पास खुद ऐसा करने की शक्ति नहीं बची होती।

फिर हम स्वयं से बाहर झाँकते हैं और कहते हैं कि 'हे ईश्वर, मुझे बचा लो।' पर हमें बचाना किसी ईश्वर, जीज़स, बुद्ध, मोसेस, मोहम्मद का काम नहीं है और न ही कोई पंडित, मौलवी, ओझा या गुरु हमें बचा सकता है। अगर वे हमें नहीं बचाते हैं, तो हम इसके लिए उन्हें दोष नहीं दे सकते। हमें कोई नहीं बचा सकता क्योंकि हमारे वर्चुअल वर्ल्ड (आभासी संसार) में जो कुछ भी होता है, उसके लिए कोई और जिम्मेदार नहीं है। कोई पुजारी, मौलवी, रब्बी, ओझा या गुरु हमारा संसार नहीं बदल सकता। हमारा जीवनसाथी, हमारे बच्चे, हमारे मित्र भी इसे नहीं बदल सकते। कोई और हमारा संसार नहीं बदल सकता क्योंकि उस संसार का अस्तित्व सिर्फ हमारे अंदर होता है।

बहुत से लोग कहते हैं कि जीज़स ने हमारे लिए अपनी कुर्बानी दी। वे हमें पापों से बचाने के लिए मरे। इसमें कोई दोराय नहीं कि यह एक बेहतरीन कहानी है पर हमारे जीवन में जो भी विकल्प मौजूद हैं, उन्हें जीज़स आकर नहीं चुनते। हमें बचाने के बजाय जीज़स ने हमें बताया था कि हमें क्या करना चाहिए। आपको मदद चाहिए? ठीक है, तो फिर आपको सत्य के रास्ते पर चलना होगा, क्षमा करना होगा, एक दूसरे से प्रेम करना होगा। जीज़स ने

हमें सारे ज़रूरी उपकरण दे दिए थे, पर फिर भी हम कहते हैं कि 'नहीं, मैं माफ नहीं कर सकता। मैं अपने भावनात्मक ज़हर के साथ, अपने अहंकार के साथ, अपने गुस्से और अपनी ईर्ष्या के साथ ही जीऊँगा।' अगर हम उन्हीं लोगों से झगड़ा करेंगे, जिन्हें हम प्रेम करते हैं, अगर हम अपने चारों ओर प्रतिरोध पैदा करेंगे, तो फिर हमें यह भी याद रखना चाहिए कि हम एक ऐसे संसार में रहते हैं, जहाँ हर चीज़ का एक परिणाम होता है। इसलिए पहले हमें यह सब छोड़ना होगा। पहले हमें क्षमा करना होगा। क्योंकि क्षमा करना ही वह इकलौता तरीका है, जिसकी मदद से हम अपने अंदर के भावनात्मक ज़हर को साफ कर सकते हैं।

हमारे अंदर इतना सारा भावनात्मक ज़हर इसीलिए होता है क्योंकि हम सबके अंदर बहुत से भावनात्मक घाव होते हैं। यह सबके साथ होता है। जिस तरह चोट लगने, गिर जाने या हड्डी टूटने पर तकलीफ होना स्वाभाविक है, उसी तरह हमारे भावनात्मक पहलू को तकलीफ होना भी स्वाभाविक है क्योंकि हम एक ऐसा जीव हैं, जो शिकारियों से घिरा हुआ है। हम स्वयं भी शिकारी हैं पर इसके लिए हम किसी को दोष नहीं दे सकते। ये जैसा है, वैसा है। फिर भी अगर हम किसी को दोषी ठहराते हैं, तो इसीलिए क्योंकि हमारे अंदर भावनात्मक ज़हर भरा हुआ होता है। इसलिए किसी को दोषी ठहराने के बजाय आपको स्वयं को ठीक करने की जिम्मेदारी उठानी होगी।

अगर आप इस इंतजार में हैं कि कोई आएगा और आपको बचाएगा, तो याद रखिए कि सिर्फ आप ही स्वयं को बचा सकते हैं। आप खुद ही अपने उद्धारक हैं। हाँ, कुछ ऐसे शिक्षक ज़रूर हैं, जो आपको अपना निजी युद्ध जीतने और दोबारा जागरूकता हासिल करने के लिए ऐसे तरीके बता सकते हैं, जो आपके काफी काम आएँगे। इसके अलावा ऐसे कलाकार भी हैं, जो आपको यह दिखा सकते हैं कि अपनी कला के साथ स्वर्ग की सबसे उत्कृष्ट कलाकृति कैसे बनाई जाए।

मान लीजिए, आप एक बढ़िया कलाकार हैं और फिर एक उत्कृष्ट कलाकार आता है, जो कहता है कि 'मुझे तुम पसंद आए। मैं तुम्हें अपना

शिष्य बनाना चाहता हूँ। आओ, मैं तुम्हें सिखाऊँगा। एक उत्कृष्ट कलाकार बनने का सबसे पहला और सबसे महत्वपूर्ण तरीका है, सही शब्दों का चुनाव करना। यह बहुत ही आसान है। तुम अपनी कहानी स्वयं लिखते हो और अपने खिलाफ कहानी नहीं लिखना चाहते। दूसरा तरीका है, किसी भी बात को निजी तौर पर न लेना। इससे तुम्हें बहुत मदद मिलेगी। अगर तुम इसका पालन करोगे, तो तुम्हारे जीवन से अधिकतर नाटकबाजी स्वत: ही विलीन हो जाएगी। तीसरा तरीका है, धारणाएँ न बनाना। अपने लिए नर्क मत बनाओ। अंधविश्वास और झूठ पर विश्वास करना बंद करो और चौथा तरीका है, अपनी ओर से हमेशा सर्वश्रेष्ठ करना। कर्म करो। अभ्यास करने से ही निपुणता आती है। यह सब तुम बहुत आसानी से कर सकते हो।'

इसके बाद वह क्षण आता है, जब आप अपनी संपूर्ण रचना को एक अन्य दृष्टिकोण से देखते हैं। आपको एहसास होने लगता है कि आप अपने जीवन के कलात्मक रचनाकार हैं। वह आप ही हैं, जो कैनवास बनाता है, रंग बनाता है, रंग भरनेवाली कूची (पेंटब्रश) बनाता है और वह भी आप ही हैं, जो कलाकृति रचता है। वह आप ही हैं, जो अपने जीवन की कूची से चित्र में रंग भरने को एक अर्थ देता है। वह आप ही हैं, जो अपनी कला पर पूरा विश्वास करते हैं। फिर आप कहते हैं, 'मैं जो कहानी रच रहा हूँ, वह बहुत सुंदर है पर अब मैं इस पर विश्वास नहीं करता। अब मैं अपनी या किसी और की कहानी पर विश्वास नहीं करता। क्योंकि अब मैं देख सकता हूँ कि यह कुछ और नहीं बल्कि सिर्फ कला है।' बहुत बढ़िया। यही तो पाँचवाँ समझौता है। अब सहज समझ की ओर, सच की ओर, अपने सच्चे रूप की ओर वापस आइए। संदेह करिए पर दूसरों की सुनना भी सीखिए।

दूसरे ध्यान के स्वप्न में युद्ध जीतने के लिए आपको औज़ारों की ज़रूरत पड़ती है, साथ ही अपने संसार को बदलना भी ज़रूरी होता है। ये सारे समझौते भी इसी से संबंधित हैं। ये सब अपने स्वप्न का रूपांतरण करने और स्वयं को स्वप्न में निपुण बनाने के औज़ार हैं पर आप इनका क्या करते हैं, यह सिर्फ आप पर निर्भर करता है। इन पाँचों समझौतों में इतनी शक्ति है

कि आपने जीवनभर डर के आधार पर स्वयं को सीमित करनेवाले जो भी समझौते किए हैं, ये पाँचों समझौते उनके प्रति आपके अंदर संदेह का बीज बो सकते हैं। आपके ज्ञान में जिन झूठों की मिलावट हुई है, उन्हें त्यागने का एक ही तरीका है कि आप ध्यान का इस्तेमाल करें। इसका इस्तेमाल करके आप अपना पहला सपना बनाते हैं और फिर उसी ध्यान का इस्तेमाल करके उसे त्यागते भी हैं।

पहले चारों समझौते वे औज़ार हैं, जिनकी मदद से आप अपने ध्यान का दोबारा इस्तेमाल कर सकें और अपना निजी स्वर्ग रच सकें। जबकि पाँचवाँ समझौता वह औज़ार है, जिसकी मदद से आप प्रतीकों के अत्याचार के खिलाफ चल रहा युद्ध जीत सकेंगे। पहले चारों समझौते आपके निजी रूपांतरण के उपकरण हैं। जबकि पाँचवाँ समझौता न सिर्फ निजी रूपांतरण का अंत है बल्कि स्वयं को सबसे महान उपहार यानी संदेह का उपहार देने की शुरुआत भी है।

हमने कहा कि 'संदेह के कारण ही हमें स्वर्ग से बाहर होना पड़ा था।' पर वापस स्वर्ग में आना भी संदेह से ही जुड़ा है। संदेह वह औजार है, जिसकी मदद से हम न सिर्फ अपना विश्वास दोबारा हासिल करते हैं बल्कि जिन अंधविश्वासों और झूठों पर हम विश्वास करते आए हैं, उनसे अपनी शक्ति भी वापस ले लेते हैं। कभी-कभी हम स्वयं पर या सच पर संदेह करके संदेह की शक्ति का इस्तेमाल स्वयं के खिलाफ भी कर सकते हैं। एडम और ईव की कहानी में जब हम स्वयं के ईश्वर होने पर संदेह करते हैं, तो हमारा यह संदेह एक और संदेह के लिए दरवाजे खोल देता है और फिर वह संदेह एक अन्य संदेह के लिए दरवाजे खोल देता है। इस तरह यह सिलसिला चलता रहता है। जब हम सच पर संदेह करते हैं, तो झूठ पर विश्वास करने लगते हैं। इस तरह जल्द ही हम इतने सारे झूठों पर विश्वास करने लगते हैं कि फिर हमें सच दिखाई देना बंद हो जाता है और हम स्वर्ग के स्वप्न से बाहर हो जाते हैं।

संदेह हमारी वह महान रचना है, जिसे हम नर्क में जाने और नर्क से बाहर आने के लिए रचते हैं। दोनों ही मामलों में संदेह प्रतीकों के लिए

दरवाजे खोल देता है ताकि वे हम पर काबू पा सकें। प्रतीकों द्वारा काबू पाने की प्रक्रिया को रोका जा सके, इसके दरवाजे संदेह ही बंद कर देता है। अगर हम स्वयं पर संदेह करते हैं, तो इसका अर्थ है कि हम सच पर और सच के वृक्ष यानी उन पौराणिक कथाओं पर जिन्होंने हमारे ध्यान को जीवन पर अपने नियंत्रण में कर रखा था, पर संदेह कर रहे हैं। ज्ञान की वाणी एक बार फिर हम पर हावी होने लगती है और हमारे अंदर गुस्सा, ईर्ष्या व अन्याय जैसे भाव उठने लगते हैं, जो प्रतीकों, धारणाओं और उस सोच-विचार से आते हैं।

इसलिए स्वयं पर संदेह करने के बजाय विश्वास करें। सच पर संदेह करने के बजाय झूठ पर संदेह करें। संदेह करें पर दूसरों की सुनना भी सीखें। पाँचवाँ समझौता स्वर्ग के दरवाजे खोल देता है। बाकी सब आप पर निर्भर करता है। यह समझौता आपके स्वर्ग में रहने और आपके अंदर स्वर्ग बना रहने से संबंधित है। यह प्रतीकों व स्वयं के प्रति मोह त्यागने और अनंत के साथ संबद्ध होने से जुड़ा है। ताकि आप ईमानदार बन सकें और बिना किसी संदेह के स्वयं पर विश्वास कर सकें क्योंकि ज़रा सा भी संदेह स्वर्ग के अनुभव का अंत कर सकता है।

जब आपको स्वयं पर विश्वास होता है, तो आप अपनी उन सभी सहज प्रवृत्तियों का पालन करते हैं, जिनके साथ आप पैदा हुए थे। तब आपके अंदर इस बात को लेकर कोई संदेह नहीं होता कि आप क्या हैं और इस तरह आप अपनी सहज-समझ की ओर लौट आते हैं। आपके पास अपनी प्रामाणिकता की पूरी शक्ति होती है। आप स्वयं पर विश्वास करते हैं, अपने जीवन पर विश्वास करते हैं। आपको विश्वास होता है कि सब ठीक हो जाएगा। इस तरह आपका जीवन आसान हो जाता है। फिर आपके मन को सब कुछ जानने और समझने की ज़रूरत नहीं पड़ती। आप कुछ जानें या न जानें, पर आपके अंदर यह संदेह नहीं रह जाता कि आप जानते हैं या नहीं। अगर आप नहीं जानते तो इस बात को स्वीकार कर लेते हैं और कुछ जानने का दिखावा नहीं करते। जब आप पूरी तरह ईमानदार होते हैं तो बिना किसी संदेह के स्वयं से सच बोलते हैं यानी 'मुझे यह पसंद है; मुझे यह पसंद नहीं

है... मुझे यह चाहिए; मुझे यह नहीं चाहिए...।' आपको जो पसंद नहीं है, वह करने की आपको कोई ज़रूरत नहीं है। फिर आपको जो करना अच्छा लगता है, आप वही करते हुए जीवन का आनंद उठाते हैं।

जब हम किसी चीज़ के लिए स्वयं का बलिदान देने की कोशिश करते हैं, तो जीवन को मुश्किल बना देते हैं। आप यहाँ किसी के लिए खुद का बलिदान देने नहीं आए हैं। आप दूसरों के दृष्टिकोण को सही साबित करने नहीं आए हैं। दूसरे ध्यान के स्वप्न में सबसे पहली चुनौती होती है, वह बनकर रहने की चुनौती, जो आप वास्तव में हैं। अगर आपके पास इस चुनौती का सामना करने का साहस होगा, तो आपको पता चलेगा कि आप जिन चीज़ों से डर रहे थे, उनका तो कोई अस्तित्व ही नहीं है। फिर आपको पता चलता है कि आप जो नहीं हैं, वह बनने से कहीं आसान है वह बनकर रहना, जो आप वास्तव में हैं। नर्क का स्वप्न आपको थका डालता है क्योंकि अपनी एक छवि बनाकर और समाज के अनुसार एक मुखौटा पहनकर जीने में आपकी बहुत सारी ऊर्जा खर्च हो जाती है। आप दिखावा कर-करके थक चुके हैं। आप जो नहीं हैं, वह बनकर जीने से थक चुके हैं। इसलिए अब आपके लिए सबसे बेहतर यही होगा कि आप अपने प्रामाणिक रूप में जीएँ। जब आप प्रामाणिक होते हैं, तो जो चाहें, वह कर सकते हैं, जिस पर चाहें, विश्वास कर सकते हैं। इसमें स्वयं पर विश्वास करना भी शामिल है।

प्रतीकों पर विश्वास करने के बजाय स्वयं पर विश्वास करना कितना मुश्किल हो सकता है? आप वैज्ञानिक अवधारणाओं पर, धर्मों पर, मतों, धारणाओं और दृष्टिकोणों पर विश्वास कर सकते हैं पर यह विश्वास सच्चा नहीं है। स्वयं पर विश्वास करना ही सच्चा विश्वास है। सच्चे विश्वास का अर्थ होता है स्वयं पर बेशर्त होकर विश्वास करना क्योंकि आप अच्छी तरह जानते हैं कि आप वास्तव में क्या हैं और आप जो वास्तव में हैं, वही सच है।

जब आप इस बारे में फिर से जागरूक हो जाते हैं कि आप क्या हैं, तो आपके अंदर चल रहा युद्ध समाप्त हो जाता है। आप स्वयं ही सारे प्रतीकों को रचते हैं। चूँकि यह स्पष्ट है कि आपके शब्दों की शक्ति कहाँ से आती

है, इसलिए इस शक्ति का कोई मुकाबला नहीं हो सकता। फिर आप सिर्फ सही शब्दों का चुनाव करते हैं और ऐसा इसीलिए होता है क्योंकि अब आप अपने प्रतीकों पर हावी हैं, न कि वे आप पर। एक बार जब आप सही शब्दों का चुनाव करने लगते हैं, तो फिर अपना हर चुनाव सच के आधार पर ही करते हैं और अपने अंदर बैठे उस अत्याचारी से युद्ध जीत जाते हैं। फिर शब्द आपके इशारे पर इस्तेमाल होने के लिए हमेशा तैयार होते हैं। पर वे शब्द सिर्फ तभी अर्थपूर्ण होते हैं, जब आप उनका इस्तेमाल संवाद के लिए या किसी से सीधे तौर पर संबद्ध होने के लिए करें। जब आप शब्दों का इस्तेमाल बंद कर देते हैं, तो उनका कोई अर्थ नहीं रह जाता।

दूसरे ध्यान के स्वप्न के अंत तक इंसानी रूप टूटना व बिखरना शुरू हो जाता है और आपकी वास्तविकता एक बार फिर बदलने लगती है। क्योंकि अब आपको झूठ पर विश्वास नहीं रह जाता और आप संसार को विश्वासों और मान्यताओं के कठोर तंत्र से नहीं देख रहे होते। हालाँकि झूठ का अस्तित्व अब भी होता है, पर अब आप उस पर विश्वास नहीं करते। जैसा कि आप जानते हैं कि सच तो बस सच होता है, भले ही आप उस पर विश्वास करें या नहीं। अब आप किसी भी चीज़ पर विश्वास नहीं करते पर आप हर चीज़ को देख ज़रूर सकते हैं और आप जिसकी ओर देखते हैं, वह सच होता है। सच ठीक वहीं मौजूद होता है और अनोखा व उत्कृष्ट होता है। भले ही यह वैसा न हो, जैसा आप सोचते हैं या झूठी गप्पें मारने के लिए जैसे शब्दों का इस्तेमाल करते हों। जब एक बार आप सच का दर्शन कर लेते हैं, तो फिर इस बात से क्या फर्क पड़ता है कि अन्य लोगों का स्वप्न किस बारे में है? यह महत्वपूर्ण नहीं है कि आपके आसपास के लोग किस बारे में स्वप्न देख रहे हैं। महत्वपूर्ण तो यह है कि आपका अनुभव क्या है। ताकि आप जिस पर विश्वास करते हैं, उसका सामना अपने औज़ारों और उपकरणों से कर सकें। साथ ही सच को देख सकें व अपना निजी युद्ध जीत सकें।

आपको किसी और से प्रतिद्वंदिता करने की कोई ज़रूरत नहीं है। आपको किसी से अपनी तुलना करने की भी कोई ज़रूरत नहीं है। आपको

तो बस वह बनकर रहने की ज़रूरत है, जो आप वास्तव में हैं। आपको प्रेम बनकर रहने की ज़रूरत है, पर सिर्फ सच्चा प्रेम बनकर, न कि वह प्रेम बनकर, जो आप पर हावी हो जाता है या आपको ईर्ष्यालु बनाकर यह विश्वास दिला देता है कि जिसे आप प्रेम करते हैं, वह आपकी संपत्ति है। आपको वह प्रेम नहीं बनना है कि जो आपसे यह सब करवाकर आपको नर्क जैसी यातनाएँ और दंड देने का इंतजाम करता है। न ही आपको वह प्रेम बनना है, जो आपसे प्रेम के नाम पर बलिदान माँगता है। आपको वह प्रेम भी नहीं बनना है, जिसके नाम पर आप स्वयं को व दूसरों को तकलीफ पहुँचाएँ। आजकल प्रेम का प्रतीक इतना विकृत हो चुका है कि यह सब आम हो गया है। याद रखें कि आप सच्चे प्रेम के साथ पैदा हुए थे और आप स्वयं कुछ और नहीं बल्कि सच्चा प्रेम ही हैं।

आपको जो भी बनना है और उसके लिए जिन खूबियों की ज़रूरत है, आप उन सभी खूबियों के साथ पैदा हुए हैं। अगर आज आप अपने डरों का सामना कर लेंगे तो कल आप दूसरे ध्यान का स्वप्न और योद्धाओं का संसार देख सकेंगे। पर अगर आज आप अपने डर से जीत गए, तो इसका अर्थ यह नहीं है कि आप युद्ध भी जीत गए हैं। अभी युद्ध समाप्त नहीं हुआ है, अभी तो यह बस शुरू हुआ है। आप अब भी स्वयं को आँक रहे हैं, अब भी आपकी समस्याएँ वही हैं। आपको लगता है कि यह सब समाप्त हो चुका है और तभी अचानक वह अत्याचारी आपके सामने आ जाता है। वह बार-बार वापस लौटता है। और ऐसा नहीं है कि सिर्फ आपके अंदर का अत्याचारी ऐसा करता है। असल में आपके आसपास मौजूद हर इंसान के अंदर का अत्याचारी इसी तरह वापस लौटता रहता है। इनमें से कुछ अत्याचारी ऐसे भी हैं, जो अन्य अत्याचारियों से कहीं ज्यादा बदतर हैं। भले ही आप सालों से यह युद्ध लड़ रहे हों, आप अब भी अपनी रक्षा कर सकते हैं। एक योद्धा के तौर पर आप यह युद्ध जीत भी सकते हैं और हार भी सकते हैं, पर एक बार जब आप जागरूक हो जाते हैं, तो फिर आप एक पीड़ित नहीं रह जाते। आप अभी युद्ध लड़ रहे हैं और अधिकतर लोग फिलहाल यही कर रहे हैं और यह तब तक जारी रहता है, जब तक कि यह युद्ध समाप्त नहीं हो जाता।

दूसरे ध्यान के स्वप्न में आप धरती पर ही अपना निजी स्वर्ग रचने लगते हैं। आप जीवन को सहयोग देनेवाले और आपकी खुशी, आनंद व स्वतंत्रता को बढ़ानेवाले समझौतों पर विश्वास करने लगते हैं। यह आपके विकास का सिर्फ पहला कदम है। अभी ऐसा बहुत कुछ है, जो आपको करना बाकी है। वह क्षण जल्द ही आनेवाला है, जब आप जागरूकता में निपुण हो जाएँगे। जिसका अर्थ होगा कि आप सच में निपुण हो गए हैं। और हाँ, आप रूपांतरण में, प्रेम में, इरादों में और विश्वास में भी निपुण हो जाएँगे और ऐसा इसलिए होगा क्योंकि तब आपको स्वयं पर विश्वास होगा।

इस रूपांतरण का परिणाम एक और वास्तविकता के रूप में सामने आता है। इस वास्तविकता का फ्रेम पहले दो स्वप्नों जैसा ही होता है। पर इस वास्तविकता में आप उन चीज़ों पर विश्वास नहीं करते, जिन पर आपको पहले विश्वास था। अब आप उन झूठों पर विश्वास नहीं करते, जो आपने सीख रखे थे। अब आप उन शब्दों पर भी विश्वास नहीं करते, जो आपने सीखे थे। अब आपको इस बारे में कोई संदेह नहीं रह जाता कि आपका अनुभव क्या है और आप क्या हैं।

अगला स्वप्न यानी तीसरे ध्यान का स्वप्न अब बहुत दूर नहीं है। पर पहले आपको अपने अंदर चल रहा युद्ध जीतना होगा। इस युद्ध को जीतने के लिए ज़रूरी औज़ार भी अब आपके पास हैं। तो फिर देर किस बात की है? अब सिर्फ कोशिश मत करिए बल्कि कर्म करिए। क्योंकि अब भी अगर आप सिर्फ कोशिश ही करेंगे तो एक दिन कोशिश करते-करते ही मर जाएँगे। यकीन मानिए, बहुत से योद्धा कोशिश करते-करते ही मरे हैं। ऐसे बहुत कम योद्धा हैं, जिन्होंने इंसान के मन के अंदर चल रहा यह युद्ध जीता है। याद रखें कि जो योद्धा दूसरी बार अपने ध्यान का इस्तेमाल करके युद्ध जीतते हैं, वे ही इस संसार को एक बार फिर से गढ़ते हैं।

11
तीसरे ध्यान का स्वप्न
निपुण गुरु

हमारे जीवन में दूसरे ध्यान के स्वप्न का अंत तब होता है, जब एक बहुत महत्वपूर्ण चीज़ होती है, जिसे हम 'द लास्ट जजमेंट' या 'आखिरी निर्णय' कहते हैं। यह आखिरी मौका होता है, जब हम स्वयं को या किसी और को आँकते हैं। यह वह दिन होता है, जब हम स्वयं को वैसे का वैसा स्वीकार कर लेते हैं, जैसे हम हैं। इसी दिन हम बाकी सबको भी जस का तस स्वीकार कर लेते हैं। जब हमारे अखिरी निर्णय का दिन आता है, तो हमारे दिमाग के अंदर चल रहा युद्ध समाप्त हो जाता है और तीसरे ध्यान का स्वप्न शुरू हो जाता है। यह हमारे संसार का अंत भी है और शुरुआत भी क्योंकि अब हम योद्धाओं के स्वप्न में नहीं हैं। हम उच्च संसार में हैं, जिसे मैं 'निपुण इंसानों का स्वप्न' कहता हूँ।

निपुण गुरु पूर्व योद्धा होते हैं। वे अपने निजी युद्ध को जीत चुके होते हैं और अब वे शांत जीवन जी रहे होते हैं। निपुण इंसानों का स्वप्न, दरअसल सच का, सम्मान का स्वप्न है, जो प्रेम और आनंद से भरपूर होता है। यह जीवन के खेल का मैदान है; यह वह जगह है, जहाँ हमें जीना है और सिर्फ जागरूकता ही हमें वहाँ लेकर जा सकती है।

बहुत से धर्म आखिरी निर्णय के बारे में इस प्रकार बात करते हैं, मानो यह पापियों को दिया गया दंड हो। उनकी व्याख्या के अनुसार इस दिन ईश्वर

आकर हमें आँकता है, हमारे बारे में अपना निर्णय सुनाता है और आखिर में सभी पापियों का अंत कर देता है। पर यह सच नहीं है। आखिरी निर्णय या द लास्ट जजमेंट असल में 'टैरो' का एक कार्ड है, जो मिस्र (इजिप्त) से आई एक प्राचीन पौराणिक विद्या है। जब रहस्यमयी अवधारणाएँ देनेवाले आखिरी निर्णय के बारे में बात करते हैं, तो इस दिन का इंतजार करना मुश्किल हो जाता है क्योंकि यह ऐसा दिन है, जब मृत लोग अपनी कब्र से बाहर आ जाते हैं, जिसका अर्थ है कि हम पुनरूत्थान करते हैं। इस दिन हम अपनी जागरूकता को फिर से हासिल कर लेते हैं और भीतर की अंधेरी दुनिया के स्वप्न से जाग जाते हैं। इस दिन हमारा फिर से जीने का डर समाप्त हो जाता है। इसी दिन हम अपनी असली अवस्था तक, अपने दिव्य सेल्फ तक पहुँचते हैं और अस्तित्व की हर चीज़ के साथ प्रेम की एकात्मता का अनुभव करते हैं।

पुनरूत्थान एक अद्भुत अवधारणा है, जो संसारभर में मौजूद रहस्यमयी अवधारणाएँ देनेवालों की ओर से आई है। जब आप इस बात को लेकर जागरूक हो जाते हैं कि आपने प्रतीकों के माध्यम से जो कुछ भी सीखा है, वह सच नहीं है, तो फिर आनंद उठाने के लिए एक ही चीज़ बचती है और वह है जीवन और यही पुनरूत्थान है। जब आप प्रतीकों के माध्यम से हर चीज़ को अर्थ दे रहे होते हैं तो आपका ध्यान बँटता रहता है। आप अपना ध्यान केंद्रित नहीं कर पाते और एक ही समय में कई चीज़ों पर गौर करने में उलझे रहते हैं। जब आप हर चीज़ से अर्थ को हटा देते हैं, तो आप एकात्म हो जाते हैं और स्वयं ही संपूर्ण बन जाते हैं। फिर आप संसार के इकलौते सजीव अस्तित्व बन जाते हैं। फिर आपमें और आसमान में चमकते सितारे में या रेगिस्तान में दबी चट्टान में कोई फर्क नहीं रह जाता। फिर अस्तित्व में आई हर चीज़ उसी सजीव प्राणी का हिस्सा बन जाती है। जब आप इस सच का अनुभव करते हैं, भले ही सिर्फ एक क्षण के लिए, तो आपका बिलीफ सिस्टम (विश्वास तंत्र) विलीन हो जाता है और आप स्वर्ग के अद्भुत सपने में पहुँच जाते हैं।

आज का दिन भी बाकी सभी दिनों जैसा ही एक साधारण दिन हो

सकता है या फिर एक उत्सव का भी दिन हो सकता है। जिसका अर्थ है आपके पुनरूत्थान का दिन यानी एक ऐसा दिन जब आपने अपने जीवन की ओर वापस आकर अपने संसार को पूरी तरह बदल डाला। यह ऐसा दिन हो सकता है, जब आप असल में जो हैं, जैसे हैं, वही बनकर सबके सामने आएँ और इस मान्यता की कब्र से आज़ाद हो जाएँ कि आप वह हैं, जो आप स्वयं को मानते हैं।

तीसरे ध्यान के स्वप्न में आप आखिरकार इस बारे में जागरूक हो जाते हैं कि आप क्या हैं, पर शब्दों के बारे में आप उतने जागरूक नहीं होते। चूँकि ऐसे शब्द हैं ही नहीं, जो आपके सच्चे रूप की व्याख्या कर सकें इसलिए आप फिर से शांति की ओर चले जाते हैं। शांति एक ऐसा पवित्र स्थान है, जहाँ आपको स्वयं को जानने के लिए शब्दों का इस्तेमाल करने की ज़रूरत नहीं पड़ती। गूढ़ दर्शन में निपुण गुरु भी अपने शिष्यों को इसी बात से परिचित कराते हैं। प्रतीकों के परे जाकर जीवन और ईश्वर के साथ एकात्म स्थापित करना ही आपके अस्तित्व का उच्चतम बिंदु है।

प्राचीन धर्म यह दावा करते हैं कि कोई भी प्राणी अपने मुँह से ईश्वर का नाम नहीं बता सकता। यह सच भी है। क्योंकि ईश्वर की व्याख्या करने के लिए कोई प्रतीक है ही नहीं। ईश्वर को जानने का इकलौता तरीका है, स्वयं ईश्वर हो जाना। जब आप ईश्वर हो जाते हैं, तो हैरान होकर कहते हैं, 'ओह, तो यह कारण था, जिसके चलते मैं प्रतीक को सीख नहीं पा रहा था।'

सच तो यह है कि हम नहीं जानते कि हमें किसने रचा है। 'ईश्वर' यह शब्द तो बस एक प्रतीक है, जो हमारे रचयिता का प्रतिनिधित्व करता है। मैं तो इस शब्द का भी विरोध करता हूँ क्योंकि यह एक प्रतीक है, जो पहले ही बहुत विकृत हो चुका है। अगर हम किसी प्रतीक का इस्तेमाल करके ईश्वर की व्याख्या कर रहे हैं, तो पहले हमें इस बात को लेकर आपसी सहमति बनानी होगी कि उस प्रतीक का अर्थ क्या है। हमें यह भी तय करना होगा कि इस बारे में हमारा क्या दृष्टिकोण है? क्योंकि संसार में करोड़ों किस्म के दृष्टिकोण हैं। एक कलाकार के तौर पर मैं शब्दों के माध्यम से ईश्वर की

व्याख्या करने की पूरी कोशिश करता हूँ, जो ईश्वर के बारे में मेरा निजी दृष्टिकोण होगा और मैं बस इतना ही कर सकता हूँ। पर मैं जो भी कहूँगा, वह बस एक कहानी ही होगी, जो सिर्फ मेरे लिए सच होगी। हो सकता है कि आपको यह कहानी अर्थपूर्ण लगे या हो सकता है कि ऐसा न भी हो पर कम से कम आप मेरे दृष्टिकोण से तो परिचित हो ही जाएँगे।

जो निपुण लोग हैं, उनके स्वप्न की व्याख्या करना जरा मुश्किल है क्योंकि असली शिक्षा शब्दों के माध्यम से नहीं होती। असली शिक्षा तो उपस्थिति से मिलती है। अगर आप निपुण इंसान की उपस्थिति महसूस कर सकते हैं, तो आप शब्दों के मुकाबले कहीं अधिक सीख सकते हैं। शब्द तो अनुभव के सबसे छोटे हिस्से की व्याख्या भी नहीं कर सकते पर अगर आप अपनी कल्पना शक्ति का इस्तेमाल करें तो शब्द आपको ऐसी जगह ले जा सकते हैं, जहाँ आप खुद वह अनुभव कर सकेंगे। फिलहाल मैं भी यही करने की कोशिश में हूँ। मैं चाहता हूँ कि आपकी जागरूकता को इस हद तक बढ़ा दूँ, जहाँ आप स्वयं को वैसे ही देख, समझ और महसूस कर सकें, जैसे आप वास्तव में हैं।

शब्दों का इस्तेमाल करने से कहीं बेहतर है ईश्वर से आमने-सामने मिलना ताकि आप ईश्वर को देख सकें और अगर मैं ईश्वर से आपकी मुलाकात करवाता हूँ, तो आप देखेंगे कि असल में आपकी मुलाकात खुद से ही हो रही है। आप मानें या न मानें पर आप स्वयं ही ईश्वर की अभिव्यक्ति हैं। अगर आप यह देख सकें कि आपके शरीर को किसने सक्रिय कर रखा है, तो आप असली ईश्वर को भी देख सकेंगे। जरा अपने हाथों की ओर नज़र डालें और अपनी उँगलियों को हिलाएँ। आपकी उँगलियों को जो बल हिला रहा है, उसे ही टोलटेक ने 'इच्छा' या 'अभिप्राय' कहा है और मैं इसे जीवन, अनंत और ईश्वर जैसे नामों से पुकारता हूँ।

इच्छा संसार का एकमात्र सजीव अस्तित्व है और वह बल ही है, जो हर चीज़ को सक्रिय बनाए हुए है। आपका अस्तित्व आपकी उँगलियों तक सीमित नहीं है। आपका असली अस्तित्व तो वह बल है, जो आपकी उँगलियों को हिलाता है। उँगलियाँ आपके आदेश का पालन करती हैं। आप

चाहे जो स्पष्टीकरण दें, 'ओह, मेरा मस्तिष्क, मेरी नसें...' पर अगर आप सच पर यकीन करेंगे, तो पाएँगे कि जो बल आपकी उँगलियों को हिला रहा था, उसी बल के चलते आप स्वप्न देख पाते हैं। इसी बल के चलते फूल खिलते हैं, हवा बहती है, बवंडर बनता है, अंतरिक्ष में तारे एक बिंदु से दूसरे बिंदु तक गति करते हैं और इलेक्ट्रॉन परमाणु के चारों ओर घूमते रहते हैं। संसार में सिर्फ एक ही सजीव अस्तित्व है और वह आप हैं। आप ही वह बल हैं, जो सभी ब्रह्माण्डों में अनंत तरीकों से अपनी अभिव्यक्ति करता है।

इस बल की पहली अभिव्यक्ति है प्रकाश या ऊर्जा। ये दोनों एक ही चीज़ हैं और इस ऊर्जा से ही हर चीज़ की रचना हुई है। वैज्ञानिक जानते हैं कि हर चीज़ ऊर्जा से बनी हुई है और चूँकि ब्रह्माण्ड में इस ऊर्जा को बनानेवाला स्रोत सिर्फ एक ही है इसलिए इस बिंदु पर विज्ञान और धर्म एक साथ आ सकते हैं, जिससे हम यह समझ सकते हैं कि ईश्वर इसलिए हैं क्योंकि हम स्वयं प्रकाश हैं। हमारे अलावा बाकी हर चीज़ भी वह प्रकाश ही है, जो करोड़ों अलग-अलग आवृत्तियों में अभिव्यक्त हो रहा है। ये सब अलग-अलग आवृत्तियाँ एक साथ मिलकर सिर्फ एक प्रकाश तैयार करती हैं।

इच्छा वह बल है, जो इस प्रकाश की रचना करता है। हम कह सकते हैं कि प्रकाश इच्छा का संदेशवाहक है क्योंकि यह जीवन का संदेश लेकर हर जगह जाता है। प्रकाश के पास वह सब होता है, जो संसार में किसी भी चीज़ की रचना करने के लिए ज़रूरी है, फिर चाहे वह इंसान हो, बंदर हो, वृक्ष हों या कुछ और। धरती पर रहनेवाले हर प्राणी की सभी प्रजातियाँ प्रकाश की किसी विशेष किरण या आवृत्ति विशेष से बनी हैं, जिसे वैज्ञानिक डीएनए कहते हैं। अलग-अलग डीएनए के बीच का फर्क बिलकुल न्यूनतम हो सकता है, पर अभिव्यक्ति के संदर्भ में यह फर्क बहुत बड़ा हो जाता है, जैसे इंसान और बंदर के बीच का फर्क, इंसान और तेंदुए के बीच का फर्क या फिर इंसान और वृक्ष के बीच का फर्क।

प्रकाश में कई विशेषताएँ होती हैं। यह एक सजीव अस्तित्व है और बेहद बुद्धिमान है। यह हर क्षण कुछ न कुछ रच रहा होता है, हर क्षण

रूपांतरित हो रहा होता है और इसे नष्ट नहीं किया जा सकता। प्रकाश हर जगह होता है और हर चीज़ प्रकाश से भरपूर है पर हम इसे तब तक नहीं देख सकते, जब तक कि इसे कोई चीज़ परावर्तित (रिफ्लेक्ट) न करे। जब हम धरती से कोई चीज़ अंतरिक्ष में भेजते हैं तो हमें वह चीज़ इसीलिए दिखाई पड़ रही होती है क्योंकि वह प्रकाश को परावर्तित करती है। अंतरिक्ष में अलग-अलग ब्रह्माण्डों के बीच, आकाशगंगाओं के बीच और तारों के बीच कोई खाली स्थान नहीं होता है, जिसका अर्थ यही है कि सभी ब्रह्माण्ड आपस में जुड़े हुए हैं।

आप स्वयं एक संपूर्ण ब्रह्माण्ड है। धरती एक अलग ब्रह्माण्ड है। सूर्य और उसके चारों ओर चक्कर लगानेवाले सभी ग्रह एक अलग ही ब्रह्माण्ड हैं। सारी सौर्य प्रणालियाँ मिलकर एक और ब्रह्माण्ड की रचना कर देती हैं और हम यह सिलसिला तब तक चलाते रह सकते हैं, जब तक उस इकलौते सजीव अस्तित्व को नहीं देख लेते, जिसे अरबों विभिन्न सजीव अस्तित्व ने रचा हो।

वह बल, जिसे हम आत्मा कहते हैं, हर सजीव अस्तित्व की सुरक्षा करता है। इस बल से ही पूरा ब्रह्माण्ड बना है। यह बल ही इसकी अस्तित्व की संपूर्णता को पहचानता है। आत्मा, पदार्थ को अपरिवर्तनीय बनाती है, जिसका अर्थ है कि यह सजीव प्राणियों के बीच भिन्नता लाती है। आत्मा ही हर चीज़ को आकार देती है। इस बल के बिना आपके और एक फूल या मछली या चिड़िया के बीच कोई फर्क नहीं रह जाएगा। आपकी आत्मा तब पैदा होती है, जब आपका निर्माण शुरू हुआ था और यह अपने हर तत्व को यानी हर अणु, कोशिका और आपके शरीर के हर अंग को पहचानती है। आपकी आत्मा हर उस चीज़ को पहचानती है, जो आपके ब्रह्माण्ड से संबंधित है और यह हर उस चीज़ को अस्वीकार कर देती है, जो इससे संबंधित नहीं है।

तीसरे ध्यान के स्वप्न में आप इस बात के प्रति जागरूक होते हैं कि आपका शरीर अपने आपमें एक संपूर्ण ब्रह्माण्ड है, जो करोड़ों-अरबों सजीव अस्तित्वों द्वारा यानी अणुओं, कोशिकाओं, ऊतकों, अंगों और

प्रणालियों द्वारा तब तक निर्मित किया जाता है, जब तक कि संपूर्ण ब्रह्माण्ड एक नहीं हो जाता। मनकेदृष्टिकोणसेदेखनेपरलगताहै,मानोसंसारमें सिर्फ एक ही दृष्टिकोण है और वह है आपकी आँखों का दृष्टिकोण। पर अगर आप जागरूकता में गहरे उतरेंगे, तो आपको पता चलेगा कि आपके शरीर के हर परमाणु का अपना एक निजी दृष्टिकोण है क्योंकि हर परमाणु सजीव है। हर परमाणु अपने आपमें एक संपूर्ण ब्रह्माण्ड है। यह कुछ और नहीं बल्कि तारों और ग्रहोंवाली एक सूक्ष्म सौर प्रणाली है। सभी ब्रह्माण्डों के बीच समान बात यही है कि ये सब अनंत की शक्ति के साथ सजीव हैं।

आप यानी वह बल भी सजीव है। आप संपूर्ण शक्ति हैं। आप सच हैं। आप वास्तविक हैं। बाकी कुछ भी सच नहीं है, प्रतीकों के माध्यम से आप जो कुछ भी जानते हैं, वह भी सच नहीं है। यह सब वास्तविक नहीं है। यह बस एक भ्रम है और बहुत सुंदर भ्रम है। प्रकाश सिर्फ बुद्धिमान नहीं है बल्कि इसकी अपनी एक स्मृति भी होती है। यह अपनी ही एक छवि गढ़ लेता है। यह भ्रम से बना हुआ एक पूरा संसार रच देता है, जो बाद में आपका मन बन जाता है और फिर आप अपने सारे स्वप्न उसी सीमित दायरे में देखने लगते हैं। आपके स्वप्नों का कोई भौतिक रूप नहीं है, उन्हें छुआ नहीं जा सकता। वे तो बस आपका प्रतिबिंब हैं। इस प्रतिबिंब का अस्तित्व आपके मस्तिष्क के अंदर होता है। आपका मस्तिष्क भी सिर्फ एक आईना है। जैसा कि हमने पहले कहा था, अगर आप इस आइने के अंदर देखेंगे, तो आपको अपना मन और अपना स्वप्न दिखाई देगा।

जब आप इस संसार में पहली बार अपनी आँखें खोलते हैं, तो प्रकाश को देखते हैं और वह प्रकाश ही आपका शिक्षक बन जाता है। प्रकाश आपकी आँखों तक वह सूचना परावर्तित करता है, जिसे आप नहीं समझते, पर फिर भी आप प्रकाश को देखने और समझने लगते हैं और उसके साथ आपकी एकात्मता बन जाती है क्योंकि प्रकाश ही आपका आधा हिस्सा है। चूँकि आप स्वयं प्रकाश हैं इसलिए आप हमेशा कुछ रच रहे होते हैं, सृजन कर रहे होते हैं, रूपांतरित हो रहे होते हैं और विकसित हो रहे होते हैं। प्रकाश सीधे आपके मस्तिष्क में जाता है और आपको या वर्चुअल

रियलिटी (आभासी वास्तविकता) को संशोधित करने के लिए व आपको इसका बेहतर प्रतिबिंब बनाने के लिए मस्तिष्क को फिर से व्यवस्थित करता है। जब प्रकाश आपके मस्तिष्क को संशोधित कर रहा होता है तो मस्तिष्क स्वयं ईश्वर के कारखाने यानी डीएनए को संशोधित कर रहा होता है ताकि आपके बाद इस धरती पर आनेवाले इंसानों को इसका लाभ मिल सके।

जिस तरह आपका शरीर – मस्तिष्क, हृदय, फेफड़े, यकृत, पेट और त्वचा जैसे विभिन्न अंगों से मिलकर बनता है, जो अपने आपमें एक संपूर्णता है, ठीक इसी तरह आपके शरीर का हर अंग विभिन्न कोशिकाओं से मिलकर बनता है। क्या इन कोशिकाओं को पता है कि वे सब एक साथ अपने आपमें एक संपूर्ण अस्तित्व यानी आप हैं? क्या हम इंसानों को पता है कि हम सारे इंसान एक साथ अपने आपमें मात्र एक संपूर्ण अस्तित्व हैं, जिसे हम इंसानियत या मानवता कहते हैं?

इस संसार में आप चारों ओर से अरबों इंसानों से घिरे हुए हैं। ठीक आपकी ही तरह वे भी इंसान होने के लिए प्रोग्राम्ड किए गए हैं। पुरुष हो या महिला, आप उन्हें फौरन पहचान जाते हैं। आप जानते हैं कि वे भी आप ही की तरह इंसान हैं। पर शायद आप यह नहीं जानते कि हम सब इंसान इस सुंदर ग्रह पृथ्वी के अंग हैं। पृथ्वी का भी हमारी ही तरह एक सजीव अस्तित्व है और पूरी मानवता अंगों के रूप में इस ग्रह के लिए काम कर रही है। इंसानों की ही तरह जंगल और वातावरण भी इस सजीव अस्तित्व का अंग हैं। हर प्रजाति के प्राणी इसका एक अंग हैं और ये सभी अंग यानी हम सब मिलकर एक ऐसा संतुलन बनाते हैं, जो पृथ्वी की चयापचय या पाचन क्रिया है।

पूरी मानवता एक सजीव अस्तित्व है और अब यह सिर्फ एक अवधारणा भर नहीं है। हम सब साथ में रहते हैं। हम सबके शरीर समान हैं, हमारा मन, हमारी ज़रूरतें एक जैसी हैं। हम ये सारे प्रतीक एक-दूसरे को समझने के लिए रचते हैं। पुरूष या महिला, पीड़ित, योद्धा या निपुण गुरु, हम सब समान हैं। किसी भी इंसान की तुलना में कोई भी इंसान बेहतर या बुरा नहीं है। कोई भी इंसान ब्रह्माण्ड की किसी भी चीज़ से अच्छा या बुरा नहीं है। हमारे अस्तित्व की सबसे गहरी सतह पर एक इंसान और कुत्ते के बीच

में या एक इंसान और एक मछली, एक चिड़िया, एक पिस्सू या एक फूल के बीच कोई फर्क नहीं है। हम सब समान हैं। सब एक ही जगह से आए हैं और इस बात से कोई फर्क नहीं पड़ता कि हमारी कहानी कहाँ से आई है। इससे कोई फर्क नहीं पड़ता कि हम ईसाई हैं, बौद्ध हैं, मुस्लिम हैं या हिंदु। हम सब एक ही जगह से आए हैं और एक ही जगह जानेवाले हैं।

अनंत ही अस्तित्व में सब कुछ रचता है और जब यह चक्र पूरा हो जाता है, तो हर चीज़ वापस अनंत की ओर लौट जाती है। बेशक शरीर मर जाता है क्योंकि शरीर तो नश्वर है पर आप यानी वह बल अमर है। मन जिस बल में निहित होता है, वहाँ सिर्फ झूठ ही मरता है। प्राचीन मिश्र (इजिप्त) में कहा जाता था कि 'अगर मृत्यु के समय आपका मन एक पंख से भी हल्का हो, तो आप सीधे स्वर्ग पहुँचते हैं। पर अगर आपका मन एक पंख से भारी है, तो आपके लिए स्वर्ग का दरवाजा बंद हो जाता है।' झूठ फिर से शक्तिशाली नहीं हो सकता, पर सच फिर से जीतकर दोबारा शक्ति हासिल करता है क्योंकि सच शक्ति का, अनंत का प्रतिबिंब होता है। ऐसे में यह सवाल लाजमी है कि आपके झूठों का बोझ कितना भारी है? क्या आपका मन गुस्सा, डर, अपराध-बोध और पछतावे के बोझ तले दबा है?

तीसरे ध्यान के स्वप्न में सच ने सारे झूठों को पहले ही नष्ट कर दिया है। इसके बाद सिर्फ एक ही चीज़ बचती है, वह है सच। यहाँ सच का अर्थ है असली आप। आप ही वह बल हैं। आप ही जीवन और वही सच है। इस बिंदु से आपका स्वप्न स्वर्ग बन जाता है, प्रेम की एक सुंदर कलाकृति बन जाता है। यह आपको टोलटेक की तीसरी निपुणता की ओर ले जाता है। इसे हम इरादे की निपुणता या भरोसा भी कह सकते हैं। मैं इसे भरोसे की निपुणता कहना पसंद करता हूँ। क्योंकि यह स्वयं पर भरोसा करने की निपुणता है, जिसका अर्थ है, उस शक्ति का एहसास करना, जो हमारे पास है यानी इरादे की शक्ति, जीवन की शक्ति, विश्वास की शक्ति, भरोसे की शक्ति और प्रेम की शक्ति। बेशक ये सभी शक्तियाँ समान और संपूर्ण हैं।

जिस क्षण में आप भरोसे में निपुण हो जाते हैं, उसमें आप प्रेम में जीते हैं क्योंकि आप स्वयं असल में प्रेम ही हैं और यह वाकई अद्भुत है। इस क्षण

में आप अपने शरीर को, अपनी भावनाओं को, अपने जीवन को, अपनी कहानी को पूरी तरह स्वीकार कर लेते हैं। आप स्वयं का सम्मान करने लगते हैं, सभी कलाकारों का सम्मान करने लगते हैं, हर किसी के लिए आपके अंदर सम्मान का भाव आ जाता है। आप पूरी सृष्टि का सम्मान करने लगते हैं। आप स्वयं को बेशर्त प्रेम करते हैं और अपना प्रेम जताने से डरते भी नहीं हैं। आप दूसरों को यह कहने से नहीं डरते कि 'मैं तुम्हें प्रेम करता हूँ।' जब आप भरोसे में निपुण हो जाते हैं, जब आप प्रेम में रहकर अपना जीवन जीते हैं, तो आप अपनी कहानी के हर दूसरे किरदार में अपने ही प्रेम का प्रतिबिंब देखने लगते हैं और फिर आप उस कहानी के हर किरदार को भी वही बेशर्त प्रेम करने लगते हैं, जो आप स्वयं को करते हैं।

इससे लोगों के साथ आपके रिश्ते बदलने लगते हैं क्योंकि यह आपको पूरी तरह अवैयक्तिक बना देता है। आपको किसी को प्रेम करने या न करने के लिए किसी कारण की ज़रूरत नहीं पड़ती। फिर आप प्रेम का चुनाव भी नहीं करते क्योंकि प्रेम करना आपकी आदत बन जाती है। आप उसी तरह प्रेम बाँटते हैं, जिस तरह सूर्य अपनी रोशनी बाँटता है। फिर आपका स्वभाव साफ नज़र आता है और आप कोई उम्मीद नहीं पालते। आपके प्रेम का उन शब्दों से कोई संबंध नहीं होता, जो आपके अंदर उठते रहते हैं। कोई कहानी नहीं होती। यह सब तो एक अनुभव है, जिसे हम समागम या सहभागिता कहते हैं। जिसका अर्थ है प्रेम की तरह ही समान आवृत्ति और कंपन होना। बचपन में बोलना सीखने से पहले आप ऐसे ही थे। क्योंकि आप पहले ध्यान के नर्क जैसे स्वप्न से ऊपर उठकर एक बेहतर स्वप्न में यानी दूसरे ध्यान के स्वप्न में आ जाते हैं, जो तब तक जारी रहता है, जब तक आप तीसरे ध्यान का स्वप्न नहीं देखते। तीसरे ध्यान के स्वप्न में आपको पता होता है कि आप जो कुछ भी देख रहे हैं, वह प्रकाश द्वारा निर्मित वर्चुअल रियलिटी (आभासी वास्तविकता) है।

हम इंसानों को हज़ारों सालों से यह मालूम था कि हर इंसान के अंदर तीन अलग-अलग संसार बसते हैं। करीब-करीब हर दर्शन और पौराणिक आख्यानों में देखा गया है कि लोगों ने हर चीज़ को तीन अलग-अलग

संसारों में बाँटा है। जिन्हें अलग-अलग नाम दिए गए हैं और उनकी व्याख्या करने के लिए अलग-अलग प्रतीकों का इस्तेमाल किया गया है। जैसा कि हमने कलाकारों की यानी टोलटेक की परंपरा में देखा है, ये तीनों संसार पहले ध्यान का स्वप्न, दूसरे ध्यान का स्वप्न और तीसरे ध्यान का स्वप्न के तौर पर जाने जाते हैं। ग्रीस और मिश्र में इन्हें अंडरवर्ल्ड (अधोलोक), वर्ल्ड (संसार या मनुष्य लोक) और अपर वर्ल्ड (देव लोक) के रूप में जाना जाता है। ईसाई परंपरा में इसे हेल (नर्क), पर्गटॉरी (आत्म शुद्धि स्थल) और पैराडाइस (स्वर्ग) के रूप में जाना जाता है।

संसार की जिस अवधारणा को आज हम मानते हैं, वह हज़ारों साल पहले के लोगों की संसार की अवधारणा से बहुत अलग है। उनके लिए संसार का अर्थ यह ग्रह नहीं था। उनके लिए संसार का अर्थ हर उस चीज़ से था, जो हम जानते या समझते हैं। इसीलिए यह कहा गया कि हर इंसान के मन में एक पूरा संसार बसता है। क्योंकि हम सब अपने अंदर एक पूरे का पूरा संसार गढ़ लेते हैं और उसी में जीते हैं। अधिकतर लोग पहले ध्यान के स्वप्न यानी अंडरवर्ल्ड (अधोलोक) या नर्क में रहते हैं। मानवता का एक और विशाल हिस्सा दूसरे ध्यान के स्वप्न यानी योद्धाओं के संसार में जीता है। इस स्वप्न की वजह से ही मानवता सही दिशा की ओर जा रही है और आगे बढ़ रही है।

हम अक्सर यह मान लेते हैं कि अपर वर्ल्ड (देव लोक) या स्वर्ग में सब कुछ अच्छा ही होता है और अंडरवर्ल्ड (अधोलोक) या नर्क में सब कुछ बुरा, डरावना और राक्षसी होता है। पर यह सच नहीं है। हर इंसान के अंदर तीनों संसार होते हैं। हम अपने अंदर अंडरवर्ल्ड (अधोलोक) या नर्क को भी उसी तरह लेकर चल रहे होते हैं, जिस तरह अपर वर्ल्ड (देव लोक) या स्वर्ग को। अंडरवर्ल्ड (अधोलोक) या नर्क में एक संपूर्ण अनंतता का अस्तित्व होता है। अपर वर्ल्ड (देव लोक) या स्वर्ग में भी ऐसा ही होता है और ये दोनों अनंतताएँ उस संसार (मनुष्य लोक) में आकर मिलती हैं, जहाँ हम सब रहते हैं। यह इंसान पर निर्भर करता है कि वे अंडरवर्ल्ड (अधोलोक) या नर्क का रास्ता चुनेगा या फिर अपर वर्ल्ड (देव लोक) या स्वर्ग का।

निपुण लोगों के स्वप्न में हमें मालूम होता है कि चुनाव करने की आज़ादी होने का अर्थ है कि हमारे पास भी एक शक्ति है। हम अपने चुनावों से ही इस पूरे स्वप्न को नियंत्रण में रखते हैं। हर चुनाव का एक परिणाम होता है और स्वप्न में निपुण इंसान परिणामों को लेकर जागरूक होता है। आपका हर चुनाव आपके लिए कई दरवाजे खोल सकता है और कई दरवाजों को बंद भी कर सकता है। कोई चुनाव न करना भी एक किस्म का चुनाव ही है। चुनाव करके हम स्वप्न देखने की कला में निपुण बन सकते हैं और अपने जीवन को बेहद सुंदर बना सकते हैं।

एक महान स्वप्न-कलाकार तो कोई भी बन सकता है, पर निपुणता तब आती है, जब अपने स्वप्न पर हमारा पूरा नियंत्रण हो। नियंत्रण होने का अर्थ है अपने ध्यान पर फिर से नियंत्रण हासिल करना। जब हम ध्यान में निपुणता हासिल कर लेते हैं, तो हमारे अंदर इरादे की निपुणता भी आ जाती है, जिसका अर्थ है कि हमारा अपने चुनावों पर पूरा नियंत्रण है। हम अपने जीवन के स्वप्न को जिस ओर चाहें, उस ओर लेकर जा सकते हैं।

इंसानों के सामान्य स्वप्नों में ध्यान को बिलीफ सिस्टम (विश्वास-तंत्र) नियंत्रित करता है और चूँकि हमारी निजी शक्ति, हमारी इच्छा शक्ति कमजोर है इसलिए कोई भी हमारा ध्यान आकर्षित करके अपनी राय या मत हमारे मन में डाल सकता है। इच्छा शक्ति और इरादा वे बल हैं, जो चीज़ों को आगे बढ़ा सकते हैं और आपकी दिशा बदल सकते हैं। इच्छा शक्ति ही ध्यान खींचती है और उसे बरकरार भी रख सकती है। एक बार जब हमारे पास इतनी शक्ति आ जाती है कि हम अपनी इच्छा शक्ति का इस्तेमाल कर सकें, तो हम ध्यान को नियंत्रित कर लेते हैं। इसके बाद हम अपने विश्वासों और मान्यताओं को भी नियंत्रण में ले सकते हैं और अपने स्वप्न को नियंत्रित करने के लिए यह युद्ध जीत सकते हैं।

तीसरे ध्यान के स्वप्न में हम अपना ध्यान जीवन पर नहीं लगा रहे होते। हम स्वयं ही जीवन हैं, हम ही बल व इरादा हैं और इरादा ही ध्यान को नियंत्रित करता है। तीसरे ध्यान का स्वप्न सच्चे इरादे का स्वप्न है। हम इस बात को लेकर जागरूक हो जाते हैं कि हम ही जीवन हैं, न सिर्फ अवधारणा

के तौर पर बल्कि कर्म और संपूर्ण जागरूकता के तौर पर भी। अब हम सच की आँखों से देख सकते हैं, जो अपने आपमें एक बिलकुल अलग ही दृष्टिकोण है।

जब आप पहली बार स्वप्न देखना सीखते हैं, तो आपका बिलीफ सिस्टम (विश्वास-तंत्र) सच के रास्ते में लाखों बाधाएँ खड़ी कर देता है। पर जब आपका बिलीफ सिस्टम (विश्वास-तंत्र) विलीन हो जाता है, तो आप इन बाधाओं को हटाने में सक्षम हो जाते हैं और फिर आप हर चीज़ को एक सीमित दृष्टिकोण से नहीं देखते। फिर आप एक ही समय में संसार को कई दृष्टिकोणों से देख सकते हैं। आप स्वयं को न सिर्फ एक इंसान के दृष्टिकोण से बल्कि एक बल के दृष्टिकोण से भी देखते हैं। आप स्वयं को सिर्फ एक बल के रूप में नहीं बल्कि उसकी अभिव्यक्ति के रूप में देखते हैं। आप जानते हैं कि आप प्रकाश हैं या यूँ कहें कि आप सिर्फ प्रकाश से बनी एक छवि हैं और आप अपने ध्यान का इस्तेमाल करके प्रकाश के दृष्टिकोण से स्वप्न के साक्षी बनते हैं। अब आप अपने अस्तित्व के दायरे से बाहर की चीज़ों को अपने से अलग करके नहीं देखते। आप हर चीज़ में अपनी संपूर्णता महसूस करते हैं। आप ऐसे इकलौते सजीव प्राणी हैं, जिसका अस्तित्व है और इस बात को आप सिर्फ महसूस ही नहीं करते बल्कि जानते भी हैं। जैसा कि हमने पहले कहा, आप क्या हैं, यह आप अच्छी तरह समझते हैं, पर यह समझ शब्दों के माध्यम से नहीं आती। आपको प्रतीकों की कोई ज़रूरत नहीं है। अगर आप स्वयं को समझने के लिए प्रतीकों का इस्तेमाल करते हैं, तो हो सकता है कि आप इन प्रतीकों में कहीं गुम हो जाएँ।

आप स्वयं को एक इंसान कहते हैं और हो सकता है कि इस प्रतीक से आपका जुड़ाव हो पर चीन में आप एक इंसान नहीं होते। इसी तरह स्पेन या जर्मनी में भी आप एक इंसान नहीं होते। इंसान तो बस एक प्रतीक है पर प्रतीक का अर्थ क्या है? आप इंसान के अर्थ की व्याख्या में एक पूरी किताब लिख डालें और हज़ारों प्रतीकों का इस्तेमाल कर लें, फिर भी कुछ न कुछ छूट ही जाएगा क्योंकि यह सिर्फ एक प्रतीक नहीं है! स्वयं को समझने के लिए प्रतीकों का इस्तेमाल करना बेकार है। आप अपने बारे में जो भी सोचते

हैं, वह कभी सच नहीं हो सकता क्योंकि प्रतीक सच नहीं होते।

अगर आप किसी बिल्ली से कहें, 'ए कुत्ते!' तो उसे कोई फर्क नहीं पड़ेगा। न ही वह आपको जवाब देगी। पर अगर आप किसी इंसान से कहें, 'ए कुत्ते!' तो निश्चित ही इंसान जवाब देगा, 'मैं कुत्ता नहीं हूँ।' कुछ लोग ऐसे भी होंगे, जो आपकी इस बात से नाराज हो जाएँगे और कुछ इसे हँसी में उड़ा देंगे। कुछ लोगों को आपका उन्हें कुत्ता कहना पसंद नहीं आएगा और कुछ के लिए यह मज़ाकिया होगा क्योंकि उन सबका दृष्टिकोण अलग-अलग है। क्या जानवरों को वे प्रतीक जानने की ज़रूरत है, जो उनके बारे में बनाए गए हैं? जानवर तो इन प्रतीकों के बारे में कुछ नहीं जानते और न ही उन्हें इससे कोई फर्क पड़ता है। वे तो जो हैं, सो हैं। उन्हें अपने अस्तित्व को न्यायसंगत ठहराने की ज़रूरत नहीं पड़ती।

अगर कोई मुझसे पूछे कि तुम क्या हो, तो मैं कह सकता हूँ कि 'मैं एक इंसान हूँ, एक पुरुष हूँ, एक पिता हूँ, एक डॉक्टर हूँ और मैं ऊर्जा से बना हूँ।' मैं अपनी पहचान बताने के लिए प्रतीकों का इस्तेमाल कर सकता हूँ। मैं जो भी हूँ, उसे न्यायसंगत ठहराने के लिए और स्वयं को समझने के लिए भी प्रतीकों का इस्तेमाल कर सकता हूँ। पर इन प्रतीकों का असल में कोई अर्थ नहीं है। सच तो यह है कि मैं नहीं जानता, मैं क्या हूँ। मैं तो सिर्फ यह जानता हूँ कि मैं हूँ। मैं जीवित हूँ और आप मुझे स्पर्श कर सकते हैं। मैं स्वप्न देख रहा हूँ और मैं इस बात के प्रति जागरूक हूँ कि मैं स्वप्न देख रहा हूँ।

इसके अलावा और कुछ भी महत्वपूर्ण नहीं है क्योंकि बाकी सब कुछ और नहीं बल्कि सिर्फ कहानी है। प्रतीक मुझे यह नहीं बता सकते कि मैं क्या हूँ और कहाँ से आया हूँ। इसका कोई महत्त्व भी नहीं है क्योंकि मैं जहाँ से आया हूँ, वापस वहीं जा रहा हूँ। इसीलिए मेरे सबसे बड़े हीरोज़ में से एक है कार्टून किरदार पॉपे द सेलर मैन, जो कहता है, 'मैं जो हूँ, वो हूँ और मैं बस वही हूँ।' यही प्रज्ञा है। ऐसी संपूर्ण स्वीकार्यता का अर्थ है, मैं जो हूँ, उसके प्रति सम्मान का भाव होना क्योंकि मैं ही सच हूँ। हो सकता है कि मैं जो कह रहा हूँ, वह सच न हो, पर मैं सच हूँ और आपके मामले में भी ऐसा ही है।

यह सच है कि आप जीवित हैं और आपका अस्तित्व है पर आप हैं

क्या? असल में आप इसका जवाब नहीं जानते। आप क्या है, इस बारे में आपका जो विश्वास है, आपने जो सीखा है, आपको जो बताया गया है, आप जो दिखावा करते हैं और अन्य लोग आपको कैसे देखें, इस बारे में आपकी जो इच्छा है, आप बस वही जानते हैं। हो सकता है कि आप सच हों। पर क्या यह वाकई सच है कि आप वही हैं, जो आप अपने बारे में कहते हैं? मुझे नहीं लगता। आप अपने बारे में जो भी कहते हैं, वह बस प्रतीक विद्या है, जो आपके विश्वासों और मान्यताओं के कारण पूरी तरह विकृत हो चुकी है।

जब आप स्वयं को उन जानकारियों और ज्ञान के बिना देखते हैं, जो आपने हासिल किया है, तो परिणाम के रूप में सामने आता है, 'मैं' यानी असली आप। मैं जो हूँ, वो हूँ। आप जो हैं, वो हैं। असली फर्क तब पड़ता है, जब आप अपने असली रूप को यानी आप जो वास्तव में हैं, उसे पूरी तरह स्वीकार कर लेते हैं। एक बार अपने असली रूप को पूरी तरह स्वीकार करते ही आप आनंद लेते के लिए तैयार हो जाते हैं। फिर न कोई अपराध-बोध रह जाता है, न शर्म और न पश्चाताप।

जब आप प्रतीकों को किनारे कर देते हैं, तो सिर्फ सच बचता है, सीधा, सरल और स्पष्ट सच। आपको यह जानने की ज़रूरत नहीं है कि आप क्या हैं और यह अपने आपमें बहुत बड़ा खुलासा है! आप जो नहीं हैं, आपको उसका दिखावा करने की भी ज़रूरत नहीं हैं। आप पूरी तरह प्रामाणिक हो सकते हैं। जिसके चलते आप एक संदेश की अभिव्यक्ति भी कर सकते हैं। वह संदेश ही असली आप हैं। आपकी उपस्थिति ही संदेश है। यह वही उपस्थिति है, जो आपको अपनी पहली संतान के पैदा होने पर उसे अपनी गोद में लेने से महसूस होती है। तब आपको बिना कुछ समझे, बिना शब्दों के अपने हाथों में एक दिव्य उपस्थिति महसूस होती है।

हर नवजात शिशु की उपस्थिति ऐसी ही होती है। वह ईश्वर का रूप होता है, अनंत होता है, एक दिव्य उपस्थिति होता है और हम एक शिशु की उपस्थिति में प्रतिक्रिया देने के लिए पहले से ही प्रोग्राम्ड हैं। उस शिशु को कुछ भी कहने की ज़रूरत नहीं पड़ती। उसकी उपस्थिति ही सब कुछ कह

देती है। उसकी उपस्थिति मात्र ही आपके अंदर उसकी रक्षा करने और कुछ देने की ज़रूरत पैदा कर देती है। जब वह आपकी अपनी संतान हो, तब तो आपके अंदर ये भाव और तीव्रता से उठते हैं। इसका अर्थ यही है कि यह उपस्थिति वाकई कुछ विशेष है। यह उपस्थिति आपकी उदारता को जागृत कर देती है। फिर आप उसे अपनी ओर से सब कुछ देने लगते हैं और शायद इसके बदले उससे तब तक कोई उम्मीद नहीं रखते, जब तक कि वह बड़ा नहीं हो जाता क्योंकि उसके बड़ा होने पर आपको लगता है कि वह दिव्य उपस्थिति कहीं खो गई है।

जब आप पैदा हुए थे, तो आपकी उपस्थिति ही आपके आसपास के लोगों के अंदर यह भाव पैदा करने के लिए काफी थी कि वे आप पर ध्यान दें, आपकी रक्षा करें और आपकी ज़रूरतें पूरी करने की कोशिश करें। आपकी वह उपस्थिति अब भी मौजूद है, पर उसे बहुत पहले ही अंदर दबा दिया गया है। अपनी इस उपस्थिति को सच में महसूस करने के लिए आपको पूरी तरह जागरूक होना होगा, आपको अपने संपूर्ण सृजन को एक अलग ही दृष्टिकोण से देखना होगा, जहाँ सब कुछ आसान हो। जब आप जागरूक नहीं होते, तो सब कुछ एकदम अतार्किक और फिजूल लगता है। फिर डर हावी हो जाता है और वह विशाल मिटोटे (टोलटेक परंपरा का एक प्राचीन व पवित्र नृत्य संस्कार) की रचना करता है।

पाँचवाँ समझौता अपने असली रूप को दोबारा हासिल करने का एक महत्वपूर्ण हिस्सा है। क्योंकि ये संदेह की शक्ति का इस्तेमाल करके आपको प्रभावित कर रहे सभी तंत्रों को तोड़ देता है। यह उस जादू को इस्तेमाल करने का सबसे मज़बूत इरादा है, जिसकी मदद से आप बहुत पहले खो चुकी अपनी दिव्य उपस्थिति को फिर से हासिल कर सकते हैं। जब आपका सारा ध्यान आपकी कहानी पर नहीं होता, तो आप असलियत को देख और महसूस भी कर पाते हैं। जब आप प्रतीक विद्या से ग्रस्त नहीं होते तो उस उपस्थिति को फिर से हासिल कर लेते हैं, जो आपकी नवजात अवस्था में आपके साथ थी। फिर आपके आसपास के लोग भी आपकी उस उपस्थिति पर अपनी प्रतिक्रिया देते हैं। जब आप दूसरों को वह इकलौती चीज़ भी

दे देते हैं, जो आपके पास थी, तो इसका प्रभाव बहुत गहरा होता है। वह इकलौती चीज़, कुछ और नहीं बल्कि आप स्वयं हैं, आपकी उपस्थिति है। पर ऐसा सिर्फ तभी होता है, जब आप पूरी तरह प्रामाणिक बन जाते हैं।

जब आप एक नवजात शिशु थे, जब आपको किसी प्रतीक का अर्थ नहीं पता था और जब ज्ञान आपके मन पर हावी नहीं हुआ था, उस समय आप जैसे थे, एक बार फिर से वैसा ही बनने की कल्पना कीजिए। जब आप अपनी उपस्थिति को फिर से हासिल कर लेते हैं, तो आप बिलकुल किसी फूल जैसे हो जाते हैं, हवा जैसे हो जाते हैं, समुद्र जैसे, सूर्य जैसे या प्रकाश जैसे हो जाते हैं या यूँ कहा जाए कि आप बिलकुल स्वयं जैसे हो जाते हैं। फिर आपके पास न्यायसंगत ठहराने के लिए या विश्वास करने के लिए कुछ नहीं रह जाता। आप यहाँ हैं, तो बस वह होकर रहने के लिए जो आप असल में हैं। फिर जीवन का आनंद लेने और खुश रहने के अलावा आपका कोई और मिशन नहीं रह जाता। फिर आपको जिस इकलौती चीज़ की ज़रूरत होती है, वह है अपने असली रूप में रहने की। इसलिए प्रामाणिक बनें, उपस्थिति बनें, खुश बनें, प्रेम बनें, आनंद बनें यानी जो हैं, वह बनें क्योंकि वही सबसे मुख्य है। इसी को 'प्रज्ञा' कहते हैं।

जो अब भी बुद्धिमान बने हैं, वे पूर्णता की खोज कर रहे हैं। वे ईश्वर की खोज कर रहे हैं और स्वर्ग की खोज में लगे हैं। जबकि ऐसा कुछ नहीं है, जिसे खोजने की ज़रूरत हो। वह सब पहले से ही यहीं मौजूद है। सब कुछ आपके अंदर ही है। आपको स्वर्ग की खोज करने की ज़रूरत नहीं है, आप स्वयं ही स्वर्ग हैं। आपको खुशी ढूँढ़ने की भी ज़रूरत नहीं है क्योंकि आप कहीं भी रहें, आप स्वयं खुशी हैं। आपको सच खोजने की भी ज़रूरत नहीं है, आप स्वयं सच हैं। आपको पूर्णता खोजने की भी कोई ज़रूरत नहीं है क्योंकि वह तो बस एक भ्रम है। आपको स्वयं की खोज में जाने की भी ज़रूरत नहीं है। क्योंकि आप स्वयं को कहीं छोड़कर नहीं आए हैं, जो खोजना पड़े। आपको ईश्वर की खोज करने की ज़रूरत भी नहीं है क्योंकि ईश्वर ने आपको कभी छोड़ा ही नहीं था। वह तो हमेशा आपके साथ ही है। आप हमेशा स्वयं के साथ हैं। अगर आपको हर जगह ईश्वर नहीं दिख रहा

है तो इसीलिए क्योंकि आपका सारा ध्यान उन ईश्वरों पर अटका हुआ है, जिन पर आप विश्वास करके बैठे हैं।

अनंत की उपस्थिति हर जगह है पर अगर आप स्वयं अंधेरे में हैं, तो आपको कुछ दिखाई नहीं देगा। आप सिर्फ अपने ज्ञान को देख पाते हैं। आप अपनी रचना का मार्गदर्शन उस स्वप्न के जरिए करते हैं और जब आपका ज्ञान यह नहीं बता पाता कि आपके जीवन में क्या हो रहा है, तो आपको संकट महसूस होने लगता है। आप वही जानते हैं, जो आप जानना चाहते हैं और जो कुछ भी आपके ज्ञान को संकट में डालता है, उससे आप असुरक्षित महसूस करने लगते हैं। पर जब आपको यह समझ में आ जाता है कि ज्ञान कुछ और नहीं बल्कि स्वप्न की व्याख्या भर है, तो वह क्षण भी जल्द ही आ जाता है।

आपको जाना नहीं जा सकता। आप यहाँ सिर्फ इसलिए हैं ताकि इस क्षण में, इस स्वप्न में रह सकें। अस्तित्व का ज्ञान से कोई संबंध नहीं है और न ही यह समझ से जुड़ा हुआ है। आपको समझने की ज़रूरत नहीं है। यह सीखने से भी संबंधित नहीं है। आप यहाँ वह सब त्यागने के लिए हैं, जो आपने सीख रखा है। बाकी कुछ भी तब तक महत्वपूर्ण नहीं होता, जब तक आपको यह एहसास नहीं हो जाता कि आप कुछ नहीं जानते। आप सिर्फ वह जानते हैं, जिस पर आप विश्वास करते हैं और जो आपने सीख रखा है। आखिरकार आपको पता चलता है कि वह सब सच नहीं था। संसार के सबसे महान दार्शनिकों में से एक सुकरात ने अपना पूरा जीवन उस बिंदु तक पहुँचने में लगा दिया, जहाँ उन्होंने कहा, 'जहाँ तक मेरी बात है, तो मैं सिर्फ यह जानता हूँ कि मैं कुछ नहीं जानता।'

12
दिव्य दृष्टा बनना
एक नया दृष्टिकोण

दो हज़ार साल पहले एक महान निपुण इंसान ने कहा था, 'जब तुम सत्य जान लोगे तो वह तुम्हें मुक्त कर देगा।' खैर, अब आप जानते हैं कि आप ही सत्य हैं। अगला कदम है सच को देखना यानी यह देखना कि आप क्या हैं। तभी आप मुक्ति पा सकते हैं। पर मुक्ति किससे? अपने ज्ञान की सभी विकृतियों से मुक्ति और झूठ पर विश्वास करने के परिणाम स्वरूप होनेवाली भावनात्मक नाटकबाजी से मुक्ति। जब सच आपको मुक्त कर देता है, तो फिर जिन प्रतीकों को आपने सीख रखा होता है, वे आपके संसार पर शासन नहीं करते। यह सही या गलत होने, अच्छा या बुरा होने, विजेता या पराजित होने, युवा या बुजुर्ग होने या फिर सुंदर या बदसूरत होने से संबंधित नहीं है। वह सब तो खत्म हो चुका है। ये कुछ और नहीं बल्कि प्रतीक हैं।

जब आपको वह होने का दिखावा नहीं करना पड़ता, जो आप नहीं हैं, तो आपको एहसास हो जाता है कि अब आप पूरी तरह मुक्त हैं। यह स्वतंत्रता बहुत गहरी है। यह वह होने की स्वतंत्रता है, जो आप वास्तव में हैं और स्वयं को देने के लिए यह सर्वश्रेष्ठ उपहार है।

.... जरा कल्पना कीजिए कि डर के बगैर, दूसरों द्वारा आँके बगैर, किसी दोष, अपराधबोध या शर्म के बगैर जीना कैसा होता होगा।

- कल्पना कीजिए कि अपने दृष्टिकोण के बजाय किसी और के दृष्टिकोण को मानकर उसे खुश करने के बोझ के बिना जीवन कैसा होता होगा।

- कल्पना कीजिए कि अगर आप स्वयं से शुरुआत करके कृतज्ञता, प्रेम, वफादारी और न्याय के साथ जीते तो जीवन कितना अलग होता।

- अगर आप अपने शरीर के प्रति पूरी तरह ईमानदार रहते, उसके प्रति आभारी और न्यायपूर्ण रहते तो कल्पना कीजिए कि आपके और शरीर के बीच कितनी एकता होती।

- कल्पना कीजिए कि आप जो हैं, वह बनकर जीते और किसी अन्य को किसी बात के लिए राज़ी करने या मनाने की कोशिश न करते।

- कल्पना कीजिए कि आप जो हैं, बस वह बनकर रहने भर से आप खुश रहते और आप जहाँ भी जाते, स्वर्ग आपके साथ जाता क्योंकि आप स्वयं ही स्वर्ग हैं।

- कल्पना कीजिए कि इस प्रकार की स्वतंत्रता के साथ जीना कैसा होता। दरअसल सत्य आपको मुक्त तो करेगा पर इसके लिए ज़रूरी है कि पहले आप सच को देखें।

मैं चाहता हूँ कि आप यह देखें कि आपकी कहानी सच है या नहीं। बस जो है, उसे देखें। बिना कोई निर्णय सुनाए, बिना किसी चीज़ को आँके, बस देखें। क्योंकि आप जो भी रच रहे हैं, वह अपने आपमें परिपूर्ण है। अपने चारों ओर के वातावरण को देखें, अपने स्वप्न की बनावट को देखें। अपने विश्वासों और मान्यताओं को देखें और इस ढंग से देखें, जिस तरह वे आपके जीवन की कहानी में प्रतिबिंबित हो रहे हैं। देखें कि आपका ध्यान आपके स्वप्न को कहाँ लेकर जा रहा है। मेरे कहने का अर्थ यह नहीं है कि आप इस बारे में सोचें। मेरे कहने का अर्थ सिर्फ यह है कि आप देखें और देखने का मतलब सोचना नहीं होता। क्या यह सच है?

खैर, अगर यह सच नहीं है, तो अब आपको कम से कम यह तो पता है कि आपको इस पर विश्वास करने की कोई ज़रूरत नहीं है। विश्वास करने

के बजाय देखना सीखें। जब आप किसी चीज़ पर विश्वास करते हैं, तो उसमें आपके ज्ञान के अनुसार फौरन एक विकृति पैदा हो जाती है। पर जब आप ज्ञान को जाने देते हैं और स्वयं प्रतीकों से परे चले जाते हैं, तो जीवन के विशेष मोड़ पर आकर दिव्य दृष्टा बन जाते हैं। दिव्य दृष्टा दरअसल एक स्वप्न देखनेवाला होता है, जो स्वप्न में निपुण हो गया हो और जिसने देखना सीख लिया हो। आपको कलाकार, स्वप्न देखनेवाला, संदेशवाहक और दिव्य दृष्टा जैसे कई नाम दिए जा सकते हैं। मैं आपको कलाकार कहूँगा क्योंकि आपकी रचना एक उत्कृष्ट कलाकृति है।

आपके पास अपनी रचना को देखने का, सच को देखने का यही मौका है। पर इसके लिए पहले आपको हर उस चीज़ को जाने देना होगा, जो सच नहीं है, जो कुछ और नहीं बल्कि या तो अंधविश्वास है या झूठ। आपको पता चलेगा कि आप जिसे अपनी कहानी बता रहे थे, भले ही वह कैसी भी हो, पर वह पूरी तरह झूठ है। आपको अपनी कहानी से अलग होने के लिए, अपने अतीत से मुक्त होने के लिए और आप जो नहीं है, उसे पूरी तरह छोड़ने के लिए बस थोड़े से साहस की ज़रूरत है। क्योंकि आप अपनी कहानी नहीं हैं। जिस क्षण आप हर उस झूठ पर विश्वास करना बंद कर देते हैं, जो आप अब तक खुद से बोलते आए हैं, उसी क्षण आपको पता चलता है कि इससे कोई फर्क नहीं पड़ता कि यह कितना पीड़ादायक है। सच दरअसल झूठ पर विश्वास करने से लाखों गुना बेहतर होता है।

संसार के सभी उपन्यासों का, फिल्मों का और वास्तविक जीवन पर आधारित नाटकों का सबसे उच्चतम बिंदु सच का क्षण ही होता है। इसके पहले कहानी में धीरे-धीरे ड्रामा बढ़ रहा होता है, तनाव बढ़ रहा होता है और ऐसा तब तक होता है, जब तक सच किसी तेज़ लहर की तरह आकर हर झूठ को नष्ट नहीं कर देता। संकट के क्षणों में झूठ सच की उपस्थिति को बरदाश्त नहीं कर पाता और विलीन हो जाता है। फिर कोई तनाव नहीं रहता। सच के साथ शांति भी लौट आती है और हम राहत की साँस लेते हैं। इस तरह वह ड्रामा समाप्त हो जाता है।

बेशक जब आपकी कहानी में सच सामने आता है, तो हर वह चीज़

संकट में नज़र आने लगती है, जिस पर आप विश्वास करते हैं। डर हावी हो जाता है और आपके अंदर विचार उठता है, 'कोई मेरी मदद करो। मेरा पूरा जीवन और हर वह चीज़, जिस पर मैं विश्वास करता था, टूटकर बिखरती जा रही है। अपने झूठों के बगैर मैं भला क्या करूँगा? अगर मैं हर चीज़ पर विश्वास नहीं करूँगा, झूठी गप्पें नहीं लड़ाऊँगा, तो मेरे पास कहने के लिए कुछ नहीं रहेगा।' बिलकुल सही! दरअसल मैं आपसे यही कहने की कोशिश कर रहा था।

लोग मुझसे पूछते हैं, 'अगर मैं प्रतीकों पर विश्वास करना बंद कर दूँगा, अगर मैं हर शब्द पर विश्वास करना बंद कर दूँगा, तो दूसरों से संवाद कैसे करूँगा?' मैं जो कुछ भी जानता हूँ, उसका सहारा लिए बिना अपना जीवन कैसे चलाऊँगा?' जैसा कि आप देख सकते हैं कि इन लोगों के मन में संदेह की शक्ति सक्रिय हो गई है, जो पहले से कहीं ज़्यादा तीव्र है।

अगर आपको याद है कि आप तब कैसे थे, जब आपने बोलना नहीं सीखा था, तो आप इस बात पर गौर कर सकेंगे कि उस समय आप शब्दों के बिना भी संवाद कर लेते थे। मैं चाहता हूँ कि अपनी समझ का और अपने शब्दों का इस्तेमाल किए बिना आप अपने उस रूप को फिर से हासिल कर लें, जो उस समय था ताकि उस प्रामाणिकता की ओर फिर से जा सकें, जो तब आपके पास थी, जब आपने न तो बोलना सीखा था और न सच का अनुभव किया था। मैं चाहता हूँ कि आप अपने हृदय में झाँकें और बिना शब्दों का सच ढूँढ़ें ताकि आप अपने प्रामाणिक सेल्फ को तलाश सकें और इसे अपनी पूरी शक्ति के साथ सामने ला सकें।

आपकी इस यात्रा का सबसे उच्चतम बिंदु वह क्षण है, जब आप अंतत: स्वयं को सच की नज़रों से देखते हैं। अगर आप अपने प्रामाणिक सेल्फ को देखें, तो आपको उससे प्रेम हो जाएगा और आप अपनी उपस्थिति की भव्यता को देखेंगे। आप देखेंगे कि आप कितने सुंदर और अद्भुत हैं। आप अपने अंदर पूर्णता देखेंगे, जो वे सारे संदेह खत्म कर देगी, जो दूसरों ने आपके बारे में जताया है। आप देखेंगे कि आप प्रकाश हैं, आप जीवन हैं और जब आप अपनी दिव्यता को स्वीकार कर लेते हैं, तो आप जीवन का

एक बेहतर प्रतिबिंब बन जाते हैं।

आप यहाँ जीवन का आनंद उठाने आए हैं। आप यहाँ अपनी नाटकबाज़ी या अपनी निजी महत्ता से पीड़ित होने नहीं आए हैं। इसका आपकी उपस्थिति से कोई संबंध नहीं है। आप यहाँ एक कलाकार, एक स्वप्न देखनेवाला और एक दिव्य दृष्टा बनने आए हैं। पर जब तक आपकी नज़रें सिर्फ आपकी कहानी, आपके जख्मों और आपके पीड़ित होने पर ही टिकी रहेंगी, तब तक आप दिव्य दृष्टा नहीं बन सकते। आपकी माँ ने, आपके पिता ने, आपके जीवनसाथी ने या आपकी कहानी के किसी भी अन्य किरदार ने आपके साथ बीस साल या चालीस पहले जो किया था, अगर आप अब भी उसी बात पर ध्यान केंद्रित करके बैठे हैं, तो इसका अर्थ है कि आप सच को नहीं देख रहे हैं। अगर आप इस नाटकबाजी पर ध्यान केंद्रित करके बैठे हैं, तो आपसे बात करना किसी दीवार से बात करने के बराबर है। क्या अब आपके अंदर कोई घंटी बज रही है?

जब तक आप एक दिव्य दृष्टा नहीं बन जाते, तब तक आप जीवन की सरलता से बहुत दूर रहते हैं। आपको लगता है कि आप सब जानते हैं। आपके ढेरों मत होते हैं, जिन्हें आप दूसरों पर थोपने की कोशिश करते रहते हैं। एक बार जब आप दिव्य दृष्टा बन जाते हैं, तो सब कुछ बदल जाता है। एक दिव्य दृष्टा के रूप में आप यह देखने में सक्षम हो जाते हैं कि लोग क्या होने का दिखावा कर रहे हैं, कैसी अभिव्यक्ति कर रहे हैं और स्वयं को क्या मानकर बैठे हैं।

आप जानते हैं कि वह सब सच नहीं है। आप जानते हैं कि हर कोई बस दिखावा कर रहा है। पर वे किस चीज़ का दिखावा कर रहे हैं, यह आप ठीक से नहीं जानते। आप जो भी किरदार रचते हैं, उनका मन नहीं पढ़ सकते। आप तो यह भी ठीक से नहीं जानते कि आप क्या दिखावा कर रहे हैं। पर फिर भी इस पूरे दिखावे के पार आप जो थोड़ा-बहुत देख पाते हैं, वही असली इंसान है। और भला ऐसा कैसे हो सकता है कि आप असली इंसान को पसंद न करें। बिलकुल आप ही की तरह यह असली इंसान भी अनंत से आता है। इस असली इंसान का उन प्रतीकों से कोई संबंध नहीं है,

जो ज्ञान की वाणी से निकलते हैं। असली इंसान का किसी भी कहानी से कोई संबंध नहीं होता।

जब आप दिव्य दृष्टा बन जाते हैं, तो यह देख पाते हैं कि कहानी के पीछे क्या है। लोग स्वयं को नहीं समझ पाते, पर आप उन्हें समझने लगते हैं। वे आपको समझ सकें, इसकी कोई संभावना नहीं होती और न ही उन्हें आपको समझने की कोई ज़रूरत है। अधिकतर लोगों के पास वह जागरूकता नहीं होती, जो एक दिव्य दृष्टा के रूप में आपके अंदर होती है। वे नहीं जानते कि वे जैसे हैं, वैसे क्यों हैं। उन्हें कुछ पता नहीं होता। वे बस किसी तरह जीते रहते हैं। उन्हें हर किसी पर विश्वास करने की ज़रूरत नहीं होती, लेकिन फिर भी वे ऐसा करते हैं। उन्हें स्वयं पर बिलकुल भरोसा नहीं होता। उन्हें अंदाजा भी नहीं होता कि वे कितने कमाल के हैं। वे सिर्फ अपने ज्ञान के सीमित दायरे के अंदर ही देख पाते हैं, जो उनके चारों ओर किसी धुँध की तरह फैला होता है। कल्पना कीजिए कि आप शराब के नशे में धुत एक हज़ार लोगों के बीच इकलौते ऐसे इंसान हैं, जो नशे में नहीं है। क्या आप ऐसे लोगों से बातचीत या चर्चा वगैरह करेंगे? क्या आप सचमुच उन पर विश्वास करना चाहेंगे? आप जानते हैं कि वे जो भी कह रहे हैं, वह सच नहीं है। आप यह सब इसलिए जानते हैं क्योंकि एक समय ऐसा था, जब आप भी उन्हीं की तरह नशे में धुत थे और तब आप जो भी कहते थे, वह भी सच नहीं होता था।

जागरूकता होने पर आप आसानी से यह समझ सकते हैं कि लोग ऐसे कैसे बन गए। पर जागरूक होने का अर्थ यह नहीं है कि आप किसी और से बेहतर हैं। जागरूक होने से न तो आप किसी और से श्रेष्ठ हो जाते हैं और न अधिक बुद्धिमान। इसका बुद्धिमानी से कोई संबंध नहीं है। जब आपको यह पता होता है, तो आप निश्चित ही अधिक विनम्र रहते हैं। फिर आपको इससे फर्क नहीं पड़ता। पर 'मुझे कोई फर्क नहीं पड़ता' वाला नज़रिया रखने के भी दो तरीके होते हैं। एक तरीका है– पहले ध्यान के स्वप्नवाले पीड़ित का, जहाँ 'मुझे कोई फर्क नहीं पड़ता' सिर्फ एक झूठ होता है क्योंकि पीड़ितों को फर्क पड़ता है और वे बहुत ही दुःखी हो जाते हैं। उनके अंदर

बहुत से जहरीले भावनात्मक जख्म होते हैं और एक ऐसा डिफेंस मैकेनिज्म (आत्मरक्षा तंत्र) होता है, जो कहता है कि 'मुझे कोई फर्क नहीं पड़ता।' बेशक उन्हें फर्क पड़ता है और आप बेशक इस बात पर विश्वास नहीं करेंगे कि 'मुझे फर्क नहीं पड़ता।'

जब आप दिव्य दृष्टा बन जाते हैं तो आपके लिए इंसानों के बारे में सही अनुमान लगाना बहुत आसान हो जाता है। तब आप देख सकते हैं कि पीड़ितों के स्वप्न में हर इंसान अपनी कहानी के मुख्य किरदार के अधीन होता है। यही उनका इकलौता दृष्टिकोण है। वे जीवन को बहुत ही संकीर्ण नज़रिए से देखते हैं। ऐसा इसीलिए होता है क्योंकि उनके विश्वास या मान्यताएँ एक आइने की तरह काम करते हैं, जो उन्हें सिर्फ वही दिखाता है, जिस पर वे विश्वास करते हैं और स्पष्ट है कि वह कतई सच नहीं है। वे जिस पर विश्वास करते हैं, उसे आप पर प्रोजेक्ट करते हैं। आप भी वही ग्रहण करते हैं, जो वे आप पर प्रोजेक्ट करते हैं। पर आप इसे निजी तौर पर नहीं लेते क्योंकि आप यह अंदाजा नहीं लगाते कि वे आप पर जो भी प्रोजेक्ट कर रहे हैं, वह सच है या नहीं। आप जानते हैं कि वे आप पर वही प्रोजेक्ट करते हैं, जो वे स्वयं के बारे में मानते हैं और आप यह इसीलिए जानते हैं क्योंकि आप भी पहले यही करते थे।

एक बार जब आप दिव्य दृष्टा बन जाते हैं, तो फिर आप वह सब कुछ देख पाते हैं, जो अन्य कलाकार खुद के साथ करते हैं पर आपका दृष्टिकोण पूरी तरह अवैयक्तिक होता है। आपने जो सीख रखा है, उसे त्यागने की प्रक्रिया आपको उस स्थान पर ले जाती है, जहाँ आपकी कहानी में न कोई न्यायाधीश होता है और न ही कोई पीड़ित। यह सिर्फ एक कहानी होती है और आप जानते हैं कि यह आपकी रचना है पर यह कुछ ऐसा है, मानो किसी और के साथ घट रहा हो। आप सारी कहानियों को देखते हैं, सारे प्रतीकों को देखते हैं, आप यह भी देखते हैं कि लोग कैसे इन सबसे खेलते हैं, पर इसका आप पर कोई असर नहीं होता। आप इससे अपमानित महसूस नहीं करते क्योंकि आप पूरी तरह से मुक्त हैं। आपको चेहरे दिखाई पड़ते हैं और आप उन चेहरों को पसंद करते हैं, पर आप यह भी जानते हैं कि कुछ

न कुछ ऐसा ज़रूर है, जो आपके स्वप्न का हिस्सा नहीं है। अन्य कलाकार अपना निजी स्वप्न देख रहे हैं और आप उनके स्वप्न के प्रति, उनकी रचना के प्रति सम्मान का भाव रखते हैं।

सम्मान एक सुंदर शब्द है और यह उन महत्वपूर्ण प्रतीकों में से एक है, जिन्हें हम समझ सकते हैं। कल्पना कीजिए कि आपने ये शब्द पहले कभी नहीं सुना है और हम यूँ यह शब्द गढ़ लेते हैं और इसे एक अर्थ दे देते हैं। बाकी सभी प्रतीकों की ही तरह हमें इस प्रतीक को लेकर भी आपस में सहमत होना होगा वरना यह काम नहीं करेगा। सम्मान की शुरुआत भी अन्य सभी प्रतीकों की तरह स्वयं से ही होती है और फिर इसका प्रसार हमारे आसपास के अन्य लोगों तक भी हो जाता है। अगर हम अपना सम्मान नहीं करेंगे, तो भला किसी और का सम्मान कैसे कर पाएँगे।

स्वयं का सम्मान करने का अर्थ होता है, स्वयं को जस का तस स्वीकार कर लेना। इसी तरह दूसरों का सम्मान करने का अर्थ भी यही है कि उन्हें आप वैसा ही स्वीकार कर लें, जैसे वे असल में हैं। जब आप प्रकृति के हर अस्तित्व जैसे धरती, आकाश, समुद्र, पर्यावरण और जानवरों का सम्मान करते हैं, तो इसका अर्थ होता है कि आपने पूरी सृष्टि को जस का तस स्वीकार कर लिया है। इन सब चीज़ों का सृजन हमारे इस संसार में आने से पहले ही हो चुका था। संसार में किन चीज़ों का सृजन होगा और किन चीज़ों का नहीं, यह हमारा चुनाव नहीं था। यह सृजन पहले ही हो चुका था और हम इसका सम्मान करते हैं। पर क्या हम इसे बना सकते हैं? हो सकता है कि यह संभव हो, पर मुझे ऐसा नहीं लगता। **सम्मान करने का अर्थ होता है- सृष्टि के हर अस्तित्व को जस का तस स्वीकार कर लेना, न कि उसमें बदलाव करना।** सम्मान शब्द का अर्थ इसके अलावा कुछ और नहीं है।

एक बार जब आप स्वयं को जस का तस स्वीकार कर लेते हैं, तो आप स्वयं को आँकना बंद कर देते हैं। इसी तरह एक बार जब आप बाकी हर चीज़ को भी जस का तस स्वीकार कर लेते हैं, तो उन्हें आँकना भी बंद कर देते हैं। फिर आपके संसार में कुछ ऐसा होता है, जिस पर विश्वास करना आपके लिए मुश्किल होता है : आप शांति प्राप्त कर लेते हैं। फिर आप न तो

स्वयं के साथ संघर्ष करते हैं, न ही दूसरों के साथ।

मानवता में जितना भी संघर्ष है, वह इसीलिए है क्योंकि इसके प्रति लोगों में सम्मान का भाव नहीं है। सारे युद्ध इसीलिए होते हैं क्योंकि हम अन्य कलाकारों की जीवनशैली का सम्मान नहीं करते। हम दूसरों के अधिकारों का सम्मान करने के बजाय उन पर वह सब थोपने लगते हैं, जिस पर हम स्वयं भरोसा करते हैं। इसीलिए शांति स्थापित होने के बजाय संघर्ष और युद्ध जारी रहते हैं।

सम्मान एक किस्म की सीमारेखा है। अधिकार और सम्मान एक-दूसरे के पूरक हैं। जिस तरह हमारे कुछ अधिकार होते हैं, उसी तरह ब्रह्माण्ड में मौजूद हर चीज़ के अपने अधिकार होते हैं। हम इस संसार में अरबों अलग-अलग अस्तित्वों के साथ रहते हैं। जब सम्मान का भाव होता है, तो सभी स्वप्न देखनेवालों के लिए शांति और सामंजस्य के साथ रहना संभव हो जाता है।

दूसरे ध्यान के स्वप्न में हम अपना निजी स्वर्ग रचना शुरू कर देते हैं और जब हम तीसरे ध्यान के स्वप्न में पहुँचते हैं, तो हमारा जीवन सचमुच स्वर्ग बन जाता है। स्वर्ग वह साम्राज्य है, जहाँ हम राजा या रानी बनकर रहते हैं। मेरा एक निजी साम्राज्य है और यह सचमुच स्वर्ग है। पर हमेशा ऐसा नहीं था। जब मैंने स्वयं को और दूसरों को आँकना बंद कर दिया, जब मैं अपने साम्राज्य का सम्मान करने लगा और जब मैंने यह सीख लिया कि हर किसी के साम्राज्य का सम्मान करना चाहिए, उसी क्षण मेरा जीवन स्वर्ग बन गया। पाँचवाँ समझौता सम्मान के बारे में भी है। क्योंकि जब मैं अन्य कलाकारों की कहानियाँ सुनता हूँ, तो उनका सम्मान करने लगता हूँ। अन्य कलाकारों को उनकी अपनी कहानी लिखने में मदद करने के बजाय मैं उन्हें स्वयं लिखने की अनुमति दे देता हूँ।

जिस तरह मैंने अपनी कहानी लिखने की अनुमति किसी और को नहीं दी, उसी तरह आपको भी अपनी कहानी मुझसे नहीं लिखवानी है। मैं आपके मन का, आपके स्वप्न का और आपकी रचना का सम्मान करता

हूँ। आप जिस चीज़ पर भी विश्वास करते हैं, मैं उसका सम्मान करता हूँ। मैं आपको यह नहीं बता रहा हूँ कि आपको अपना जीवन कैसे जीना चाहिए... कैसे कपड़े पहनने चाहिए... कैसे चलना और बोलना चाहिए... अपने साम्राज्य में सब कुछ कैसे करना चाहिए... क्योंकि मैं आपका सम्मान करता हूँ। अगर मैं आपके साम्राज्य को नियंत्रित करने की कोशिश करता हूँ, तो इसका अर्थ है कि मैं आपका सम्मान नहीं करता और जल्द ही हमारे बीच आपके साम्राज्य पर नियंत्रण हासिल करने के लिए संघर्ष शुरू हो जाएगा। अगर मेरा इरादा यह है कि मैं आप पर नियंत्रण हासिल कर लूँ और अगर मैं ऐसा करने लगा तो मैं अपनी स्वतंत्रता खो दूँगा। मेरी स्वतंत्रता इसी में है कि मैं आपको वही रहने दूँ, जो आप असल में हैं और जो आप होना चाहते हैं। आपकी वर्चुअल रियलिटी (आभासी संसार) को बदलना मेरा काम नहीं है। मेरा काम तो यह है कि मैं अपनी वर्चुअल रियलिटी (आभासी संसार) को बदलूँ।

आप अपने साम्राज्य के राजा या रानी हैं। यह आपकी रचना है, जहाँ आप जीते हैं और यह पूरी तरह आपका है। आप अपने साम्राज्य का स्वप्न देख रहे हैं और यह संभव है कि आप उससे बेहद खुश रहें। कैसे? सबसे पहले तो आपको अपने साम्राज्य का सम्मान करना होगा वरना जल्द ही यह स्वर्ग के बजाय नर्क में तब्दील हो जाएगा। दूसरी बात यह है कि आप किसी को भी अपने सम्राज्य का अनादर नहीं करने देंगे। अगर कोई ऐसा करता है, तो आप फौरन उसे अपने सम्राज्य से बाहर कर देंगे। यह आपका सम्राज्य है, आपका जीवन है। आपके पास अपना जीवन अपने ढंग से जीने का पूरा अधिकार है। अपना जीवन जीने का कोई भी तरीका गलत नहीं होता। अगर कुछ गलत है, तो वह है हमारा हर चीज़ को आँकना।

एक बार जब आप अपना निजी युद्ध जीत जाते हैं, तो फिर आप किसी भी चीज़ को नहीं आँकते और जब कोई दूसरा आपको आँकता है, तो आपको उससे कोई फर्क नहीं पड़ता। बेशक आप भी गलतियाँ करते हैं पर आपके अंदर हमेशा न्याय का भाव होता है। आप अपनी किसी भी गलती की कीमत सिर्फ एक बार चुकाते हैं और चूँकि आप स्वयं के प्रति काफी

उदार होते हैं और स्वयं को प्रेम भी करते हैं इसलिए वह कीमत भी बहुत छोटी होती है।

मैं आपसे जो कुछ भी कह रहा हूँ, ये सारे शब्द शायद आपके अंदर की आवाज के लिए अर्थपूर्ण हों। यह भी संभव है, इन सभी नई-नई बातों के चलते, आपके अंदर की आवाज भी स्वप्न देखने लगे और अपनी तानाशाही बंद करके आपको आँकना और दंड देना बंद कर दे। हो सकता है कि आपके लास्ट जजमेंट यानी आखिरी निर्णय का दिन भी आने ही वाला हो। यह आप पर निर्भर है। जब आप अपने अंदर बैठे उस तानाशाह को आँकने से रोक देंगे, तो आपके जीवन में सब कुछ बदल जाएगा।

कल्पना कीजिए कि आपके अंदर का तानाशाह आपका विरोधी होने के बजाय आपका सहयोगी बन जाता है और आपके जीवन में बेकार की नाटकबाजी पैदा करने के बजाय शांति स्थापित करने में आपकी मदद करता है। एक बार जब आपके अंदर का तानाशाह आपका सहयोगी बन जाता है, तो फिर यह कभी आपके खिलाफ नहीं जाता और न ही कभी आपका कोई नुकसान करता है। फिर यह आपकी मनचाही रचना करने में मददगार बनता है। तब आपका मन आत्मा के लिए एक सशक्त साधन और एक प्रभावशाली सहयोगी बन जाता है। इसका परिणाम एक बिलकुल अलग स्वप्न यानी आपके निजी स्वर्ग के रूप में सामने आता है।

स्वर्ग के स्वप्न में आप जीवन के सामने स्वयं को पूरी तरह समर्पित कर देते हैं क्योंकि आप जानते हैं हर चीज़ जैसी है, वैसी है। चूँकि आप हर चीज़ को जस का तस स्वीकार कर लेते हैं, इसलिए अब आपको किसी चीज़ की फिक्र नहीं होती। आपका जीवन दिलचस्प बन जाता है क्योंकि अब उसमें डर के लिए कोई जगह नहीं होती। आपको पता होता है कि आप ठीक वही कर रहे हैं, जो आपको करना था और जो भी हुआ है, वह होना ही था। यहाँ तक कि जिसे आप अपनी सबसे बड़ी गलती मानते हैं, वह भी होना तय था क्योंकि आपकी गलतियाँ ही आपकी जागरूकता बढ़ाती हैं। यहाँ तक कि संसार में आपके साथ जो सबसे बुरी चीज़ हो सकती है, वह भी इसलिए होगी क्योंकि वह आपको आगे बढ़ने के लिए प्रेरित करेगी।

हममें से किसी के साथ भी ज़्यादा से ज़्यादा बुरा क्या हो सकता है? यही कि हम मर जाएँगे। पर एक न एक दिन तो सभी को मरना है और हम इस मामले में कुछ कर भी नहीं सकते। इसलिए हमारे पास दो ही विकल्प हैं कि या तो हम इस यात्रा का भरपूर आनंद लें या फिर इसका प्रतिरोध करना जारी रखें और पीड़ा झेलते रहें। विरोध करना व्यर्थ है। हम जो हैं, वह होने के लिए पहले से प्रोग्राम्ड हैं। इसके अलावा हम कुछ और नहीं हो सकते। हाँ, हो सकता है कि हम अपनी वर्चुअल रियलिटी (आभासी संसार) में अपनी ही प्रोग्रामिंग के खिलाफ चले जाएँ। जब ऐसा होता है, तो हम अपने चारों ओर प्रतिरोध का संसार खड़ा कर लेते हैं और यह प्रतिरोध ही पीड़ा देता है।

जब आप जीवन के सामने स्वयं को समर्पित कर देते हैं, तो किसी जादू की तरह हर चीज़ बदल जाती है। आप उस बल के सामने स्वयं को समर्पित कर देते हैं, जो आपके शरीर से, आपके मन से आ रहा है। यह जीवन को देखने का बिलकुल नया तरीका है। यह अस्तित्व का तरीका है और यही जीवन है। आप खुश रहते हैं क्योंकि फिर जो भी करते हैं, उसमें पूरी सच्चाई होती है। यहाँ तक कि जब आप ऊब महसूस कर रहे होते हैं, तब भी जीवन का आनंद ले रहे होते हैं। जब आप समस्याएँ खड़ी करते हैं, तब भी जीवन का आनंद ले रहे होते हैं। आप आज़ाद होते हैं और यह आज़ादी स्वप्न में निपुण इंसान की है, जो अपने सपने से मोह नहीं रखता। आप अपने स्वप्न से ध्यान के माध्यम से जुड़े होते हैं और जब चाहें, उससे अलग कर लेते हैं। बाहर का स्वप्न आपका ध्यान आकर्षित करना चाहता है और आप उसे स्वयं से जुड़ने की अनुमति दे देते हैं। पर आप इस संबंध को जब चाहें तब तोड़ भी सकते हैं और आप जो भी स्वप्न देख रहे हैं, उसे पलभर में बदलकर एक बार फिर कोई स्वप्न देखना शुरू कर सकते हैं।

आप हर पल यह चुनाव कर रहे होते हैं कि आप अपने पास क्या रखना चाहते हैं और किसे त्यागना चाहते है पर यह शब्दों के माध्यम से नहीं होता। आपको कोई कहानी बनाने की ज़रूरत नहीं है पर अगर आप चाहें, तो ऐसा कर सकते हैं। आपके साथ जो भी हो रहा है, उसके लिए आप अपनी कहानी में पूरे संसार को दोष दे सकते हैं या फिर आप अपनी

कहानी की जिम्मेदारी खुद उठाकर कलाकार बन सकते हैं और इस कहानी को अपनी मर्जी के अनुसार बदल सकते हैं। आप अमीर भी बन सकते हैं और गरीब भी पर यह महत्वपूर्ण नहीं है। आप मशहूर भी हो सकते हैं और नहीं भी, पर यह भी महत्वपूर्ण नहीं है। मुझे नहीं लगता कि इस अंधेरे संसार में मशहूर होना या नर्क का राजा बनना कोई मज़ेदार चीज़ है। पर यह एक चुनाव ज़रूर है और आप चाहें, तो यह चुन सकते हैं। अगर आप अपनी रचना की जिम्मेदारी लेते हैं तो आप अपने जीवन में कुछ भी रच सकते हैं। आप अपनी कहानी फिर से लिख सकते हैं और अपना स्वप्न भी फिर से रच सकते हैं। और अगर आप तय करते हैं कि अपनी रचना को प्रेम करेंगे, तो आप उन सारी कहानियों को बेहतरीन रोमांटिक कॉमेडीज में तब्दील कर सकते हैं, जो पहले ड्रामा या नाटकबाजी की श्रेणी में आती थीं।

हो सकता है कि अभी आपकी कहानी खत्म न हुई हो और क्या पता आप इसे कभी खत्म कर भी पाएँगे या नहीं। ईमानदारी से कहूँ, तो यह महत्वपूर्ण भी नहीं है। आप अपने जीवन के साथ जो भी करते हैं, उसका ज़्यादा महत्त्व नहीं है। कोई इंसान अपने जीवन के साथ जो भी करता है, वह महत्वपूर्ण नहीं होता। आपको इससे कोई मतलब भी नहीं होना चाहिए कि कौन क्या करता है। कोई भी चीज़ इतनी महत्वपूर्ण नहीं होती। पर हम इतना ज़रूर कह सकते हैं कि कुछ है, जो सचमुच महत्वपूर्ण है और वह कुछ और नहीं बल्कि जीवन, इरादा और रचनाकार है। रचना बहुत महत्वपूर्ण नहीं होती क्योंकि अभिव्यक्ति हर पल, हर दिन और हर पीढ़ी के साथ बदलती जाती है। जीवन शाश्वत है पर आपके स्वप्न का अस्तित्व सिर्फ तभी तक रहता है, जब तक आप अपने भौतिक शरीर में रहते हैं। आप यहाँ जो भी करते हैं, वह अपने साथ लेकर नहीं जाते क्योंकि आपको उसकी कोई ज़रूरत नहीं होती। न तो आपको पहले कभी इसकी ज़रूरत थी और न ही आगे कभी होगी।

पर इसका अर्थ यह नहीं है कि आप सृजन नहीं करेंगे। बेशक करेंगे क्योंकि सृजन करना आपकी प्रकृति है। आप हर समय सृजन करके स्वयं को अभिव्यक्त कर रहे होते हैं। आप एक कलाकार बनकर पैदा हुए थे

और आपकी कला आपकी आत्मा की अभिव्यक्ति है। आप उस बल की अभिव्यक्ति ही तो हैं। आप जानते हैं कि आप कितने शक्तिशाली हैं और यह वास्तविक शक्ति है। आप जानते हैं आपने क्या-क्या सीख रखा है और आपको यह भी पता है कि आपका सारा ज्ञान वास्तविक नहीं है।

सच आपके सामने ही घटित हो रहा है। जीवन का अनुभव करना ही सच का अनुभव करना है। जब आप सच को देखते हैं, तो आपके संसार में एक बड़ा बदलाव आता है। सच बनना ही आपका असली उद्देश्य है क्योंकि वास्तव में आप वही तो हैं। जो सच नहीं है, वह महत्वपूर्ण भी नहीं है। अगर कुछ महत्वपूर्ण है, तो वह है सच के प्रति आपकी इच्छा और प्रेम। यही असली शिक्षा है।

13
तीन भाषाएँ
आप कैसे संदेशवाहक हैं

पाँचवाँ समझौता टोलटेक का सबसे महत्वपूर्ण सबक है क्योंकि यह हमें हमारे असली रूप की ओर लौटने के लिए तैयार करता है। हमारा असली रूप है, सत्य का संदेशवाहक होना। जब भी हम कुछ बोलते हैं, तो एक संदेश दे रहे होते हैं और अगर उस समय हम सच नहीं बोल रहे होते, तो बस इसीलिए क्योंकि हमें पता ही नहीं होता कि हम वास्तव में क्या हैं। हम जो वास्तव में हैं, उसके प्रति हमें जागरूक बनाने में चारों समझौते मदद करते हैं।

ये चारों समझौते हमें हमारे शब्दों की ताकत के प्रति जागरूक बनाते हैं पर आखिरी उद्देश्य पाँचवाँ समझौता ही है क्योंकि यह हमें प्रतीक-विद्या से परे ले जाता है और हर शब्दों के सृजन के लिए जिम्मेदार बनाता है। पाँचवाँ समझौता विश्वास की उस शक्ति को फिर से हासिल करने में हमारी मदद करता है, जो हम प्रतीकों में निवेश करते हैं। प्रतीकों से परे जाने पर हमें अविश्वसनीय शक्ति मिलती है क्योंकि यह कलात्मक रचनाकार की, जीवन की, हमारे असली रूप की शक्ति होती है।

पाँचवें समझौते को मैं संदेशवाहक का प्रशिक्षण या फरिश्ते का प्रशिक्षण कहता हूँ क्योंकि यह उन संदेशवाहकों के लिए होता है, जो संदेश देने को लेकर जागरूक होते हैं। एंजल या फरिश्ता एक ग्रीक शब्द है,

जिसका अर्थ होता है संदेशवाहक। फरिश्तों का अस्तित्व सच में होता है, लेकिन यहाँ उन धार्मिक फरिश्तों की बात नहीं हो रही है, जिनकी पीठ पर पंख लगे होते हैं और जो स्वर्ग से आते हैं। हम सब संदेशवाहक हैं, हम सब फरिश्ते हैं पर हमारी पीठ पर पंख नहीं लगे हैं और हम पंखोंवाले फरिश्तों के अस्तित्व पर विश्वास नहीं करते। पंखोंवाले फरिश्तों की धार्मिक कहानियाँ बस एक प्रतीक हैं और प्रतीक के रूप में पंखों का एक ही मतलब होता है कि उनकी मदद से वे फरिश्ते हवा में उड़ सकते हैं।

फरिश्ते उड़ते हैं और सूचना या संदेश पहुँचाते हैं। जीवन और सच ही असली संदेश है। पर इस संसार में ऐसे कई संदेशवाहक हैं, जो न तो जीवन का संदेश देते हैं और न ही सच का। संसार में अरबों जागरूक और बेखबर संदेशवाहक रहते हैं। स्पष्ट है कि उनमें से अधिकतर फरिश्ते बेखबर हैं। वे संदेश देने और लेने के लिए प्रोग्राम किए गए हैं पर वे नहीं जानते कि वे संदेशवाहक हैं। इस संसार में रहनेवाले अधिकतर लोग इस बात से अंजान हैं कि सारे प्रतीकों को उन्होंने खुद ही रचा है। वे इस बात से भी बेखबर हैं कि प्रतीकों को इतनी शक्ति कहाँ से मिलती है, इसीलिए प्रतीक हमेशा उन पर नियंत्रण करते रहते हैं।

वे किस तरह के संदेशवाहक हैं? जवाब स्पष्ट है। आप संसार में इसका परिणाम देख सकते हैं। जरा चारों ओर नज़र दौड़ाएँ, आप समझ जाएँगे कि वे किस तरह के संदेशवाहक हैं। जब आप यह समझ जाते हैं तो पाँचवाँ समझौता आपके लिए अधिक अर्थपूर्ण बन जाता है। संदेह करें पर दूसरों की सुनना भी सीखें। इन संदेशवाहकों में बदलाव कैसे आएगा? जागरूकता से। संदेशवाहकों का प्रशिक्षण इसी मामले में हमारे काम आता है। हम संसार को जो संदेश दे रहे हैं, यह हमें उसके प्रति जागरूक बनाता है।

टोलटेक के दृष्टिकोण से संदेश देने के तीन तरीके होते हैं या यूँ कहें कि इंसानों के इस संसार में सिर्फ तीन भाषाएँ होती हैं, पहली है झूठी गप्पें लड़ाने की भाषा, दूसरी है योद्धाओं की भाषा और तीसरी है सत्य की भाषा।

झूठी गप्पें लड़ाने की भाषा एक ऐसी भाषा है, जो हर इंसान बोलता है। हर कोई जानता है कि झूठी गप्पें कैसे मारी जाती हैं। जब हम इस भाषा का

इस्तेमाल करते हैं, तो हमारा संदेश विकृत हो जाता है। हम अपने आसपास की हर चीज़ के बारे में झूठी गप्पें मारते हैं पर हम सबसे ज़्यादा गप्पें मुख्य रूप से स्वयं के बारे में हाँकते हैं। जब हम विदेश जाते हैं, जहाँ के निवासी कोई और भाषा बोलते हैं, तो हमें पता चलता है कि भले ही वे कोई भी प्रतीक विद्या इस्तेमाल करें, पर वे भी हमारी ही तरह झूठी गप्पों की भाषा बोलते हैं। इसे मैं विशाल मिटोटे (घेरे में खड़े होकर किया जानेवाला एक प्राचीन नृत्य) कहता हूँ। बिना जागरूकतावाले साधारण स्वप्न में विशाल मिटोटे इंसानी मन में हावी हो जाता है और ऐसी गलतफहमी पैदा करता है कि हम शब्दों का जो अर्थ ग्रहण कर रहे होते हैं, वह विकृत हो जाता है।

गप्पों की भाषा दरअसल पीड़ितों की भाषा होती है। यह अन्याय और दंड की भाषा है। यह नर्क की भाषा है क्योंकि सारी गप्पें ढेरों झूठों से मिलकर बनी होती है। पर हम इंसान हमेशा गप्पें हाँकते रहेंगे। हम तब तक ऐसा करने के लिए प्रोग्राम्ड हैं, जब तक कि हमारे अंदर और हमारे भीतरी प्रोग्राम के अंदर कुछ बदलाव नहीं आ जाता। इसके बाद ही हम गप्पों के खिलाफ विद्रोह करते हैं और हमारे अंदर सच और झूठ के बीच युद्ध शुरू हो जाता है।

दूसरी, योद्धाओं की भाषा है। जब हम यह भाषा बोलते हैं, तो अपनी जागरूकता के अनुसार कभी सच बोलते हैं और कभी झूठ। कभी हम झूठ पर विश्वास कर लेते हैं, जो हमें सीधे नर्क की ओर ले जाता है और कभी हम सच पर विश्वास कर लेते हैं, जो हमें सीधे स्वर्ग ले जाता है। पर हम फिर भी विश्वास करते हैं, जिसका अर्थ है कि हमारे विश्वास पर अब भी उसी प्रतीक का नियंत्रण है। योद्धा के तौर पर हम एक स्वप्न से दूसरे स्वप्न की ओर छलाँग लगाते रहते हैं। कभी हम स्वर्ग में होते हैं और कभी नर्क में। आप देख सकते हैं, योद्धाओं की भाषा गप्पों की भाषा से हज़ार गुना बेहतर है। पर एक बात यह भी है कि हम इंसान एक भाषा छोड़कर दूसरी भाषा बोलने के लिए प्रोग्राम्ड होते हैं।

तीसरी भाषा है सत्य की भाषा और जब हम इस भाषा का इस्तेमाल करते हैं, तो बहुत ही कम बोलते हैं। अब हमें अच्छी तरह पता है कि हम जो

प्रतीक इस्तेमाल करते हैं, वे हमारी ही रचना है। हम यह भी जानते हैं कि हम इन प्रतीकों को इसलिए एक अर्थ दे देते हैं ताकि हम एक-दूसरे से संवाद कर सकें। हम अपना संदेश पहुँचाने के लिए इन प्रतीकों का सर्वश्रेष्ठ इस्तेमाल करते हैं। स्वयं को संदेश पहुँचाने के लिए भी हम इन्हीं का इस्तेमाल करते हैं क्योंकि हम स्वयं ही संदेश हैं। आखिरकार सारे झूठ विलीन हो जाते हैं। यह तभी संभव होता है, जब हम स्वयं को जीवन व सच के रूप में देखते हैं और जागरूकता में महारत हासिल कर लेते हैं।

सच की भाषा बहुत ही विशिष्ट होती है। क्योंकि यह स्वप्न में निपुण उस कलाकार की भाषा होती है, जिसने स्वप्न में महारत हासिल कर ली है। निपुण महारथियों के संसार में संगीत, कला और सौंदर्य का प्रमुख स्थान होता है। ये निपुण कलाकार हमेशा खुश रहते हैं। वे शांति में स्थापित हो जाते हैं और जीवन का आनंद लेते हैं।

संवाद के इन तीन तरीकों को मैं 1-2-3, ए-बी-सी और डू-री-मी की भाषाएँ कहता हूँ। गप्पों की भाषा है 1-2-3 क्योंकि इसे सीखना आसान है और इसे हर कोई बोलता है। जबकि योद्धाओं की भाषा ए-बी-सी है क्योंकि योद्धा ही प्रतीकों के अत्याचार के खिलाफ विद्रोह करता है। वहीं सच की भाषा डू-री-मी है, जिनके मन में विशाल मिटोटे के बजाय मीठे संगीत की खनक होती है।

मैं स्वयं डू-री-मी की भाषा बोलना पसंद करता हूँ। मेरे मन में हमेशा संगीत बजता रहता है क्योंकि संगीत मन का ध्यान भटकाता है और जब मन रास्ते की बाधा नहीं बनता तो इरादे नेक बने रहते हैं। मैं जानता हूँ कि मेरे मन में बजनेवाला संगीत कुछ और नहीं बल्कि प्रतीक ही है, पर कम से कम मैं कोई कहानी तो नहीं बना रहा हूँ और न ही उसके बारे में सोच-विचार करने में उलझा हुआ हूँ।

बेशक अगर मैं चाहूँ, तो एक कहानी बना सकता हूँ और हो सकता है कि एक सुंदर कहानी बन पड़े। मैं प्रतीकों पर अपना ध्यान केंद्रित कर सकता हूँ और आपसे संवाद करने के लिए उन प्रतीकों का इस्तेमाल भी कर सकता हूँ, जिन्हें आप समझते हैं। आप मुझसे जो कहते हैं, उसे सुनने के लिए भी मैं

प्रतीकों का इस्तेमाल कर सकता हूँ, जो आमतौर पर आप ही की कहानी के बारे में होता है। आप मुझे ऐसी कई चीज़ें बताते हैं, जिन्हें आप स्वयं तो सच मानते हैं, पर मैं जानता हूँ कि वे सच नहीं हैं। इसके बावजूद जब आप मुझे कुछ बताते हैं, तो मैं सुनता हूँ। हालाँकि आपकी बात से मुझे समझ में आ जाता है कि आप क्या हैं। मैं वह देख लेता हूँ, जो शायद आप भी नहीं देख पाते। मैं आपके असली रूप को देखता हूँ, न कि उस रूप को जिसका आप दिखावा करते हैं। आप जो होने का दिखावा करते हैं, वह इतना जटिल है कि मैं उसे समझने की कोशिश भी नहीं करता। मैं जानता हूँ कि वह असली आप नहीं हैं। असली आप तो आपकी उपस्थिति है, जो इस धरती पर मौजूद किसी भी अन्य चीज़ की तरह ही सुंदर और अद्भुत है।

जैसे आप बगीचे में एक गुलाब का फूल देखते हैं। वह बहुत ही सुंदर नज़र आ रहा होता है और उसकी उपस्थिति ही आपको अद्भुत महसूस करा देती है। आपको स्वयं को बताने की ज़रूरत ही नहीं पड़ती कि गुलाब कितना अद्भुत है क्योंकि उसकी सारी सुंदरता और प्रेम आपकी आँखों के सामने होता है। उसे आपसे एक शब्द भी कहने की ज़रूरत नहीं पड़ती और आप उसकी खुशबू का आनंद लेते रहते हैं। आप बिना शब्दोंवाले उसके संदेश को फौरन समझ जाते हैं। इसी तरह जब आप किसी जंगल में जाते हैं, तो देखते हैं कि वहाँ पक्षी एक-दूसरे को देखकर चहचहा रहे हैं। ठीक इसी तरह पेड़ भी आपस में संवाद कर रहे होते हैं, बस उनकी प्रतीक-विद्या कुछ और होती है। आप अपने आसपास की सभी चीज़ों के बीच एक आंतरिक संवाद होते देख सकते हैं, जो सचमुच अद्भुत होता है। इससे स्पष्ट है कि इस संसार में संदेशवाहकों की कोई कमी नहीं है पर क्या आपने कभी सोचा था कि संदेशों का आदान-प्रदान इस तरह भी होता होगा?

क्या आपने कभी गौर किया है कि जब से आप इस संसार में आए हैं, तब से लगातार एक संदेश दे रहे हैं? यहाँ तक कि पैदा होने से पहले जब आपकी माँ को यह अंदाजा नहीं हुआ था कि वे गर्भवती हैं, तब भी आपकी ओर से संदेश आ रहा था। आपके माता-पिता बेसब्री से आपके पैदा होने का इंतजार कर रहे थे। वे जानते थे कि इस संसार में एक नया

जीवन आनेवाला है, जो एक चमत्कार से कम नहीं है। फिर जैसे ही आप पैदा हुए, आपने फौरन बिना शब्दों के ही अपना संदेश दे दिया। उन्हें आपकी उपस्थिति महसूस हुई। यह एक फरिश्ते का जन्म था और उसका संदेश थे आप।

आप स्वयं संदेश थे और आप अब भी संदेश हैं पर अन्य संदेशवाहकों के रिफ्लेक्शन (विरूपण) ने आपको विकृत बना दिया है। पर इसमें न तो संदेशवाहक का दोष है और न आपका। दरअसल इसमें किसी का कोई दोष नहीं है। यह विकृति भी अपने आपमें उत्कृष्ट है क्योंकि उत्कृष्टता का अस्तित्व भी होता है पर फिर आप बड़े हो जाते हैं और अधिक जागरूक बन जाते हैं। फिर आप अपनी मर्जी से कोई अन्य संदेश देने का चुनाव भी कर सकते हैं। आप जो भी भाषा बोलते हैं, उसे बदलकर जीवन का बेहतर प्रतिबिंब बनने का चुनाव भी कर सकते हैं। आप संदेश देने का अपना तरीका भी बदल सकते हैं। आप स्वयं के साथ और दूसरों के साथ जिस तरह संवाद करते हैं, उसे भी बदल सकते हैं।

मैं आपसे एक आसान सा सवाल पूछता हूँ। मैं चाहता हूँ कि पहले आप इस सवाल को अच्छी तरह समझ लें और यह याद रखें कि अपने मन की आवाज को इसका जवाब देने की अनुमति न दें। बस इन शब्दों को अपने अंदर उतरने दीजिए, जहाँ आप इसके शब्दों के पीछे छिपे अर्थ और इरादों को महसूस कर सकें। तो ये रहा सवाल : आप किस तरह के संदेशवाहक हैं? मैं आपको आँकने की या आपका मूल्यांकन करने की कोशिश नहीं कर रहा हूँ। यह तो आपके मन में छोटा सा संदेह पैदा करने का एक तरीका मात्र है पर यह जागरूकता की ओर एक बड़ा कदम भी हो सकता है। अगर आप इस सवाल को समझ सकें, तो यह छोटा सा संदेह भी आपका पूरा जीवन बदल सकता है।

आप किस तरह के संदेशवाहक हैं? आप सच का संदेश देते हैं या झूठ का? आप सच ग्रहण करते हैं या सिर्फ झूठ? यह सब कुछ सच और झूठ के बीच ही होता है। समस्या की जड़ भी यही है और इसी से सारा फर्क पड़ता है क्योंकि संघर्ष चाहे भीतरी हो या लोगों के बीच हो, वे सब झूठ का संदेश

देने और झूठ पर विश्वास करने का ही परिणाम होते हैं?

आप किस तरह के संदेशवाहक हैं? क्या आप झूठी गप्पें और सफेद झूठ का संदेश देते हैं? झूठ पर विश्वास करने से जो नाटकबाजी पैदा होती है, जो झूठी गप्पें व सफेद झूठ फैलते हैं, क्या आप उनके साथ सहज महसूस करते हैं? क्या आप अपने आसपास के लोगों के साथ यह सब बाँटते हैं? क्या आप अपने बच्चों को भी यही सिखाते हैं? क्या आप अब भी अपनी समस्याओं के लिए अपने माता-पिता को दोषी ठहराते हैं? याद रखें कि वे अपनी ओर से जितना बेहतर कर सकते थे, उन्होंने उतना किया है। अगर आपके माता-पिता ने आपके साथ दुर्व्यवहार किया है, तो इसमें कुछ भी व्यक्तिगत नहीं है। यह उनके अपने डरों का परिणाम था। वे जिन चीज़ों पर विश्वास करते थे, यह उसका परिणाम था। अगर उन्होंने आपके साथ दुर्व्यवहार किया है, तो इसका अर्थ है कि उनके साथ भी दुर्व्यवहार हुआ होगा। अगर उन्होंने आपको तकलीफ पहुँचाई है, तो इसका अर्थ है, उन्हें भी तकलीफ पहुँचाई गई होगी। यह क्रिया-प्रतिक्रिया की सतत् श्रृंखला है। क्या आप उस श्रृंखला का हिस्सा बने रहेंगे या फिर उससे मुक्त हो जाएँगे?

आप किस तरह के संदेशवाहक हैं? क्या आप वह योद्धा हैं, जो स्वर्ग और नर्क के बीच झूलते हुए संघर्ष करता रहता है। क्या आप अब भी उन लोगों पर विश्वास करते हैं, जो आपसे कहते हैं, 'सिर्फ यही एक सच है?' क्या आप अब भी अपने झूठों पर विश्वास करते हैं? आप स्वयं को जो संदेश देते हैं, अगर वह आपको नर्क की ओर ले जा रहा है तो फिर आप अपने सबसे प्रिय लोगों को क्या संदेश दे रहे हैं? आप अपने बच्चों को इतना प्रेम करते हैं, आप उन्हें कैसा संदेश दे रहे हैं? आप अपने प्रियजनों को, अपने माता-पिता को, अपने भाई-बहनों को, अपने दोस्तों को और अपने आसपास के लोगों को कैसा संदेश दे रहे हैं?

आप किस तरह के संदेशवाहक हैं? अगर आप मुझे बताएँ कि आप अपने लिए किस तरह का स्वप्न रच रहे हैं, तो मैं आपको बता दूँगा कि आप किस तरह के संदेशवाहक हैं। आप स्वयं के साथ कैसा व्यवहार करते हैं? क्या आप स्वयं के साथ उदारता से पेश आते हैं? क्या आप अपना सम्मान

करते हैं? क्या आप दूसरों का सम्मान करते हैं? अपने बारे में आप कैसा महसूस करते हैं? आप खुद को पसंद भी करते हैं या नहीं? क्या आपको खुद पर गर्व है? क्या आप खुद से खुश हैं? क्या आपके स्वप्न में कहीं कोई नाटकबाजी और अन्याय हो रहा है? क्या आपके स्वप्न में एक न्यायाधीश और एक पीड़ित है? क्या यह शिकारियों और हिंसा का स्वप्न है? अगर हाँ, तो इसका अर्थ है कि आपका स्वप्न आपके संदेश को विकृत बना रहा है। न्यायाधीश, पीड़ित और आपके अंदर उठ रही सारी आवाज़ें हर चीज़ को विकृत बना रही हैं।

फिलहाल आप स्वयं को और अपने आसपास के लोगों को एक संदेश दे रहे हैं। आप निरंतर एक संदेश दे रहे होते हैं और आप निरंतर किसी न किसी मन की ओर से कोई संदेश प्राप्त कर रहे होते हैं। आप इस संसार को कौन सा संदेश दे रहे हैं? क्या यह सबसे सही, सबसे निर्दोष संदेश है। क्या आपने कभी गौर भी किया है कि आप निरंतर प्रतीकों का इस्तेमाल कर रहे हैं?

आप जो भी संदेश दे रहे हैं, उसे बस देखते रहें, उसका निरीक्षण करते रहें। आप जो भी शब्द बोल रहे हैं, वे सच की ओर से आ रहे हैं या फिर वे आपकी बुद्धि की ओर से, उस तानाशाह, उस सबसे बड़े न्यायाधीश की ओर से आ रहे हैं? वह कौन है, जो यह संदेश दे रहा है? क्या वह असली आप हैं? यह सपना आपका है और अगर असली आप संदेश नहीं दे रहे हैं तो फिर संदेश देनेवाला कौन है? क्या यह एक अच्छा सवाल नहीं है?

आप जो शब्द दूसरों को बोलते हैं, क्या उनका प्रभाव देख पाते हैं? कल्पना कीजिए कि आप एक दीवार से बातचीत कर रहे हैं। उससे जवाब की उम्मीद मत कीजिए। यह उसकी जिम्मेदारी नहीं है कि वह आपकी बात सुने। यह तो आपकी जिम्मेदारी है कि आपके मुँह से कौन से शब्द निकलते हैं। यह देखने की जिम्मेदारी भी आपकी ही है कि आपके शब्दों का आपके आसपास के लोगों पर क्या प्रभाव पड़ता है। दीवार से बात करते-करते, आपकी बात या आपका संदेश और स्पष्ट होता जाता है। इसके बाद सही शब्दों को चुनना स्वाभाविक है।

अब मैं चाहता हूँ कि आप अपनी कल्पना शक्ति का इस्तेमाल करें और यह देखें कि आपने अपने जीवन में दूसरों के साथ किस तरह की बातें की हैं। मुझे पूरा भरोसा है कि आपको अपने आसपास के लोगों के साथ बातचीत के कई मौके याद होंगे और आपने उनमें से कईयों के साथ बढ़िया बातें की होंगी। लोग निरंतर आपको कोई न कोई संदेश दे रहे होते हैं और आप उनका संदेश ग्रहण कर रहे होते हैं। आपके जीवन में आनेवाले ये लोग किस तरह के संदेशवाहक हैं? उन्होंने आपको जीवनभर किस तरह के संदेश दिए हैं? उन संदेशों ने आपको किस तरह प्रभावित किया है?

आपने अन्य लोगों से अब तक जो भी संदेश ग्रहण किए हैं, उनमें से कितने संदेशों से आप सहमत हैं और उन्हें अपने संदेश की तरह देखते हैं? उनमें से कितने संदेश अब आप स्वयं दे रहे हैं? अगर आप किसी और का संदेश दे रहे हैं तो असल में आप किसका संदेश दे रहे हैं?

आपने जीवनभर जिस तरह के संदेश दिए हैं और स्वयं ग्रहण किए हैं, बस उनके प्रति जागरूक हो जाएँ। आपको किसी को भी आँकने की ज़रूरत नहीं है, स्वयं को भी नहीं। बस यह पूछें कि 'मैं किस तरह का संदेशवाहक हूँ? मेरे जीवन में अन्य जो भी लोग हैं, वे किस तरह के संदेशवाहक हैं।' यह जागरूकता में निपुण बनने और दिव्य दृष्टा बनने की दिशा में एक बड़ा कदम होगा।

एक बार जब आप उन संदेशों के प्रति जागरूक हो जाते हैं, जो आप लोगों को दे रहे हैं और जो संदेश वे आपको दे रहे हैं, तो आपका दृष्टिकोण दृढ़ता के साथ बदलता है। फिर आप स्पष्ट रूप से यह देख पाते हैं कि लोग आपको कैसे संदेश दे रहे हैं और वे किस तरह के संदेशवाहक हैं। फिर वह क्षण भी आता है, जब आपकी जागरूकता इतनी बढ़ जाती है कि आप लोगों को जो संदेश दे रहे होते हैं, उन्हें भी स्पष्ट रूप से देख पाते हैं। आपको साफ दिखाई देता है कि आप किस तरह के संदेशवाहक हैं। आपको अपने शब्दों का, अपने कर्मों का और अपनी उपस्थिति का प्रभाव भी साफ नज़र आने लगता है।

आपके चारों ओर जो भी लोग या चीज़ें हैं, आप निरंतर उन्हें कोई

न कोई संदेश दे रहे होते हैं पर मुख्य रूप से आप स्वयं को निरंतर संदेश दे रहे होते हैं। वह संदेश क्या है? वह सबसे महत्वपूर्ण संदेश है क्योंकि वह आपके पूरे जीवन पर प्रभाव डालता है। क्या आप ही वह निपुण इंसान हैं, जो सच को सामने लाता है? क्या आप वह पीड़ित हैं, जो झूठ लेकर आता है? असल में यह बहुत महत्वपूर्ण नहीं है कि आप निपुण इंसान हैं या वह संदेशवाहक है, जो झूठी गप्पों से भरा जहरीला संदेश देता है या फिर वह योद्धा हैं, जो स्वर्ग और नर्क के बीच झूलता रहता है। आप तो संदेश के रूप में वह सूचना देते हैं, जो आपके अंदर है। इसमें कुछ सही-गलत या अच्छा-बुरा नहीं है। यह तो बस वो है, जो आप जानते हैं, जिसे आपने जीवनभर सीखा है। इससे भी कोई फर्क नहीं पड़ता कि आपने क्या सीखा है और न ही इससे कोई फर्क पड़ता है कि आप दूसरों को क्या सिखा रहे थे या उनके साथ क्या साझा कर रहे थे।

फर्क तो इस बात से पड़ता है कि आप वह बनकर रहें, जो आप वास्तव में हैं ताकि प्रामाणिक बनें, जीवन का आनंद लें, प्रेम प्राप्त करें, न कि प्रेम का वह प्रतीक, जिसे हम इंसानों ने विकृत बना दिया है। प्रेम यानी सच्चा प्रेम, वह एहसास जिसकी व्याख्या शब्दों में नहीं की जा सकती। प्रेम कुछ और नहीं बल्कि आप जो वास्तव में हैं, वह होने का परिणाम है।

हमेशा याद रखें कि आप ही वह बल हैं, जो संसार का सारा सृजन कर रहा है। आप ही वह बल हैं, जिसके चलते फूल खिलते हैं, बादल बरसते हैं और धरती, तारे व आकाशगंगाएँ सक्रिए रहते हैं। आपका संदेश कुछ भी हो, पर चूँकि आप अपने सच्चे रूप का सम्मान करते हैं इसलिए स्वयं से हमेशा प्रेम करें। जब तक आपको यह महसूस नहीं हो जाता कि आप स्वयं को इतना प्रेम करते हैं कि अपने अंदर के मौजूदा संदेशवाहक से संतुष्ट नहीं हैं, तब तक आपको बदलाव की ज़रूरत महसूस नहीं होती।

हो सकता है कि अपने बचपने के चलते और जागरूक न होने के कारण आपने शब्दों का गलत इस्तेमाल किया हो। पर जब आप जागरूक होने के बाद भी ऐसा कर रहे हैं, तब क्या? एक बार जागरूकता हासिल होने के बाद आप यह दावा नहीं कर सकते कि अब भी आपके अंदर बचपना है।

आप अच्छी तरह जानते हैं कि आप क्या कर रहे हैं। आप जो कर रहे हैं, वह बढ़िया है, पर यह जो भी है, आपका अपना निर्णय है, आपका चुनाव है। अब सवाल यह उठता है कि यह सच है या झूठ? प्रेम है या डर? मैंने तो अपना चुनाव कर लिया है, मैं सच और प्रेम का ही संदेश दूँगा। आपका चुनाव क्या है?

यह पुस्तक पढ़ने के बाद आप अपने अभिप्राय
(विचार सेवा) इस पते पर भेज सकते हैं:
Tejgyan Global Foundation,
Pimpri Colony Post office, P.O. Box 25,
Pune - 411 017. Maharashtra (India).

संसार को बदलने में मेरी सहायता कीजिए

परिशिष्ट

आप जैसे संदेशवाहक हैं, अगर आप उससे संतुष्ट नहीं हैं, अगर आप सच और प्रेम के संदेशवाहक बनना चाहते हैं, तो मैं आपको मानवता के एक नए स्वप्न में हिस्सा लेने के लिए आमंत्रित करता हूँ। यह एक ऐसा स्वप्न है, जिसमें हम सब आपसी सामंजस्य, सत्य और प्रेम के साथ रह सकते हैं।

इस स्वप्न में हर धर्म और हर दर्शन को माननेवालों का न सिर्फ स्वागत किया जाता है बल्कि सम्मान भी किया जाता हैं। हम सबके पास अपनी मनचाही चीज़ पर विश्वास करने का पूरा अधिकार है। हम कोई भी धर्म और दर्शन अपना सकते हैं। इससे कोई फर्क नहीं पड़ता कि हम ईसा मसीह पर विश्वास करते हैं या मोजेज, अल्लाह, ब्रह्मा, बुद्ध या किसी और पर। इस स्वप्न में सभी को प्रवेश मिलता है। मैं यह उम्मीद नहीं करता कि आप मेरी हर कहानी पर विश्वास करें पर अगर आपको उनमें अपने जीवन की झलक दिखाई पड़ती है, अगर आपको मेरे शब्द सच्चे महसूस होते हैं, तो चलिए एक और समझौता कर लेते हैं कि आप संसार को बदलने में मेरी सहायता करेंगे।

बेशक इस मामले में आपका पहला सवाल यही होगा कि भला संसार को कैसे बदला जा सकता है? इसका आसान सा जवाब है, आपके संसार को बदलकर। जब मैंने आपसे संसार को बदलने के लिए मदद माँगी, तो मैं

इस धरती या इस पूरे संसार की बात नहीं कर रहा था, मैं तो उस आभासी संसार की बात कर रहा था, जिसका अस्तित्व आपके मन में होता है। साहस की शुरुआत आपसे ही होती है। जब तक आप अपना निजी संसार नहीं बदलेंगे, तब तक आप संसार को बदलने में मेरी मदद नहीं करेंगे।

आप स्वयं को प्रेम करके, जीवन का आनंद लेकर और अपने निजी संसार को स्वर्ग का स्वप्न बनाकर अपना संसार बदल सकते हैं। मैंने आपसे इसलिए मदद माँगी क्योंकि आप ही वह इकलौते इंसान हैं, जो अपने संसार को बदल सकते हैं। जब आप अपने संसार को बदलने का निर्णय ले लेते हैं, तो इसका सबसे आसान तरीका होता है, उन साधनों का इस्तेमाल करना, जो बस व्यावहारिक ज्ञान हैं। पाँचों समझौते ऐसे साधन हैं, जिनसे आप अपना जीवन बदल सकते हैं। अगर आप सही शब्दों का इस्तेमाल करते हैं... अगर आप किसी भी चीज़ को निजी तौर पर नहीं लेते... अगर आप धारणाएँ नहीं बनाते... अगर आप हमेशा अपनी ओर से सर्वश्रेष्ठ करते हैं... और अगर आप सुनते वक्त संदेह करते हैं... तो आपके अंदर चल रहे सारे युद्ध समाप्त हो जाएँगे और शांति स्थापित हो जाएगी।

जब आप पाँचों समझौतों का अभ्यास करते हैं, तो आपका संसार बेहतर होने लगता है। फिर आपको महसूस होता है कि आप उन लोगों से अपनी खुशी बाँटें, जिन्हें आप प्रेम करते हैं। संसार को बदलने का अर्थ अपनी कहानी के सहायक किरदारों को बदलना नहीं है। अगर आप सचमुच अपना संसार बदलना चाहते हैं, तो इसका एक ही रास्ता है, अपनी कहानी के मुख्य किरदार को बदलना। जब आप मुख्य किरदार को बदल देते हैं, तो बिलकुल किसी जादू की तरह आपके सहायक किरदार स्वतः ही बदलने लगते हैं। जब आपमें बदलाव आता है तो आपके बच्चों में भी बदलाव आता है क्योंकि आप उन्हें जो संदेश देते हैं, वह बदल जाता है। आप अपने जीवनसाथी को जो संदेश देते हैं, वह भी बदल जाता है। दोस्तों के साथ आपके रिश्तों में भी बदलाव आता है और सबसे महत्वपूर्ण, आपका स्वयं से जो रिश्ता है, वह भी बदल जाता है।

जब आप स्वयं को दिया जानेवाला संदेश बदल देते हैं, तो पहले से

अधिक खुश होते हैं और सिर्फ आपके खुश होने से उन लोगों को भी लाभ होता है, जो आपके आसपास रहते हैं। आप जो कोशिशें करते हैं, वे दूसरों के भी काम आती हैं क्योंकि आपका आनंद, आपकी खुशी, आपका स्वर्ग संक्रामक होता है। जब आप खुश होते हैं, तो आपके आसपास के लोग भी खुश होते हैं और इससे उन्हें अपने संसार में बदलाव लाने की प्रेरणा मिलती है।

हम एक पूरी विरासत का प्रतिनिधित्व करते हैं। यहाँ 'हम' शब्द से मेरा अर्थ इस पृथ्वी पर रहनेवाले सभी इंसानों से है। प्रेम, आनंद और खुशी हमारी विरासत है। आइए, इस संसार का आनंद लें। आइए, एक-दूसरे का आनंद लें और एक-दूसरे से कभी नफरत न करें। आइए, यह मानना बंद करें कि अपने मतभेद के कारण हम एक-दूसरे से बेहतर या बदतर हो जाते हैं। आइए, इस झूठ पर विश्वास करना बंद करें। आइए, इस बात से घबराना बंद करें कि हमारी त्वचा का रंग अलग-अलग होने के कारण हम एक-दूसरे से अलग हैं। इन सब चीज़ों से भला क्या फर्क पड़ता है? यह बस एक और झूठ है। हमें उन झूठों और अंधविश्वासों पर भरोसा करने की कोई ज़रूरत नहीं है, जो हमारे जीवन को नियंत्रित करते हैं। अब समय आ गया है कि जो भी झूठ और अंधविश्वास हमारे काम नहीं आ रहे हैं, उन्हें खत्म किया जाए। समय आ गया है कि कट्टरवाद को खत्म किया जाए। हम सच की ओर लौट सकते हैं। हम सच के संदेशवाहक बन सकते हैं।

हमें एक संदेश देना है और वह संदेश ही हमारी विरासत है। बचपन में हमें हमारे माता-पिता और पूर्वजों से उनकी विरासत मिली थी। हमें जीने के लिए एक अद्भुत संसार मिला था और अब यह हमारी जिम्मेदारी है कि हम आनेवाली पीढ़ी को एक ऐसा संसार दें, जिसमें वे उतने ही अद्भुत ढंग से रह सकें, जितने अद्भुत ढंग से फिलहाल हम रहते हैं। हमें पृथ्वी नामक अपने इस ग्रह को बरबाद करना बंद करना होगा। हमें एक-दूसरे को बरबाद करना बंद करना होगा। हम इंसान यहाँ आपसी सामंजस्य से भी रह सकते हैं। अगर हम सचमुच कुछ करना चाहें, तो बहुत कुछ कर सकते हैं। यह अपने आपमें बहुत ही अद्भुत बात है। बस हम जो कर रहे हैं, हमें उसके प्रति जागरूक

होने और अपनी प्रामाणिकता की ओर लौटने की ज़रूरत है।

मैं जानता हूँ कि हमारे अपने मतभेद भी हैं क्योंकि हम अपने-अपने निजी स्वप्न में रहते हैं पर हम एक-दूसरे के स्वप्न का सम्मान भी कर सकते हैं। हम यह जानते हुए भी एक-दूसरे के साथ काम करने के लिए सहमत हो सकते हैं कि हम सब अपने-अपने स्वप्न का केंद्र हैं। हममें से हर किसी की अपनी मान्यताएँ, अपने विश्वास, अपनी कहानी और अपना दृष्टिकोण होता है। संसार में अरबों अलग-अलग दृष्टिकोण हैं, पर हम सबके पीछे जीवन का एक ही बल, एक ही प्रकाश काम कर रहा होता है।

इस संसार को बदलने में मेरी सहायता कीजिए। यह दरअसल प्रामाणिकता की ओर लौटने और मुक्त होने का एक निमंत्रण है। इस समझौते को ग्रहण करने के लिए अपना हृदय खुला रखिए। मैं आपसे संसार बदलने की कोशिश करने को नहीं कह रहा हूँ। सिर्फ कोशिश मत करिए, कर्म कीजिए और यह कर्म आज ही शुरू कर दीजिए। हम अपने बच्चों और नाती-पोतों के लिए जो विरासत छोड़कर जाएँगे, वह शानदार हो सकती है। हम अपने सोचने का तरीका बदल सकते हैं और संसार को यह दिखा सकते हैं कि जीवन के साथ प्रेम-संबंध कैसे बनाया जाता है। हम अपने निजी स्वर्ग में भी रह सकते हैं। हम कहीं भी जाएँ, वह हमारा अनुसरण करते हुए हमारे साथ वहाँ चला आता है। इस बात में कोई सच्चाई नहीं है कि हम इस संसार में कष्ट भोगने आते हैं। हमारा यह सुंदर ग्रह कोई आँसुओं की घाटी नहीं है। हमारे सोचने का नया तरीका हमारे जीवन से हर झूठ को विलीन करके, हमें जीने के लिए एक अद्भुत स्थान पर लेकर जा सकता है।

मैं जहाँ भी जाता हूँ, लोगों को यह कहते हुए सुनता हूँ कि हम यहाँ एक मिशन के साथ आए हैं और अपने जीवन में हमें कुछ करना है, कुछ ऐसा जो हमें इसके पार ले जाए। सच कहूँ, तो मैं नहीं जानता कि ये सब क्या है। हाँ, मेरा भी यही मानना है कि हम इस संसार में एक मिशन लेकर आते हैं पर हमारा मिशन किसी चीज़ के पार जाना नहीं है। हम सबका मिशन तो बस स्वयं को खुश रखना है। आपको जो करना पसंद है, उसे करने के लाखों तरीके हो सकते हैं पर आपके जीवन का बस यही मिशन है कि आप हर पल

का भरपूर आनंद लें।

हम जानते हैं कि एक समय के बाद हमारा भौतिक शरीर नष्ट हो जाएगा। जीवन बहुत छोटा होता है। हमारे पास जीने के लिए कुछ ही दिन होते हैं। हमारे पास ऐसी रातें बहुत कम ही होती हैं, जब हम आसमान में चमकते चाँद का आनंद ले सकें। इसलिए हमारे पास जितना भी समय है, वह भरपूर जीने का समय है। यह संपूर्णता के साथ उपस्थित रहने, स्वयं के साथ और दूसरों के साथ आनंद लेने का समय है।

पिछली शताब्दी में विज्ञान और प्रौद्योगिकी ने बहुत तेजी से तरक्की की है पर मनोविज्ञान बहुत पीछे छूट गया है। अब समय आ गया है कि मनोविज्ञान भी विज्ञान और प्रौद्योगिकी की बराबरी करे और उनके साथ कदम से कदम मिलाकर चले। समय आ गया है कि हम इंसानी मन के बारे में अपने विचारों और अपनी मान्यताओं में बदलाव लाएँ। मेरे हिसाब से तो यह आपात स्थिति है क्योंकि कंप्यूटर और इंटरनेट के कारण आज झूठ इतनी तेजी से फैलता है कि उस पर नियंत्रण रखना नामुमकिन हो जाता है।

जल्द ही वह समय भी आएगा, जब इंसान झूठ पर विश्वास करना बंद कर देगा। हम शुरुआत तो स्वयं से करते हैं, पर हमारा उद्देश्य यही होता है कि न सिर्फ अपने संसार को बल्कि संपूर्ण मानवता को बदल दिया जाए। पर अगर हम सबसे पहले अपने संसार को नहीं बदलेंगे, तो संपूर्ण मानवता को कैसे बदलेंगे। बेशक इन दोनों को अलग-अलग करके देखना आसान नहीं हैं क्योंकि वास्तव में हमें ये दोनों काम एक साथ करने पड़ते हैं।

तो चलिए, संसार में एक बदलाव लाते हैं। चलिए अपने अंदर चल रहे युद्ध में जीत हासिल करके संसार को बदल देते हैं। इस पूरे संसार को बदलने में कितना समय लगेगा? दो, तीन या चार पीढ़ियाँ? सच तो यह है कि हमें कोई फर्क नहीं पड़ता कि इसमें कितना समय लगेगा। हमें कोई जल्दी नहीं है पर हमारे पास बरबाद करने लिए फालतू समय भी नहीं है। आखिर में आपसे बस यही कहना चाहूँगा कि संसार को बदलने में मेरी सहायता कीजिए।

महाआसमानी परम ज्ञान
शिविर परिचय और लाभ (निवासी)

तेजज्ञान फाउण्डेशन आत्मविकास से आत्मसाक्षात्कार प्राप्त करने का एक रास्ता है। इसके लिए सरश्री द्वारा एक अनूठी बोध पद्धति (System for Wisdom) का सृजन हुआ है। इस पद्धति को अन्तर्राष्ट्रीय मानक ISO 9001:2015 के आवश्यकताओं एवं निर्देशों के अनुरूप ढालकर सरल, व्यावहारिक एवं प्रभावी बनाया गया है।

इस संस्था की बोध पद्धति के विभिन्न पहलुओं (शिक्षण, निरीक्षण व गुणवत्ता) को स्वतंत्र गुणवत्ता परीक्षकों (Quality Auditors) द्वारा क्रमबद्ध तरीके से जाँचा गया। जिसके बाद इन पहलुओं को ISO 9001:2015 के अनुरूप पाकर, इस बोध पद्धति को प्रमाणित किया गया है।

फाउण्डेशन का लक्ष्य आपको नकारात्मक विचार से सकारात्मक विचार की ओर बढ़ाना है। सकारात्मक विचार से शुभ विचार यानी हॅपी

थॉट्स (विधायक आनंदपूर्ण विचार) और शुभ विचार से निर्विचार की ओर बढ़ा जा सकता है। निर्विचार से ही आत्मसाक्षात्कार संभव है। शुभ विचार (Happy Thoughts) यानी यह विचार कि 'मैं हर विचार से मुक्त हो जाऊँ।' शुभ इच्छा यानी यह इच्छा कि 'मैं हर इच्छा से मुक्त हो जाऊँ।'

ज्ञान का अर्थ है सामान्य ज्ञान लेकिन तेजज्ञान यानी वह ज्ञान जो ज्ञान व अज्ञान के परे है। कई लोग सामान्य ज्ञान की जानकारी को ही ज्ञान समझ लेते हैं लेकिन असली ज्ञान और जानकारी में बहुत अंतर है। आज लोग सामान्य ज्ञान के जवाबों को ज्यादा महत्त्व देते हैं। उदाहरण के तौर पर— कर्म और भाग्य, योग और प्राणायाम, स्वर्ग और नर्क इत्यादि। आज के युग में सामान्य ज्ञान प्रदान करनेवाले लोग और शिक्षक कई मिल जाएँगे मगर इस ज्ञान को पाकर जीवन में कोई बड़ा परिवर्तन नहीं होता। यह ज्ञान या तो केवल बुद्धि विलास है या फिर अध्यात्म के नाम पर बुद्धि का व्यायाम है।

सभी समस्याओं का समाधान है तेजज्ञान। भय से मुक्ति, चिंतारहित व क्रोध से आज़ाद जीवन है तेजज्ञान। शारीरिक, मानसिक, सामाजिक, आर्थिक और आध्यात्मिक उन्नति के लिए है तेजज्ञान। तेजज्ञान आपके अंदर है, आएँ और इसे पाएँ।

यदि आप ऐसा ज्ञान चाहते हैं, जो सामान्य ज्ञान के परे हो, जो हर समस्या का समाधान हो, जो सभी मान्यताओं से आपको मुक्त करे, जो आपको ईश्वर का साक्षात्कार कराए, जो आपको सत्य पर स्थापित करे तो समय आ गया है तेजज्ञान को जानने का। समय आ गया है शब्दोंवाले सामान्य ज्ञान से उठकर तेजज्ञान का अनुभव करने का।

अब तक अध्यात्म के अनेक मार्ग बताए गए हैं। जैसे जप, तप, मंत्र, तंत्र, कर्म, भाग्य, ध्यान, ज्ञान, योग और भक्ति आदि। इन मार्गों के अंत में जो समझ, जो बोध प्राप्त होता है, वह एक ही है। सत्य के हर खोजी को अंत में एक ही समझ मिलती है और इस समझ को सुनकर भी प्राप्त किया जा सकता है। उसी समझ को सुनना यानी तेजज्ञान प्राप्त करना है। तेजज्ञान

के श्रवण से सत्य का साक्षात्कार होता है, ईश्वर का अनुभव होता है। यही तेजज्ञान सरश्री महाआसमानी शिविर में प्रदान करते हैं।

सरश्री की आध्यात्मिक खोज का सफर उनके बचपन से प्रारंभ हो गया था। इस खोज के दौरान उन्होंने अनेक प्रकार की पुस्तकों का अध्ययन किया। इसके साथ ही अपने आध्यात्मिक अनुसंधान के दौरान अनेक ध्यान पद्धतियों का अभ्यास किया। उनकी इसी खोज ने उन्हें कई वैचारिक और शैक्षणिक संस्थानों की ओर बढ़ाया। इसके बावजूद भी वे अंतिम सत्य से दूर रहे।

उन्होंने अपने तत्कालीन अध्यापन कार्य को भी विराम लगाया ताकि वे अपना अधिक से अधिक समय सत्य की खोज में लगा सकें। जीवन का रहस्य समझने के लिए उन्होंने एक लंबी अवधि तक मनन करते हुए अपनी खोज जारी रखी। जिसके अंत में उन्हें आत्मबोध प्राप्त हुआ। आत्म साक्षात्कार के बाद उन्होंने जाना कि अध्यात्म का हर मार्ग जिस कड़ी से जुड़ा है वह है- समझ (अंडरस्टैण्डिंग)।

सरश्री कहते हैं कि 'सत्य के सभी मार्गों की शुरुआत अलग-अलग प्रकार से होती है लेकिन सभी के अंत में एक ही समझ प्राप्त होती है। 'समझ' ही सब कुछ है और यह 'समझ' अपने आपमें पूर्ण है। आध्यात्मिक ज्ञान प्राप्ति के लिए इस 'समझ' का श्रवण ही पर्याप्त है।'

सरश्री ने ढ़ाई हज़ार से अधिक प्रवचन दिए हैं और सौ से अधिक पुस्तकों की रचना की हैं। ये पुस्तकें दस से अधिक भाषाओं में अनुवादित की जा चुकी हैं और प्रमुख प्रकाशकों द्वारा प्रकाशित की गई हैं, जैसे पेंगुइन बुक्स, हे हाऊस पब्लिशर्स, जैको बुक्स, हिंद पॉकेट बुक्स, मंजुल पब्लिशिंग हाऊस, प्रभात प्रकाशन, राजपाल ॲण्ड सन्स इत्यादि। सरश्री की शिक्षाओं से लाखों लोगों के जीवन में रूपांतरण हुआ है। इसके साथ संपूर्ण विश्व की चेतना बढ़ाने के लिए कई सामाजिक कार्यों की शुरुआत भी की गई है।

सरश्री आज के युग के आध्यात्मिक गुरु और 'तेजज्ञान फाउण्डेशन'

के संस्थापक हैं, जो अत्यंत सरलता से आज की लोकभाषा में आध्यात्मिक समझ प्रदान करते हैं। हर साल तेजज्ञान फाउण्डेशन द्वारा 'महाआसमानी शिविर' आयोजित किया जाता है। यह शिविर पूर्णतः सरश्री की शिक्षाओं पर आधारित है।

क्या आपको उच्चतम आनंद पाने की इच्छा है? ऐसा आनंद, जो किसी कारण पर निर्भर नहीं है, जिसमें समय के साथ केवल बढ़ोतरी ही होती है। क्या आप इसी जीवन में प्रेम, विश्वास, शांति, समृद्धि और परमसंतुष्टि पाना चाहते हैं? क्या आप शारीरिक, मानसिक, सामाजिक, आर्थिक और आध्यात्मिक इन सभी स्तरों पर सफलता हासिल करना चाहते हैं? क्या आप 'मैं कौन हूँ' इस सवाल का जवाब अनुभव से जानना चाहते हैं?

यदि आपके अंदर इन सवालों के जवाब जानने की और 'अंतिम सत्य' प्राप्त करने की प्यास जगी है तो तेजज्ञान फाउण्डेशन द्वारा आयोजित 'महाआसमानी परम ज्ञान शिविर' में आपका स्वागत है। यह शिविर पूर्णतः सरश्री की शिक्षाओं पर आधारित है। सरश्री आज के युग के आध्यात्मिक गुरु और 'तेजज्ञान फाउण्डेशन' के संस्थापक हैं, जो अत्यंत सरलता से आज की लोकभाषा में आध्यात्मिक समझ प्रदान करते हैं।

महाआसमानी परम ज्ञान शिविर का उद्देश्य :

इस शिविर का उद्देश्य है, **'विश्व का हर इंसान 'मैं कौन हूँ' इस सवाल का जवाब जानकर सर्वोच्च आनंद में स्थापित हो जाए।'** उसे ऐसा ज्ञान मिले, जिससे वह हर पल वर्तमान में जीने की कला प्राप्त करे। भूतकाल का बोझ और भविष्य की चिंता इन दोनों से मुक्त हो जाए। हर इंसान के जीवन में स्थायी खुशी, सही समझ और समस्याओं को विलीन करने की कला आ जाए। मनुष्य जीवन का उद्देश्य पूर्ण हो।

'मैं कौन हूँ? मैं यहाँ क्यों हूँ? मोक्ष का अर्थ क्या है? क्या इसी जन्म में मोक्ष प्राप्ति संभव है?' यदि ये सवाल आपके अंदर हैं तो

महाआसमानी परम ज्ञान शिविर इसका जवाब है।

महाआसमानी परम ज्ञान शिविर के मुख्य लाभ :

इस शिविर के लाभ तो अनगिनत हैं मगर कुछ मुख्य लाभ इस प्रकार हैं-

* जीवन में दमदार लक्ष्य प्राप्त होता है।
* 'मैं कौन हूँ' यह अनुभव से जानना (सेल्फ रियलाइजेशन) होता है।
* मन के सभी विकार विलीन होते हैं।
* भय, चिंता, क्रोध, बोरडम, मोह, तनाव जैसी कई नकारात्मक बातों से मुक्ति मिलती है।
* प्रेम, आनंद, मौन, समृद्धि, संतुष्टि, विश्वास जैसे कई दिव्य गुणों से युक्ति होती है।
* सीधा, सरल और शक्तिशाली जीवन प्राप्त होता है।
* हर समस्या का समाधान प्राप्त करने की कला मिलती है।
* 'हर पल वर्तमान में जीना' यह आपका स्वभाव बन जाता है।
* आपके अंदर छिपी सभी संभावनाएँ खुल जाती हैं।
* इसी जीवन में मोक्ष (मुक्ति) प्राप्त होता है।

महाआसमानी परम ज्ञान शिविर में भाग कैसे लें?

इस शिविर में भाग लेने के लिए आपको कुछ खास माँगें पूरी करनी होती हैं। जैसे-

१) आपकी उम्र कम से कम अठारह साल या उससे ऊपर होनी चाहिए।

२) आपको सत्य स्थापना शिविर (फाउण्डेशन ट्रुथ रिट्रीट) में भाग लेना होगा, जहाँ आप सीखेंगे- वर्तमान के हर पल को कैसे जीया जाए

और निर्विचार अवस्था में कैसे प्रवेश पाएँ।

३) आपको कुछ प्राथमिक प्रवचनों में भाग लेना है, जहाँ आप बुनियादी समझ आत्मसात कर, महाआसमानी परम ज्ञान शिविर के लिए तैयार होते हैं।

यह शिविर एक या दो महीने के अंतराल में आयोजित किया जाता है, जिसका लाभ हज़ारों खोजी उठाते हैं। इस शिविर की तैयारी आप दो तरीके से कर सकते हैं। पहला तरीका- मनन आश्रम (पूना) में ५ दिवसीय निवासी शिविर में भाग लेकर, दूसरा तरीका- तेजज्ञान फाउण्डेशन के नजदीकी सेंटर पर सत्य श्रवण द्वारा। जैसे- पुणे, मुंबई, दिल्ली, सांगली, सातारा, जलगाँव, अहमदाबाद, कोल्हापुर, नासिक, अहमदनगर, औरंगाबाद, सूरत, बरोडा, नागपुर, भोपाल, रायपुर, चेन्नई, वर्धा, अमरावती, चंद्रपुर, यवतमाल, रत्नागिरी, लातूर, बीड, नांदेड, परभणी, पनवेल, ठाणे, सोलापुर, पंढरपुर, अकोला, बुलढाणा, धुले, भुसावल, बैंगलोर, बेलगाम, धारवाड, भुवनेश्वर, कोलकत्ता, राँची, लखनऊ, कानपुर, चंदीगढ़, जयपुर, पणजी, म्हापसा, इंदौर, इटारसी, हरदा, विदिशा, बुरहानपुर।

इनके अतिरिक्त आप महाआसमानी की तैयारी फाउण्डेशन में उपलब्ध सरश्री द्वारा रचित पुस्तकें, सी.डी., कैसेटस् या यू ट्यूब के संदेश सुनकर भी कर सकते हैं। मगर याद रहे ये पुस्तकें, कैसेटस्, यू ट्यूब के प्रवचन शिविर का परिचय मात्र है, तेजज्ञान नहीं। आप महाआसमानी परम ज्ञान शिविर में भाग लेकर ही तेजज्ञान का आनंद ले सकते हैं। आगामी महाआसमानी परम ज्ञान शिविर में अपना स्थान आरक्षित करने के लिए संपर्क करें : 09921008060/75, 9011013208

महाआसमानी परम ज्ञान शिविर स्थान :

यह शिविर पुणे में स्थित मनन आश्रम पर आयोजित किया जाता है। इस शिविर के लिए भोजन और रहने की व्यवस्था की जाती है। यदि

आपको कोई शारीरिक बीमारी है और आप नियमित रूप से दवाई ले रहे हैं तो कृपया अपनी दवाइयाँ साथ में लेकर आएँ। वातावरण अनुसार गरम कपड़े, स्वेटर, ब्लैंकेट आदि भी लाएँ।

'मनन आश्रम' पुणे शहर के बाहरी क्षेत्र में पहाड़ों और निसर्ग के असीम सौंदर्य के बीच बसा हुआ है। इस आश्रम में पुरुषों और महिलाओं के लिए अलग-अलग, कुल मिलाकर ७०० से ८०० लोगों के रहने की व्यवस्था है। यह आश्रम पुणे शहर से १७ किलो मीटर की दूरी पर है। हवाई अड्डा, हाइवे और रेल्वे से पुणे आसानी से आ-जा सकते हैं।

मनन आश्रम : मनन आश्रम, पुणे, सर्वे नं. 43, सनस नगर, नांदोशी गाँव, किरकट वाडी फाटा, तहसील - हवेली, जिला : पुणे - 411024. फोन : 9921008060

पुस्तकें प्राप्त करने के लिए नीचे दिए गए पते पर मनीऑर्डर द्वारा पुस्तक का मूल्य भेज सकते हैं। पुस्तकें रजिस्टर्ड, कुरियर अथवा वी.पी.पी. द्वारा भेजी जाती हैं। पुस्तकों के लिए नीचे दिए गए पते पर संपर्क करें।

WOW Publishings Pvt. Ltd.

✻ रजिस्टर्ड ऑफिस - इ- 4, वैभव नगर, तपोवन मंदिर के नज़दीक, पिंपरी, पुणे - 411017

✻ पोस्ट बॉक्स नं. 36, पिंपरी कॉलोनी पोस्ट ऑफिस, पिंपरी, पुणे - 411017 फोन नं.: 09011013210 / 9623457873

आप ऑन-लाइन शॉपिंग द्वारा भी पुस्तकों का ऑर्डर दे सकते हैं।

लॉग इन करें - www.gethappythoughts.org

500 रुपयों से अधिक पुस्तकें मँगवाने पर 10% की छूट और फ्री शिपिंग।

वॉव पब्लिशिंगस् द्वारा प्रकाशित पुस्तकें

विचार नियम

आपकी कामयाबी का रहस्य

Pages - 200

Price - 175/-

क्या हम सभी आंतरिक शांति को तलाश रहे हैं?

क्या हम अपने जीवन में आंतरिक शांति और स्थायी पूर्णता की चाहत रखते हैं? साथ ही हमें बेशर्त प्रेम और आनंद की तलाश रहती है। परंतु यह संभव नहीं लगता क्योंकि रोज़मर्रा के जीवन में चुनौतियों में हम उलझकर रह जाते हैं।

क्या हम सभी सांसारिक सफलता पाने की चाहत रखते हैं?

हम सभी संपन्न जीवन का आनंद लेना चाहते हैं। एक ऐसा जीवन जहाँ रिश्तों में भरपूर ताल-मेल और अपनापन हो, आर्थिक स्वतंत्रता हो और उत्तम स्वास्थ्य हो। हम सभी अपने काम में रचनात्मक और उत्पादक बनकर सर्वोत्तम परिणाम हासिल करने की चाह रखते हैं। लेकिन ये सब हासिल करने की कीमत हमें अपनी आंतरिक शांति खोकर चुकानी पड़ती है...

खुशखबर यह है कि अब हमें दोनों प्राप्त हो सकते हैं!

'विचार नियम' पुस्तक के ज़रिए –

- अपने आंतरिक और बाहरी जीवन में ताल-मेल बिठाएँ।
- अपनी इच्छानुसार शांत और स्थिर महसूस करें।
- विचारों के पार जाकर अपने 'असली अस्तित्व' को पहचानें, जो आपकी मूल अवस्था है।
- विचार नियमों को अपने जीवन में उतारें ताकि आप अपनी उच्चतम संभावना की ओर सहजता से आगे बढ़ पाएँ।
- मौनायाम की अवस्था में रहकर प्रेम, आनंद, करुणा, भरपूरता व रचनात्मकता जैसे गुणों को अपने अंदर से प्रकट होने का मौका दें।

आइए, बीस लाख से भी अधिक पाठकों के समूह में शामिल हो जाएँ, जिन्होंने विचारों के 7 शक्तिशाली नियमों तथा मत्रों द्वारा आंतरिक शांति और सफलता हासिल की है।

स्वीकार का जादू
तुरंत खुशी कैसे पाएँ

Pages - 136

Price - 95/- (with VCD)

Also available in Marathi & English

स्वीकार करना वह मंत्र है, जो तुरंत खुशी पाने के लिए सहायक होता है। जीवन के प्रत्येक पहलू पर स्वीकार का जादू असर करता है। सरश्री के संदेशों को समाहित करती यह पुस्तक स्वीकार के मर्म को प्रस्तुत करती है। ये संदेश हमारे तनावभरे जीवन में रोशनी के वे किरण हैं, जो ज्ञान के सूरज तक पहुँचाने में हमारी सहायता करते हैं।

पुस्तक के प्रथम खण्ड में स्वीकार से खुशी तक का मार्ग प्राप्त करने का विशेष उपाय बताया गया है। इसके साथ ही अस्वीकार को भी कैसे स्वीकार किया जा सकता है? इस पर गहन प्रकाश डाला गया है। इसके द्वारा हम अनेक समस्याओं को स्वीकार कर अपने विकास की दिशा में आगे बढ़ सकते हैं। इसके अलावा भय, बाधाओं और कुविचारों के बंधन से मुक्त होने का उपाय भी जान सकते हैं।

पुस्तक का दूसरा खण्ड सात प्रकार की खुशियों पर विस्तार पूर्वक प्रकाश डालता है। इसके माध्यम से खुशी के असली कारण का राज़ भी जाना जा सकता है। पुस्तक का अध्ययन हर वर्ग के लिए लाभप्रद है, चाहे वे गृहस्थ हों या फिर विद्यार्थी, नौकरीपेशा, व्यापारी, वृद्ध अथवा युवा। पुस्तक में आम दिनचर्या में शामिल हरेक पहलुओं और घटनाओं को शामिल किया गया है।

पुस्तक के अंत में ज्ञान और तेजज्ञान में अंतर पर विस्तार से जानकारी देकर जीवन की दशा और दिशा को सुधारने का उपाय बताया गया है।

क्षमा का जादू

क्षमा माँगने की क्षमता को जानकर, हर दुःख से मुक्ति पाएँ

Total Pages - 192

Price - 100/-

Also available in Marathi & English

क्या आप स्वयं से प्रेम करते हैं? क्या आप हमेशा खुश रहना चाहते हैं? क्या आप अपने पारिवारिक, सामजिक, व्यावसायिक रिश्तों को मधुर और मजबूत बनाना चाहते हैं? क्या आप जीवन में सफलता की सीढ़ियाँ चढ़ना चाहते हैं?

यदि आपके लिए इन सभी प्रश्नों का उत्तर 'हाँ' में है तो आपको बस एक ही शब्द कहना सीखना है, 'सॉरी' यानी 'मुझे माफ करें'। सॉरी, क्षमा, माफी... भाषा चाहे कोई भी हो, पूरे दिल से माँगी गई माफी आपके जीवन में चमत्कार कर सकती है।

प्रस्तुत पुस्तक आपको क्षमा माँगने की सही कला सिखाने जा रही है। इसमें आप सीखेंगे-

- क्षमा कब-कब, किससे और कैसे माँगे?
- दूसरों को क्यों और कैसे माफ करें?
- अपने सभी कर्मबंधनों को क्षमा के द्वारा कैसे मिटाएँ?
- क्षमा के द्वारा सुख-दुःख के पार पहुँचकर सदा आनंदित कैसे रहें?

तो चलिए, इस पुस्तक के साथ कुदरती नियमों को समझकर क्षमा के जादू को अपनाएँ और अपना तथा दूसरों का जीवन आनंदित कर, मुक्ति की ओर ऊँची उड़ान भरें।

निर्णय और जिम्मेदारी

वचनबद्ध निर्णय और जिम्मेदारी कैसे लें

Pages - 224
Price - 160/-

जब आप कोई काम निश्चित करते हैं, निर्णय लेते हैं और वह काम शुरू करके पूर्ण करते हैं तब आप कामयाब होते हैं। जो आपने निश्चित किया और वह आपने पूर्ण किया (Decide & Do) तो आप कामयाब हैं, पूर्ण हैं। हर काम का निर्णय लेकर, उसे एक चुनौती मानकर पूर्ण करें। जिससे आप धीरे-धीरे कई कार्यों में कुशल (एक्सपर्ट) बन जाएँगे। इस तरह आप जब जो निश्चित करेंगे तब वह पूर्ण करेंगे। सबसे बड़ी जिम्मेदारी लेनेवाला इंसान कार्य निश्चित कर पूर्ण करता है। प्रस्तुत पुस्तक में निर्णय और जिम्मेदारी से संबंधित निम्नलिखित सभी सवालों के जवाब आपको मिलेंगे।

* सबसे बड़ी जिम्मेदारी कैसे लें?
* उच्च निर्णय क्षमता कैसे बढ़ाएँ?
* उठी हुई चेतना से निर्णय कैसे लें?
* निर्णय न लेने का निर्णय कैसे लें?
* समय रहते निर्णय लेने की कला कैसे सीखें?
* जिम्मेदारी आज़ादी की घोषणा है, जिम्मेदारी लेकर आज़ादी कैसे प्राप्त करें?
* गैर जिम्मेदारी के परिणामों से कैसे बचें?
* वादे निभाने की शक्ति द्वारा वचन पर कायम कैसे रहें?
* लिए गए कार्य को दिए गए समय पर कैसे पूर्ण करें?
* निरंतर अभ्यास से अपने अंदर दृढ़ संकल्प का निर्माण कैसे करें?

मन का विज्ञान

जीवन चरित्र और बहुमूल्य शिक्षाएँ

Pages - 176
Price - 135/-

विज्ञान की मदद से विश्व में आज तक कई चमत्कार देखे गए हैं और कई चमत्कारों पर संशोधन जारी भी है। किंतु क्या कभी आपने आदर्श और प्रशिक्षित मन का चमत्कार देखा है? अगर नहीं तो यह पुस्तक आपके लिए है। हर कल्पना से परे विश्व का सबसे बड़ा चमत्कार आदर्श तथा प्रशिक्षित मन के साथ ही हो सकता है, यह 'मन का विज्ञान' इस पुस्तक द्वारा जान लें और जब मन सताए तब नीचे दी गई बातों पर महारत हासिल करें।

* मन क्या है, मन के भिन्न पहलू कौन से हैं और मन के बुद्ध कैसे बनें
* विचारों और भावनाओं द्वारा मन किस तरह सच पर हावी हो जाता है
* सरल उपमाओं द्वारा जानें मन की कार्यपद्धति
* मन के विकार और उनसे आज़ादी का मार्ग
* मन की सारी नकारात्मक आदतों से छुटकारा पाने के रचनात्मक तरीके
* मन को आदर्श बनाने का उद्देश्य और पद्धति
* मनोरंजन में मन कैसे उलझता है और उससे मुक्ति के उपाय
* मन के नाटक होते हैं अनेक, उनसे छुटकारा पाने के तरीके भी हैं अनेक
* मन के बुद्ध बनने के लिए आवश्यक आठ कदम

इस पुस्तक द्वारा आप सुप्त मन के अनोखे रूप से परिचित होंगे तथा मन के बुद्ध बनने का राजमार्ग जान पाएँगे, जो हमें मन सताने से पहले सीख लेना चाहिए।

विश्व के महान वैज्ञानिकों की जीवनी

अल्बर्ट आइंस्टाइन
वैज्ञानिक सोच के महाधनवान

Pages - 152
Price - 150/-

थॉमस अल्वा एडिसन
ज्ञान, विज्ञान और स्वज्ञान का संगम

Pages - 164
Price - 125/-

सर आइज़ैक न्यूटन
छोटी सोच को न्यू टर्न देनेवाले

Pages - 128
Price - 125/-

जीवन के अर्थ की तलाश में मनुष्य

Pages - 200
Price - 195/-

मैंने मृत्यु के बाद का जीवन देखा है

Pages - 232
Price - 225/-

रोक सको तो रोक लो

Pages - 256
Price - 250/-

दिव्य भविष्यवाणी

Pages - 248
Price - 250/-

तेजज्ञान फाउण्डेशन – मुख्य शाखाएँ
पुणे (रजिस्टर्ड ऑफिस)

विक्रांत कॉम्प्लेक्स, तपोवन मंदिर के नज़दीक, पिंपरी, पुणे-४११०१७.

फोन : 020-27411240, 27412576

मनन आश्रम

सर्वे नं. ४३, सनस नगर, नांदोशी गाँव,

किरकटवाडी फाटा, तहसील – हवेली,

जिला- पुणे – ४११ ०२४. फोन : 09921008060

e-books

• The Source • Complete Meditation • Ultimate Purpose of Success • Enlightenment • Inner Magic

• Celebrating Relationships • Essence of Devotion • Master of Siddhartha • Self Encounter, and many more.

Also available in Hindi at www. gethappythoughts.org

Free apps

U R Meditation & Tejgyan Internet Radio on all platforms like Android, iPhone, iPad and Amazon

e-magazines

'Yogya Aarogya' & 'Drushtilakshya'

emagazines available on www.magzter.com

e-mail

mail@tejgyan.com

website

www.tejgyan.org, www.gethappythoughts.org

– नम्र निवेदन –

विश्व शांति के लिए लाखों लोग प्रतिदिन
सुबह और रात ९ बजकर ९ मिनट पर प्रार्थना करते हैं।
कृपया आप भी इसमें शामिल हो जाएँ।

www.ingramcontent.com/pod-product-compliance
Lightning Source LLC
La Vergne TN
LVHW041710070526
838199LV00045B/1286
9789387696488